Coup de foudre
en huis clos

Retrouvez toutes les collections **J'ai lu pour elle**
sur notre site :

www.jailu.com

Titre original :

An Irresistible Impulse
All rights reserved.
HarperPaperbacks, a Division of HarperCollins*Publishers*

© Barbara Delinsky, 1983

Pour la traduction française :
© Éditions Flammarion ltée, 1997

Barbara Delinsky

Coup de foudre
en huis clos

Traduit de l'américain par Véronique Fourneaux

POUR elle

1

Il faisait un temps superbe, ce mercredi-là. Un temps d'automne. Midi avait à peine sonné lorsque la justice décida du sort d'Abigail Barnes. Elle sortit du tribunal escortée par un policier taciturne. Pour une raison ou pour une autre, ses jambes menaçaient de ne plus la porter. Appréhension ? Excitation ? Elle n'aurait su le dire. La seule chose dont elle fût certaine était la reconnaissance – pour le moins étrange – qu'elle éprouvait envers la main fermement agrippée à son bras. Ils passèrent les portes capitonnées de cuir noir et descendirent l'escalier qui menait au rez-de-chaussée du palais de justice du comté de Windsor.

– Le fourgon attend devant l'entrée, dit l'homme alors qu'ils arrivaient à l'escalier.

Les marches grincèrent sous leur poids. Le ton du policier était aussi sec que ses épaules étaient larges. Et ce n'était pas peu dire.

Abigail se contenta de hocher la tête, uniquement préoccupée par le fait d'accorder son pas au sien sur les marches étroites. Le moment n'était pas franchement choisi pour les dévaler cul par-dessus tête ! Il lui fit passer la porte au pas de charge, descendre tout aussi vite l'allée de granit et grimper dans le fourgon bleu marine qui attendait un peu plus loin, le tout sous l'éblouissant soleil de midi. Elle n'était pas encore assise qu'il refermait les portes avec un claquement sinistre avant de repartir vers le palais de justice. Abigail adressa un regard interrogateur au chauffeur en uniforme.

– Où... ?

Elle avait l'air si malheureuse, si désemparée qu'elle aurait pu facilement apitoyer une rotative à hélices.

– Il est allé chercher les autres. Ensuite nous pourrons y aller.

– Les autres ? demanda-t-elle à mi-voix.

Alors, elle n'était pas la seule ?

– Deux autres, l'informa le garde d'un ton suffisant. Et puis on y va.

D'un air satisfait, il reporta son attention sur la foule des curieux massée sur le trottoir, les pelouses et la rue. Abigail suivit son regard, elle parut, pour la première fois, remarquer les badauds.

– Que regardent-ils donc ? chuchota-t-elle, intimidée et consternée en même temps.

Abigail n'attendait pas franchement de réponse à sa question. Réponse qui lui fut pourtant donnée.

– Vous, jeta simplement le garde par-dessus son épaule.

A l'idée de ce qui allait se passer, Abigail sentit un frisson descendre le long de sa colonne vertébrale. Baissant la tête, elle s'enfonça plus profondément dans son siège, tâchant d'échapper aux regards curieux. Effort futile s'il en fut. Totalement ahurie, elle revécut mentalement les événements de la matinée.

La chaise était horriblement dure. Il semblait à Abigail que cela faisait au moins mille ans qu'elle était assise dessus, le dos en compote, mais, en réalité, elle était coincée sur ce siège depuis quatre-vingt-dix minutes seulement. Refermant le magazine médical déployé sur ses genoux, elle tenta de trouver une position plus confortable, puis étudia d'un œil tranquille les personnes disséminées dans la petite salle des jurés.

Raides comme des piquets sur leurs chaises tout aussi inconfortables que la sienne, un échantillon plus vrai que nature de la population du Vermont – hommes et femmes – entourait Abigail.

Nul n'aurait pu nier la tension subtile qui régnait dans la pièce. Chacune des personnes présentes avait écouté attentivement les explications données par le juge en préambule à la session du matin. Tous savaient que s'ils étaient choisis pour siéger comme jurés dans ce procès, leur liberté de mouvement serait très sévèrement restreinte au cours des trois semaines à venir.

Trois semaines. A peine un an plus tôt, Abby en aurait trouvé l'idée insupportable. Oui mais, à ce moment-là, elle ne connaissait pas encore Sean Hennessy et il ne la pressait pas de prendre un engagement auquel elle ne parvenait tout simplement pas à se résoudre. Des assiduités dont elle était lasse, à présent. Trois semaines... Trois semaines de réclusion étaient l'occasion de lui offrir une espèce de liberté. Etrange liberté, certes, mais ô combien opportune.

Abigail soupira en s'appuyant contre le dossier de sa chaise, un sourire malicieux sur les lèvres. Elle revit le moment où le magistrat s'était adressé à leur petit groupe pour leur décrire comment fonctionnait un jury reclus et demander quels étaient ceux qui, pour une raison ou pour une autre, ne pouvaient se plier à une telle contrainte. Une bonne moitié d'entre eux avaient levé la main. Ceux qui s'étaient défilés en lui présentant la meilleure excuse du monde avaient alors sollicité son indulgence, laquelle leur avait été accordée dans la plupart des cas. Le juge, Theodore Hammond, savait peser le pour et le contre. Autrement dit, responsabilité civique d'un côté, épreuve émotionnelle de l'autre. Il voulait des jurés en grande forme, capables de faire face au déluge de témoignages qui leur seraient proposés. Le procès Bradley allait faire la une de tous les journaux. Ce n'était pas tous les jours que le fils d'un des citoyens les plus en vue de l'Etat était accusé d'enlèvement.

Un léger brouhaha ramena Abby au présent. Quelques-uns de ses compagnons avaient entamé une discussion. D'autres s'étaient plongés dans la lecture de livres ou de magazines. D'autres encore regardaient distraitement par la fenêtre. Abby aurait, elle aussi, cédé à la tentation d'admirer les couleurs de l'automne si son attention n'avait été attirée par autre chose. Ou plutôt deux autres choses. Deux yeux gris et chaleureux.

Elle tourna lentement la tête en direction de leur propriétaire. Lequel ressemblait à s'y méprendre à un homme. Un individu à la tignasse fauve abondamment fournie, au visage volontaire, doté d'une stature combinant grâce et virilité. Il y avait une telle différence entre lui et les autres individus présents qu'Abby en fut intriguée. Plus jeune qu'eux, il n'avait vraisemblablement pas encore atteint la quarantaine. Il était vêtu – avec une certaine désinvolture – d'un pantalon en velours côtelé ocre et d'une veste assortie avec des pièces aux coudes. De plus, l'expression de son visage avait un je-ne-sais-quoi des plus fascinants.

Paresseusement accoudé à une des hautes fenêtres, il semblait mille fois plus à l'aise que ses compagnons. Peut-être avait-il, lui aussi, de bonnes raisons pour apprécier une parenthèse de trois semaines dans son existence. Tout en se posant la question, Abigail baissa les yeux, bizarrement intimidée lorsqu'il fronça les sourcils. Visiblement perplexe, l'étranger devait se poser la même question à son sujet.

Soudain, tous les regards se tournèrent avec un bel ensemble vers la porte. L'huissier venait de pénétrer dans la petite pièce.

– James Szar... Szarcylla... ? appela-t-il, l'œil fixé sur sa liste, manifestement peu sûr de la prononciation.

Il parut soulagé lorsqu'un homme entre deux âges, vêtu d'un costume marron, se leva, prêt à le suivre.

Un même soupir étouffé de soulagement s'échappa de toutes les lèvres. Abby jeta un bref coup d'œil à l'inconnu aux yeux gris, et fut ravie de constater que la réaction collective l'amusait tout autant qu'elle.

Car tous, ici, jouaient un bien étrange jeu. Un jeu qui se résumait à attendre. Et qui durait depuis trois jours. Sur les quatorze jurés requis – douze plus deux suppléants – neuf avaient déjà été choisis. Et personne, ici, n'était en mesure de deviner combien, parmi ceux interrogés le matin même, avaient été retenus. Le juge pouvait tout aussi bien arriver dans les cinq minutes, déclarer que la sélection était terminée et renvoyer tous les occupants de la pièce à leurs activités. Et ça, c'était ce dont rêvaient la plupart des sélectionnés.

A l'exception d'Abby. Oh, bien sûr, le fait de disparaître pendant trois semaines ne présentait pas que des avantages. Elle regretterait, à n'en pas douter, de ne pouvoir tenir un certain nombre d'engagements, tant personnels que professionnels. Mais, d'une certaine manière, elle était certaine que le jeu en valait la chandelle.

Elle releva légèrement sa manche pour consulter sa montre. 11 h 30. Tiens, c'était l'heure de pointe, au bureau. Janet, qui la remplaçait, devait courir dans tous les sens. Ensuite, elle irait déjeuner, histoire de se délasser. Mais ce bon Dr Hennessy n'inviterait pas Janet. Il viendrait chercher Abby. Il venait toujours chercher Abby. Si au moins elle avait pu lui rendre son amour... mais non, rien à faire. Elle ne l'aimait pas. Il en devenait assommant, parfois, mais elle ne pouvait même pas lui intimer d'aller se faire voir ailleurs. Non, c'était impossible. On ne dit pas ce genre de chose à son patron. D'un autre côté, elle était extrêmement gentille et elle n'avait aucune envie de le blesser. Elle l'aimait bien. Après tout, cela faisait des mois qu'ils se connaissaient. Allons, il devait bien exister une solution !

– Abigail Barnes ?

L'appel de son nom résonna dans la pièce. Arrachée à sa rêverie, la jeune femme releva la tête et cilla, un peu effarée. L'heure de vérité venait de sonner. Elle se reprit vivement, fourra le journal dans son sac, se leva et se dirigea vers la porte, consciente d'être le point de mire de toute l'assistance. Arrivée à hauteur de l'huissier, elle hésita trente secondes. Le temps nécessaire pour un dernier regard furtif sur l'homme près de la fenêtre. D'un clin d'œil, il lui souhaita bonne chance. Elle lui adressa un sourire timide, passa le seuil et suivit son guide.

Ce fut son dernier sourire de la matinée. On ne sourit pas lorsque, assis à la barre des témoins, on se retrouve face à trois juges austères, une armada d'avocats tous plus sévères les uns que les autres, un public nombreux, des journalistes et un prévenu au regard fixe. On se contente d'énoncer ses nom, prénom, âge, adresse et qualité quand on vous le demande, de préciser lorsqu'on vous prie d'être plus précis et de répondre aussi honnêtement que possible à chaque question posée.

Une fois, une seule, Abby se demanda si sa franchise ne serait pas un motif pour la récuser. Le juge, carré dans son fauteuil, dardait un regard acéré sur elle.

– Mademoiselle Barnes, nous allons maintenant aborder le problème épineux de la publicité faite autour de cette affaire. Ainsi que vous le savez, le but d'un jury reclus est de protéger ses membres de toute influence extérieure pendant la durée du procès. Cependant, nous n'avons aucun contrôle sur ce que vous avez pu lire dans les journaux ou voir à la télévision au cours des semaines, voire des mois précédents. Aussi vous demanderai-je de répondre en toute honnêteté aux questions que je vais vous poser.

Tout en parlant, il s'était redressé, donnant ainsi plus de poids à ses propos.

– Avez-vous lu des articles ou entendu des commentaires concernant le procès, avant de vous présenter à cette barre ?

Abby fronça les sourcils. Si un seul habitant de cet Etat pouvait arriver ici en ignorant totalement de quoi il s'agissait, il fallait qu'il soit sourd, aveugle, et pas futé, de surcroît ! Le crime avait été commis dans un autre Etat, plus au nord. Le changement de juridiction était entièrement dû à l'énorme publicité qui avait entouré l'affaire. Les journaux en avaient fait leurs choux gras des jours durant.

– Oui, reconnut-elle, inquiète.

Le juge ne parut ni surpris ni découragé.

– Pouvez-vous nous dire ce que vous vous rappelez avoir lu ou entendu ?

Soudain mal à l'aise, Abby s'efforça d'oublier la présence du prévenu, assis un peu plus loin, et se concentra sur le magistrat.

– Que Derek Bradley a été accusé de l'enlèvement de son ancienne maîtresse, que celle-ci prétend avoir été séquestrée plusieurs semaines par le prévenu dans une cabane isolée. En fait, à peu près tout ce que j'ai lu correspond à la publicité qui a entouré le procès lors de la première audience.

Le juge hocha la tête.

– A présent – et en votre âme et conscience – pouvez-vous nous dire si, oui ou non, vous vous êtes fait une opinion à partir de ce que vous avez lu ou entendu ? En d'autres termes, avez-vous une hypothèse sur la culpabilité ou l'innocence de l'accusé ?

Abby baissa la tête le temps de peser la question, puis regarda le juge bien en face.

– Non, je ne crois pas. Le fait de déterminer l'innocence ou la culpabilité d'un individu relève de la justice, et pas des médias.

– Pensez-vous avoir l'esprit suffisamment libre pour écouter tout ce qui va être raconté ici sans parti pris ?

– Oui, je le crois, répondit-elle en toute honnêteté.

Le magistrat s'adressa alors aux avocats.

– La Cour considère que le juré est impartial. Qu'en est-il pour vous ? Maître Weitz ?

Abby apprit très vite qu'être qualifié d'impartialité était un très bon point si l'on désirait faire partie d'un jury d'assises. Dans les minutes qui suivirent, on lui fit prononcer le serment d'usage, et Abigail Barnes fut confiée aux bons soins de l'Etat pour les trois semaines suivantes de son existence.

Elle fut brutalement ramenée à la réalité par l'ouverture des portes du fourgon. Deux personnes montèrent. Le garde referma soigneusement derrière eux et s'installa sur le siège à côté du conducteur, fusil d'assaut sur les genoux. Le véhicule démarra lentement, le temps de se dégager de l'allée encombrée de voitures, puis accéléra en direction de l'ouest.

Abby respira profondément avant de regarder, hésitante, les deux nouveaux venus. Un homme et une femme, apparemment aussi ahuris qu'elle.

– Jurés ? hasarda-t-elle, circonspecte.

La femme, entre deux âges, avait l'air totalement inoffensif. Ce fut elle qui répondit la première :

– J'ai bien peur que oui. Vous aussi ?

– Oui. Je m'appelle Abigail Barnes.

La femme inclina légèrement la tête.

– Louise Campbell.

Abby lui sourit, reconnaissante, puis se tourna vers l'homme. Il était un peu plus âgé que Louise. Et beaucoup, mais alors beaucoup moins souriant.

– Bonjour, lança-t-elle.

Il hésita un instant, puis réussit – Dieu seul sait comment – à ébaucher un sourire sans conviction. Enfin, d'une voix aussi solennelle et presque aussi réticente que son regard, il articula :

– Tom Herrick. Enchanté de vous connaître. Bien que j'eusse préféré que ce soit dans d'autres circonstances.

Le sourire d'Abby se fit plus franc.

– Ça fait un choc, n'est-ce pas ?

Elle avait dit cela plus pour la forme qu'autre chose.

Craignant d'en faire un peu trop, elle s'adressa alors à Louise.

– Qu'allez-vous regretter ?

Autant Louise Campbell avait été laconique en se présentant, autant elle s'empressa de détailler ce qui, visiblement, lui posait un énorme problème.

– Eh bien, je vais regretter mon travail, pour commencer. Je suis diététicienne et je m'occupe des écoles de Springfield. Mais c'est surtout mon mari qui va me manquer. Sincèrement, j'assommerais bien ce type.

Elle n'aurait pu exprimer sa frustration plus clairement.

– J'aurais *facilement* pu être récusée à cause de la santé de mon époux. Il a une tension élevée et nombre d'autres petits problèmes. Il doit suivre un régime alimentaire très strict.

Elle se renfrogna, avant d'adopter un ton légèrement moqueur :

– J'ai eu droit à un vrai sermon, hier soir, sur mes responsabilités envers l'Etat. Il m'a littéralement interdit d'invoquer sa santé comme excuse. J'ai l'impression que c'est *lui* qui avait besoin de vacances.

Abby aurait bien gloussé, mais Louise avait l'air beaucoup trop inquiète.

– Je suis certaine que tout se passera bien, tenta-t-elle de la réconforter. Y a-t-il quelqu'un d'autre chez vous, pour s'occuper de lui ?

– Non. Et il va probablement prendre deux kilos par semaine en se gavant de tout ce que je lui interdis depuis deux ans.

– Allons, fit Abby, gentiment railleuse, peut-être qu'il va vous surprendre et respecter à la lettre toutes vos consignes.

– Pfft !... se contenta de répondre la femme.

Ce fut tout. La conversation s'arrêta aussi vite qu'elle avait débuté.

Abby poussa un soupir. A voir les deux visages qui lui faisaient face, aussi fermés l'un que l'autre, autant se taire et contempler le paysage. De toute façon, ils n'auraient que trop le temps de bavarder, ces prochaines semaines. Quant aux autres... qui étaient-ils ? Y aurait-il une seule personne avec qui elle pourrait *vraiment* discuter ?

Et même si ce n'était pas le cas, elle n'en ferait pas une maladie. Abby n'avait pas besoin d'avoir des amis pour se sentir bien. Elle était célibataire, se suffisait parfaitement à elle-même et appréciait sa solitude. A vingt-huit ans, elle avait toujours pris seule ses décisions, et cela lui convenait. Quoique... Peut-être était-ce justement *à cause de* cette indépendance qu'elle appréciait autant la compagnie des humains. Enfin, pas n'importe laquelle. Elle aimait être avec des personnes chaleureuses. Stimulantes. Des esprits intelligents avec qui partager des idées et en débattre.

Alors une image s'imposa à son esprit ; celle d'un homme à la crinière fauve. Et s'il était retenu comme juré, lui aussi, que se passerait-il ? Ça pouvait peut-être devenir amusant, pourquoi pas ? Intéressant, tout du moins. Le personnage avait incontestablement le sens de l'humour. Et Abby avait comme l'impression que le sens de l'humour était en passe de devenir une denrée franchement indispensable pendant les jours, ou plutôt les semaines à venir.

Le fourgon, en abandonnant la route, la ramena une fois de plus à l'instant présent. Ils avaient, jusque-là, suivi l'axe principal, chemin qu'elle connaissait bien pour l'avoir pris souvent, soit pour aller skier à Killington, soit pour aller faire du shopping à Rutland.

Mais elle n'avait jamais emprunté la bretelle secondaire sur laquelle ils roulaient maintenant. Elle se livra à une rapide estimation. Cela ne faisait pas plus de cinq minutes qu'ils étaient partis. L'endroit avait dû être choisi à cause de sa proximité.

Ils avançaient en pleine forêt, à présent. De chaque côté de la route, des pins et des sapins immenses inclinaient leurs têtes comme si, tels les badauds autour du palais de justice, ils étaient curieux d'apercevoir la tête des passagers. Mal à l'aise, Abby se concentra sur la route.

Elle en fut largement récompensée. A la fin d'un virage interminable apparut une cabane de jardinier, bientôt suivie d'un garage et d'une immense maison. Une demeure absolument splendide, au fronton de laquelle était simplement écrit *L'Auberge*.

– On doit être arrivés, grommela Tom, résigné.

– Ce n'est pas mal, admit Louise à contrecœur.

Quant à Abby, elle ne put refréner son enthousiasme.

– Adorable, souffla-t-elle. Je n'avais jamais entendu parler d'une auberge aussi bien cachée !

Le fourgon s'immobilisa. La conversation se serait arrêtée de même si l'officier de police, apparemment enchanté par son enthousiasme, n'avait déverrouillé la porte du côté d'Abby. Il lui sourit. La jeune femme comprit qu'elle venait de se faire un allié.

– C'est superbe, non ? Je vous présente l'endroit le plus secret du sud du Vermont.

Abby, prenant la main qu'il lui présentait, descendit, tout en continuant d'admirer les alentours.

– Mais... est-ce un lieu *public* ? Est-ce que *n'importe qui* peut venir ici ?

– En principe, oui.

Il tendit la main vers la femme plus âgée, l'aida à sauter la marche et se dirigea vers la maison.

– Mais pas en ce moment.

Précision donnée d'un ton quelque peu définitif, histoire de lui rafraîchir la mémoire sur le pourquoi de leur séjour dans l'auberge. Curieuse d'entendre ce qu'il pourrait ajouter, Abby lui emboîta le pas. Ses escarpins frappaient l'allée dallée de pierres en cadence, sa jupe virevoltant autour de ses mollets. Le chauffeur, qu'elle avait totalement oublié, prit discrètement position derrière Louise et Tom et les suivit, attentif.

– Une des raisons pour lesquelles on a décidé de vous loger ici, reprit le premier garde, est que l'auberge est totalement isolée et fort peu connue. Elle n'accueillera aucun client pendant toute la durée du procès.

Il ouvrit la baie vitrée et ajouta :

– J'espère que vous avez faim. Sybill est un véritable cordon-bleu.

Mais la suggestion, pour appétissante qu'elle fût, n'eut absolument aucun effet sur Abby, trop occupée à démêler les sentiments qui bouillonnaient en elle. Oh ! certes, elle était ravie de se retrouver ici, dans une maison aussi magnifique qu'immense, perdue au milieu de la campagne. Seulement voilà, elle se sentait à peu près aussi libre qu'un canari dans sa cage. Allons, se morigéna-t-elle, d'un côté je suis positivement ravie de m'octroyer quelques semaines de vacances, et de l'autre, la rigueur des circonstances me consterne. Je me retrouve en même temps excitée et angoissée. Remplie d'appréhension à l'idée de ce qui va se passer. Et pour couronner le tout, on s'inquiète de mon appétit !

– Ah, vous voilà !

En se retournant, Abby se trouva face à leur hôte. Il avait le visage aussi aimable que la voix.

— Je me présente, Nicholas Abbott. Bienvenue à l'auberge, dit-il en serrant la main de chacun.

La chaleur de son accueil réconforta la jeune femme. Elle se détendit légèrement. Simplement vêtu d'un pantalon, d'une chemise ouverte au col et d'un cardigan, l'aubergiste semblait aussi charmant que l'endroit qu'il avait créé. Il parlait d'un ton calme et rassurant. Il donnait le sentiment de comprendre la gêne que ses hôtes ressentaient.

— Ma femme, Sybill, et moi espérons rendre votre séjour ici aussi confortable que possible. Si vous avez besoin de quoi que ce soit, n'hésitez pas à le demander à l'un ou à l'autre d'entre nous... ou à vos anges gardiens, ajouta-t-il en souriant.

Il jeta un coup d'œil dans la vaste pièce ouvrant sur le vestibule.

— Eh, eh ! j'ai comme l'impression que lesdits anges gardiens ont l'estomac dans les talons.

Les deux hommes semblaient en effet attendre avec impatience, les yeux rivés sur le fond de la pièce.

— Allons donc déjeuner, offrit gentiment l'aubergiste. Vos compagnons viennent tout juste de commencer. Je suis certaine qu'ils ne verront aucun inconvénient à interrompre leur repas quelques instants, le temps de faire les présentations.

Abby réalisa que si, pour elle, c'était son premier jour, certains étaient déjà là depuis presque soixante-douze heures. Curieuse, elle emboîta le pas à Nicholas Abbott.

Les deux policiers s'effacèrent pour laisser passer la petite troupe. Ils pénétrèrent dans une salle immense. Un salon confortable, meublé dans le style de la Nouvelle-Angleterre, en occupait une moitié, l'autre étant dévolue à la salle à manger. Neuf jurés étaient installés autour de la table, ainsi que deux officiers de police.

– S'il vous plaît ! claironna Nicholas en tapant dans ses mains pour réclamer l'attention.

Précaution inutile s'il en fut. Les nouveaux arrivants étaient d'ores et déjà le point de mire de toute l'assistance.

– Notre groupe vient de s'enrichir de trois nouveaux venus, annonça-t-il.

Puis, à voix basse, il demanda leurs noms à Abby, à Louise et à Tom, et fit lentement le tour de la pièce en présentant chaque visage circonspect, ou plutôt chaque convive.

Même avec la meilleure volonté du monde, Abby était bien incapable de mémoriser onze noms. Tout ce qu'elle put remarquer fut une certaine égalité de répartition entre les sexes ainsi que la prédominance de personnes plus âgées qu'elle. Seule une femme semblait être de sa génération, peut-être même un peu plus jeune. Elle s'appelait Patricia. Blonde à la peau claire, la jeune femme lui rendit et son signe de tête et le demi-sourire qu'elle lui adressa avant de se laisser guider vers une place libre.

Quelques instants plus tard, Abby était attablée en compagnie des deux nouveaux arrivants et d'une auxiliaire de police.

– Bonjour, je m'appelle Grace Walsh, se présenta-t-elle en souriant. Je vais rester avec vous pendant toute la durée du procès.

– Cela signifie-t-il que même *vous*, n'aurez pas droit à un peu de congés ? demanda Tom, à la limite du sardonique.

Grace écarta sa question d'un haussement d'épaules accompagné d'un geste vague de la main.

– Oh, je pourrai probablement prendre une matinée ou un après-midi ici ou là, mais la plupart du temps... je vais vous coller au train !

Abby sourit, et examina de plus près celle qui allait lui « coller au train ». Grace Walsh devait avoir un peu moins de cinquante ans. Les cheveux bruns ramenés en chignon, le visage vierge de tout maquillage, son corps épanoui remplissait largement l'uniforme bleu. Elle ressemblait à tout sauf à l'image que l'on se fait d'une surveillante, c'est-à-dire maussade. Rien, dans son aspect extérieur, n'indiquait qu'elle était susceptible de convoyer un prisonnier dans un fourgon cellulaire. Au contraire, elle paraissait éminemment gracieuse. A tel point qu'Abby céda à la curiosité qui la dévorait.

– Dites-moi, Grace, commença-t-elle, l'étonnement inscrit sur son visage, comment tout cela est-il censé fonctionner ? Enfin, je veux dire... je sais bien que nous allons être coupés du monde extérieur. Mais jusqu'à quel point, exactement ? Je pense à toutes ces petites choses quotidiennes de la vie courante... la lessive, des appels téléphoniques, les livres, et j'en oublie. Jusqu'à quel point toutes ces choses vont-elles être délaissées ?

La gentillesse avec laquelle répondit Grace n'adoucit pas pour autant sa réponse.

– Jusqu'au plus haut point, j'en ai peur. Les seules personnes avec qui vous pourrez entrer en contact sont les employés du palais de justice, vos collègues jurés, ceux d'entre nous qui vous accompagnent et le personnel de l'auberge.

Une serveuse approchait de la table, portant un grand plateau. Grace expliqua :

– Voici Katherine Blayne, la fille aînée des Abbott. Elle habite en ville avec sa propre famille mais elle vient tous les jours donner un coup de main à ses parents.

Elle s'adressa à Katherine :

– Le ragoût est délicieux !

La jeune femme répondit en souriant :

– Si vous en voulez encore, n'hésitez pas.

Déposant son plateau sur un guéridon voisin, elle disposa devant eux une panière, un plat de légumes et des saladiers individuels. Puis elle revint avec un ragoût fumant, dont elle servit à chacun de généreuses portions.

– J'espère que cela vous convient. Si l'un d'entre vous doit suivre un régime particulier, prévenez-moi. Nous vous cuisinerons ce que vous désirez.

Katherine jeta un rapide coup d'œil sur la table, vérifia qu'elle n'avait rien oublié et retourna à la cuisine.

– Humpf ! lança Louise à mi-voix, en contemplant son assiette pleine à ras bord. Et dire que je me faisais du souci pour les kilos que va prendre mon mari...

Amusée, Grace rétorqua :

– Un des charmes de cet endroit est qu'on peut y faire de l'exercice. Il y a une piscine derrière la maison. Quoique. Nous sommes fin septembre, et l'eau risque d'être un peu frisquette. Mais par contre, si vous aimez courir, ajouta-t-elle en désignant d'un geste de la main le chauffeur du fourgon assis un peu plus loin, Ray sera plus qu'heureux de vous accompagner. C'est un vrai pro. Le roi du marathon et de la course à pied. Il y a dans le coin des sentiers fabuleux pour courir.

En voilà une idée intéressante, pensa aussitôt Abby. Elle s'adonnait à la course à pied depuis qu'elle s'était installée dans le Nord. Elle appréciait le climat qui y régnait, chaud en été, piquant au printemps et en automne, carrément glacial mais ô combien vivifiant en hiver. Il faisait des merveilles dans sa lutte contre les toiles d'araignée. Celles qui se tissaient à intervalles réguliers dans les recoins les plus secrets de son esprit.

– Il se pourrait bien que je vous prenne au mot, railla-t-elle. J'ai comme l'impression qu'en restant assise au tribunal sept ou huit heures d'affilée, j'aurai grand besoin de prendre un peu d'exercice.

L'allusion au procès sembla les dégriser. Abby tourna son attention vers les autres convives. Mais les conversations étaient rares. On entendait surtout des bruits de vaisselle et parfois une toux discrète. Abby baissa les yeux sur son assiette et avala distraitement son repas. Allons, tenta-t-elle de se réconforter, une certaine gêne n'avait rien que de très naturel. Seules des circonstances indépendantes de leur volonté avaient rassemblé les gens dans cette pièce. Chacun avait sa propre vie, ses propres amis, ses propres occupations... Et dire qu'il fallait encore trouver deux autres jurés, pour compléter cet assortiment invraisemblable...

– Quand pensez-vous que débutera le procès ? demanda-t-elle à Grace, rompant soudain le silence.

Grace leva les yeux au ciel.

– Avec un peu de chance, le jury sera au complet cet après-midi. Si c'est le cas, les exposés préliminaires devraient commencer dès demain matin.

Deux jurés de plus à retenir. Les pensées d'Abby prirent un tour plus léger lorsque lui revint en mémoire un homme particulièrement attrayant, à l'allure désinvolte et à l'expression amusée. Serait-il parmi ces derniers ? Alors... Un coup d'œil à la dérobée aux tables voisines la convainquit qu'il serait – et de loin – le plus plaisant de tous.

Elle fixa Patricia. Qui capta son regard et se mit à

bâiller à fendre l'âme. Compris ! La petite troupe se révélait aussi peu passionnante qu'elle le craignait. Bon, il restait le Scrabble ou un bon bouquin. Et si jamais l'ennui devenait par trop pesant, elle pourrait toujours passer une partie de son temps libre à écrire à Sean.

Elle réalisa qu'elle gloussait bruyamment lorsque Louise l'interpella :

– Eh bien vous, au moins, vous ne semblez pas trop incommodée par la situation ! Pas de mari ? Pas d'enfants ? Un travail ?

– Si, si, un travail. Mais vous avez raison, Louise. Je n'ai ni mari ni enfants dont je doive m'inquiéter. Cela fait effectivement une grosse différence.

Cette simple et franche précision suffit visiblement à apaiser la curiosité de son interlocutrice. Qui ne poussa pas plus avant ses investigations. Le repas se poursuivit en silence. Pour dessert on leur apporta un pain d'épice fait maison accompagné de thé aux herbes. C'est seulement lorsque tous s'apprêtèrent à quitter la table que Grace leur fit une dernière recommandation :

– Il y a une chose que j'aimerais mettre au point avec vous. Le juge vous en parlera plus en détail demain matin mais je tiens à vous prévenir tout de suite que vous n'êtes pas censés discuter du procès entre vous. Autrement dit, aucune conversation à ce sujet lorsque vous aurez quitté le tribunal. Je sais la tension que représente l'obligation de tout garder pour soi, mais c'est la règle. Nous vous demandons d'honorer scrupuleusement cette contrainte.

Elle avait prononcé la dernière phrase sur un tel ton que, pour la première fois, tous hochèrent simultanément la tête.

– Très bien. Maintenant, enchaîna-t-elle plus légèrement pendant qu'ils se dirigeaient vers le vestibule, une chambre a été attribuée à chacun d'entre vous. Le principe des chambres individuelles est un des avantages de l'auberge. Je vais demander à M. Abbott de vous y accompagner. Rafraîchissez-vous ou faites une petite sieste si vous en avez envie. Ensuite, ajouta-t-elle, je vais voir si je peux réunir quelques collègues pour vous emmener chez vous récupérer vos affaires personnelles.

Abby pénétra dans son appartement au milieu de l'après-midi, flanquée d'une femme policier, Lorraine Baker. Grace était partie avec Louise. Etrange expérience, se dirait Abby plus tard, lorsqu'elle y repenserait, que de se promener dans sa propre maison avec une étrangère collée aux basques. Mais ce n'était qu'un aperçu des règles draconiennes dont on leur avait donné les grandes lignes. *Rien*, désormais, ne devait l'influencer. Ni le journal du matin, posé sur la table de la cuisine, ni le courrier du jour – que l'officier de police tria et censura –, ni même le roman à succès, acheté tout dernièrement et prêt à entrer dans la valise : il avait le malheur de raconter l'histoire d'un violeur psychopathe.

Lorraine la suivait comme son ombre, examinant scrupuleusement tout ce que la jeune femme désirait emporter. Vêtements, produits de toilette, de maquillage et séchoir à cheveux furent approuvés sans problème et filèrent derechef dans le sac de voyage en tapisserie. D'autres objets reçurent, au grand regret d'Abby, un veto formel. Interdit, le baladeur lecteur de cassettes et ses écouteurs. Interdit, le transistor. Interdit, tout appareil propre à diffuser un accompagnement musical pendant les heures de détente. Ainsi, lui expliqua Lorraine, était évité tout risque de message venu de l'extérieur « infiltré par un moyen électronique ».

Le téléphone sonna à trois reprises. A chaque fois, Lorraine fut plus preste qu'Abby. Autre étrange expérience. Le premier appel provenait de sa voisine, Cindy. Abby tendit la main pour prendre le combiné. Quelle ne fut pas sa surprise d'entendre Lorraine expliquer poliment que, puisque Abby était dans l'impossibilité de parler, elle-même serait ravie d'assurer le relais dans leur entretien.

Oui, Abby était désormais membre du jury Bradley. Non, elle ne rentrerait pas chez elle avant la fin du procès. Oui, cela l'aiderait beaucoup si Cindy pouvait appeler le centre médical et leur donner l'information. Non, on ne pouvait rendre visite à Abby. Oui, elle aimerait bien que Cindy ramasse son courrier, et s'occupe des problèmes urgents. Oui, elle avait tout ce qu'il lui fallait, et un officier pouvait revenir plus tard chercher quelque chose qu'elle aurait oublié. A propos, pouvait-elle passer un coup de fil à Céleste O'Brien et lui demander d'assurer les cours d'accouchement naturel des samedis matin à venir ? Et Sean... serait-elle assez mignonne pour l'appeler ?

Dernière requête qui ne s'avéra pas franchement nécessaire, le combiné était à peine raccroché que le téléphone sonnait de nouveau. Le docteur en personne. Venait-elle *juste* de rentrer du tribunal ? Elle *quoi* ? Qu'est-ce que c'était que *ça* ? *Qui* était à l'appareil ? Pourquoi Abby ne pouvait-elle prendre *elle-même* la communication ?

Abby sourit, amusée, en écoutant la réponse de Lorraine à chacune des questions que lui assenait Sean, et auxquelles elle se pliait de bonne grâce. Mais Sean était à peine calmé lorsqu'il raccrocha, un peu plus tard.

– Lui, on ne peut pas dire qu'il soit ravi, se contenta d'observer Lorraine.

– Non, acquiesça Abby en rassemblant quelques journaux professionnels, des blocs, des crayons, des stylos et les romans qui avaient passé l'épreuve de la censure. Je savais qu'il ne sauterait pas de joie au plafond. Au moins, ajouta-t-elle en soupirant, il ne pourra pas prétendre que c'est *ma* faute.

Ainsi qu'elle l'avait anticipé plus tôt dans la matinée, elle éprouvait un soulagement infini à la perspective de ne pas voir Sean pendant quelque temps, soulagement mêlé de gratitude. Elle avait besoin d'une coupure. Au point où les choses en étaient arrivées, leur relation la rendait carrément hystérique.

Une troisième sonnerie l'arracha à ses ruminations. Mais pas pour longtemps. C'était encore Sean, armé d'une seconde rafale de questions. Combien de temps durerait le procès ? Ne pouvait-il vraiment pas la voir – même accompagné d'un chaperon ? Comment diable avait-elle pu être désignée pour faire partie d'un jury ? Elle était infirmière, après tout, et, en tant que telle, nécessaire à ses patientes !

Une fois encore, Lorraine se soumit à l'interrogatoire avec une perspicacité consommée, rapportant les réponses d'Abby lorsqu'elle lui en donnait, c'est-à-dire rarement. La plupart du temps, elle laissa Lorraine essuyer le tir d'artillerie, seule. Si elle devait réellement être « protégée » tout au long de cette expérience, pensa-t-elle malicieusement, cette protection ne devait-elle pas commencer à la maison ?

Il ne lui restait pratiquement plus rien à faire lorsque

Sean se décida enfin à raccrocher. Le thermostat était baissé et les lumières éteintes. Elle jeta un dernier coup d'œil autour d'elle avant d'attraper son sac. Ensuite, elle s'installa dans la voiture de police et Lorraine prit le volant.

En voyant sa maison disparaître, Abby ressentit la même excitation qu'au sortir du tribunal, le matin même. Son vœu s'était réalisé. Elle faisait partie du jury. Et désormais, elle était impatiente de voir comment allait se dérouler cette expérience unique.

De retour à l'auberge, elle défit ses bagages, prit une douche et se changea. Vêtue d'une robe-chemisier en soie, elle descendit l'escalier pour se rendre au salon, où l'on servait des cocktails. Des cocktails. Deux boissons par personne et par soirée. Décret du juge, lui avait-on expliqué sur le ton de la plaisanterie. Tout en ne riant qu'à moitié. Bonne thérapeutique... si c'était facultatif !

Elle fit une pause sur le seuil, histoire d'observer ses homologues. Le découragement la menaça soudain. Tous paraissaient soumis, à la limite du stoïque. En un mot, lugubres. Oh, bien sûr, elle ne s'attendait pas à les trouver hilares, vu les circonstances de leur présence ici, mais une certaine convivialité pouvait aider à mieux supporter la situation. Peut-être un verre ou deux feraient-ils des miracles... On pouvait rêver.

– Belle brochette de joyeux drilles, ne trouvez-vous pas ? chuchota une voix de conspirateur tout près de son oreille.

Grave et veloutée, elle évoqua immédiatement pour Abby l'image d'un homme des plus fascinants, et ce qu'elle venait d'entendre relevait d'un esprit certain.

Légèreté, sens de l'aventure et propension à ne pas se laisser abattre, également.

Elle retint sa respiration, ferma les yeux et osa espérer qu'elle ne se trompait pas. Puis, mi-enthousiaste, mi-prudente, elle se retourna lentement.

2

De près, il était bien plus grand que ne l'avait cru Abby. Mais largement aussi attirant. Et si elle avait pu craindre qu'il ne perde son humour en même temps que sa liberté en se retrouvant juré, elle fut immédiatement rassurée par l'étincelle qui pétillait dans son regard.

– Bonsoir, lança-t-elle, avec plus de hâte qu'elle ne l'aurait voulu. Je n'étais pas sûre que vous décrocheriez le gros lot.

– Comme je ne savais pas si vous aviez réussi vous aussi, répondit-il sur le ton de la confidence. Mais croyez-moi, vous trouver ici est pour moi un véritable soulagement.

Il jeta un œil par-dessus l'épaule de la jeune femme.

– Je ne suis pas certain, en observant les autres...

Abby suivit son regard et répondit à voix basse :

– Je sais. Pas très encourageant...

– C'est le moins qu'on puisse dire. Ils préféreraient sans aucun doute se trouver n'importe où plutôt qu'ici.

– Pas vous ? demanda-t-elle, en dardant sur lui un œil effronté.

Il sourit, d'un air de conspirateur.

– Pas plus que vous.

Ce disant, il haussa un sourcil, attendant qu'elle en dise plus. Mais Abby ne voyait – pour l'instant – aucune raison de lui raconter sa vie. Elle contempla les personnes, éparpillées dans la pièce en petits groupes guindés.

– Je pense que la plupart d'entre eux vivent cette situation comme une privation de liberté.

– Pas suffisant pour se faire dispenser...

– Non, mais quand même, cela peut leur paraître un véritable supplice.

– Et pour vous ? questionna-t-il.

Elle n'avait d'autre choix que de l'imiter. Ce dont elle ne se priva pas.

– Pas plus que pour vous.

Elle sourit, soudain heureuse. Et surprise de l'être.

– Je m'appelle Abigail Barnes.

Il lui tendit la main.

– Et moi Ben Wyeth. C'est un plaisir de vous connaître.

En fait, le plaisir fut pour Abby, lorsqu'elle sentit une grande main chaude envelopper la sienne. Et son sourire... ce sourire si délicieusement émouvant... Intimidée, elle se contenta de hocher la tête. Et d'attendre qu'il relâche sa pression.

– La perspective d'être enfermée pendant trois semaines a l'air de ne vous faire ni chaud ni froid, reprit-il, direct. Pourquoi cela ? Et, de grâce, ne me répondez pas que vous faites votre devoir !

Abby se mit à rire.

– Vous aussi, vous y avez eu droit ?

– Plutôt deux fois qu'une ! rétorqua-t-il en traînant sur les mots, avant de reprendre son sérieux. Mais dites-moi donc pour quelles raisons vous ne semblez pas plus affligée que cela.

De toutes celles qu'elle avait décortiquées le jour durant, elle choisit la moins personnelle. Et haussa les épaules devant sa simplicité.

– C'est... une opportunité des plus excitantes, je trouve. Une expérience totalement nouvelle, totalement différente. Pour ne pas dire importante.

Elle rougit.

– Mais même cela a l'air pompeux.

– Peut-être, reconnut Ben, mais je suis d'accord avec vous. Ce procès va être sujet à controverse. Pour bien exercer sa fonction, un jury *se doit* d'être un défi.

Une pensée traversa brusquement l'esprit d'Abby.

– Est-il au complet... je veux dire le jury ? J'étais la douzième.

– Et moi le treizième. Mauvais présage ?

Au contraire ! pensa Abby. Mais elle se contenta de hausser les épaules, faussement innocente.

– Qui sait... Et le quatorzième ?

D'une main posée sur son épaule, Ben la fit pivoter vers la droite puis, se penchant à son oreille, murmura :

– Là. Le gentilhomme en veste verte.

– Seigneur, comment *ai-je pu* le rater ? Je n'avais encore jamais vu une veste de cette... de cette nuance ! corrigea-t-elle, diplomate.

– Cela s'appelle le vert pomme de discorde. Ravissant, n'est-il pas ? railla Ben.

– Absolument.

Abby ne se souvenait pas d'avoir jamais posé les yeux sur une couleur aussi criarde.

– A propos de vert, j'en apprécierais bien un, de

verre, histoire de me remonter. Venez, c'est par ici que ça se passe, lança Ben.

Autant Abby avait hésité, en arrivant au bas de l'escalier, autant la présence de Ben la rassurait. Elle se laissa guider vers le bar à l'autre extrémité de la pièce, sous l'œil vigilant des petits groupes de deux, trois ou quatre personnes.

– Un bourbon eau plate, commanda-t-elle au barman.

Ben réclama le sien sec. En attendant leurs boissons, ils entreprirent d'observer les jurés présents. Ou, plus exactement, Ben les étudia. Quant à Abby, elle observait Ben.

Il avait un profil ciselé et des traits marqués. Sa chevelure brun chocolat ondulait naturellement. Çà et là, quelques mèches plus claires semblaient avoir pour seul but de s'assortir à ses yeux gris. Il portait un pantalon ocre sous une veste en tweed marron et une chemise blanche, laquelle faisait ressortir son teint hâlé.

Le barman leur tendit à chacun un verre. Abby le remercia d'un sourire et suivit Ben vers une banquette inoccupée, sous une fenêtre.

– Que faites-vous, dans la vie réelle ? demanda-t-il, tout en l'invitant à s'installer confortablement.

Il se glissa à ses côtés.

– La « vie réelle » ?

Abby gloussa.

– J'aime bien cette formule. Je suis infirmière.

– Infirmière du style hôpital ?

– Non, infirmière du style bureau. Je travaille dans un cabinet pédiatrique.

– Infirmière praticienne, alors ?

Les yeux d'Abby s'illuminèrent.

– Vous connaissez le terme ?

32

Ce fut au tour de Ben de rire.

Eh oui. Un de mes proches amis est pédiatre. Il ne jure que par ses infirmières praticiennes. Elles s'occupent des problèmes mineurs, ce qui lui permet de s'attaquer aux cas sérieux. Il n'arrête pas de chanter leurs louanges.

– Dieu merci ! s'exclama la jeune femme. Nous avons vraiment besoin de toute l'aide possible dès qu'il s'agit de notre image.

– Cela signifie-t-il que *votre* médecin pédiatre ne vous apprécie pas ?

Les joues d'Abby flamboyèrent. *Son* médecin pédiatre se prénommait Sean...

– Oh si ! Et nos patients également. Mais les autres... euh... j'ai toujours l'impression de devoir expliquer que mon job n'a rien à voir avec le fait de passer un bassin.

Une scène lui revint alors à l'esprit.

– Tenez, par exemple, ce matin, le juge s'est montré plus que préoccupé lorsque je lui ai expliqué que je n'étais ni infirmière traditionnelle, ni médecin, mais juste au milieu. Il voulait être absolument certain que l'on puisse *se passer de moi*.

– Et c'était possible ?

– Je suis là, non ? répliqua-t-elle en souriant.

Elle leva les yeux vers lui. Et se perdit dans son regard. Mais, après tout, il existe des endroits moins agréables pour s'égarer, non ?

– Je lève mon verre à cela, déclara Ben, comme s'il lisait encore une fois dans ses pensées.

Abby trinqua avec lui et avala une gorgée de son bourbon, l'air absent.

– Et vous ? finit-elle par demander. Que faites-vous dans la vie ?

– J'enseigne.

– Vraiment ?

– Oui.

Sa mimique indiquait clairement qu'il ne disait pas tout. Abby mordit de bon cœur à l'hameçon.

– Enseignement du style enfants ? demanda-t-elle, imitant sa manière de s'exprimer.

Elle l'imagina immédiatement assis derrière un bureau, face à une trentaine de petits.

Mais il effaça aussitôt cette image, l'air indulgent.

– Non, du style jeunes adultes.

– Style université ?

– Exact. Je travaille à la faculté de...

Il prit un air de conspirateur et baissa la voix.

– ... hum, la faculté située de l'autre côté de la rivière.

Le visage d'Abby se fendit d'un immense sourire. Elle adorait ses poses théâtrales !

– Vous enseignez à Dart...

– Chhhuuutt, malheureuse ! J'ai été plus d'une fois accusé de haute trahison.

Il regarda furtivement leur entourage.

– Et je ne tiens pas particulièrement à m'aliéner ces honnêtes citoyens juste au début de notre association.

Abby l'imita et inconsciemment baissa la voix.

– Mais c'est une grande école ! argumenta-t-elle. Ils devraient être fiers de vous compter parmi eux. D'autant qu'elle est à moins d'une demi-heure d'ici !

– Et à un quart d'heure de chez moi. Vous avez raison, c'est une excellente université. Mais malgré tout, ajouta-t-il avec un soupir, elle n'est pas dans le Vermont. Ces gens ont un sens de la loyauté à toute épreuve. Pour ne pas parler de chauvinisme.

Elle reporta son regard sur les citoyens en question.

34

Pas un ne semblait avoir bougé d'un iota, ni sur la droite ni sur la gauche.

– Dans ce cas précis, reprit-elle, toujours à voix basse, je remplacerais volontiers le terme « loyauté » par « martyre ». Pourquoi diable sont-ils tellement renfrognés ?

A son tour, Ben remarqua le nombre de visages maussades. Un cocktail n'avait, à l'évidence, servi à rien en matière de détente.

– Je pense qu'ils ne sont pas habitués au changement, suggéra-t-il, pensif. Il faut bien admettre que la vie ici est plus tranquille que dans une grande ville. Nous avons tous les deux connu ça !

Abby fronça les sourcils, interloquée. Puis elle lui lança un regard de côté.

– Comment le savez-vous ?

Ben parut étonné, comme s'il était le premier surpris par ce qu'il venait d'affirmer. Il plissa le front.

– Je pense que c'est à cause du bourbon eau plate.

Elle hocha la tête en souriant, légèrement coupable.

– C'est toujours ce que je prends. Non pas que je boive souvent, rassurez-vous, mais un type avec qui je suis sortie, à l'université, avait un faible pour le bourbon. J'y ai pris goût. Par la force des choses.

– Et le copain ? Il a perdu son goût ?

– Il y a trèèèèèès longtemps.

Etonnée, Abby découvrit qu'elle était de plus en plus détendue. Il était si facile de s'ouvrir à Benjamin Wyeth. Benjamin Wyeth... le simple fait de prononcer son nom pour la première fois, même silencieusement, fit vibrer une corde en elle. Sensible et familière. Une corde qu'elle ne savait trop où situer.

– Avez-vous déjà été mariée ? demanda-t-il gentiment, interrompant ses pensées.

– Non... et vous ?

Pour la première fois, Ben sembla se refermer sur lui-même. Ses yeux s'assombrirent fugitivement, ses sourcils se rejoignirent. Lorsqu'il se décida à parler, ce fut sur un ton distant.

– J'ai été marié, oui... il y a longtemps... ma femme est morte.

– Je suis désolée, Ben.

N'écoutant que son instinct, Abby posa une main légère sur son bras.

– Cela a dû être une terrible épreuve.

Il revint vers elle aussi vite qu'il s'en était allé. Ses yeux radoucis cherchèrent les siens.

– Oui. Ça l'est encore, parfois. Nous étions jeunes, idéalistes. Elle est morte des suites d'un accident. Je suppose que ma souffrance a été pour moitié de l'accablement. Vous savez, ajouta-t-il en se forçant à sourire, le genre ça-n'arrive-qu'aux-autres.

– Comme de faire partie d'un jury reclus ? demanda-t-elle doucement, histoire de changer de sujet.

Il opina et un sourire refleurit sur ses lèvres.

– Comme de faire partie d'un jury reclus.

Il inclina la tête d'un air songeur.

– Vous vivez seule ?

Il avait si rapidement fait volte-face qu'Abby en fut déconcertée. Elle hocha la tête.

– Cela vous pèse-t-il ?

Elle s'accorda un temps de réflexion.

– Non. J'aime bien ça. Et, même après trois ans, cela reste toujours une nouveauté. Il faut vous dire qu'avant j'avais toujours partagé mon appartement avec une colocataire. Pour une raison ou pour une autre. De plus, j'ai suffisamment de voisins et d'amis pour ne pas me sentir trop seule.

Au bureau, elle avait Janet, et même Sean. Enfin, lorsqu'il ne lui rebattait pas les oreilles avec ses états d'âme, bien sûr. Chez elle, à South Woodstock, Cindy et Jay Alexander lui avaient ouvert en même temps leur porte et leurs cœurs lorsqu'elle avait emménagé, arrivant tout droit de New York. Il y avait aussi des êtres comme Martha, dont les châles tissés à la main étaient le meilleur des remèdes contre les nuits glaciales du Vermont. Ted, fin connaisseur de Bach et expert en ce qui concernait les caprices de l'hiver. André, dans la librairie duquel elle avait passé tant d'heures les samedis et dont les recommandations littéraires lui avaient apporté de multiples après-midi dominicaux de pur plaisir.

– Vous n'avez jamais eu envie de vivre avec... avec un homme ?

Un instant prise au dépourvu par le tour personnel – et inattendu – que prenait la conversation, Abby s'accorda un temps de réflexion. Le temps de trouver les mots justes. Des mots qui ne soient pas défensifs – elle n'avait à se défendre de rien – mais qui expriment ce qu'elle ressentait.

– Non, je n'en ai jamais eu envie. Pas par principe, mais je n'ai tout simplement jamais rencontré une personne avec qui j'aie envie de vivre vingt-quatre heures sur vingt-quatre.

Elle marqua un temps d'hésitation et poursuivit :

– Je suppose que ce doit être super... si on a trouvé l'homme idéal...

Elle pinça un peu les lèvres en repensant à Sean. Qu'est-ce qui *n'allait pas* dans leur relation ? Et, surtout, pourquoi n'arrivait-il pas à exciter son désir ?

– Ah, ah ! la taquina Ben, il y a quand même quelqu'un ! Je le devine à votre expression.

Les cheveux d'Abby balayèrent ses épaules lorsqu'elle secoua la tête.

– Vous vous trompez. Il n'y a personne.

Et en un sens, c'était vrai.

Loin de paraître convaincu, son compagnon changea de position et la dévisagea, pensif.

– C'est étrange...

– Quoi donc ?

– La manière dont vous réagissez au fait d'être ici, répondit-il en plissant les yeux.

Soudain mal à l'aise, Abby fut surprise par l'intensité et la profondeur de sa voix. Une voix qui n'avait rien de nonchalant. Et qui ne collait plus du tout avec l'image qu'elle se faisait du personnage.

– Vous êtes aussi impatiente que moi, reprit-il. Je l'ai compris à l'instant même où je vous ai vue. En ce sens... vous et moi sommes différents des autres.

Il s'interrompit et l'examina attentivement.

– Vous vivez seule, donc vous n'essayez pas d'échapper à une colocataire encombrante. Vous avez un travail qui vous intéresse. Ce n'est pas comme si vous mouriez d'envie de prendre des vacances... Ai-je raison, jusqu'à présent ?

– Oui, répondit-elle, étonnée par son esprit d'analyse.

Il paraissait chercher la clé d'une énigme. Et se réjouir à chaque nouvel indice.

– Donc... cherchez l'homme ! Vous êtes jolie, intelligente et célibataire. De plus, vous savez parfaitement que tout cela ne sera pas une partie de plaisir. Moralité : je me demande *pourquoi* une femme telle que vous a eu envie de tenter une expérience telle que celle-ci.

– Je vous ai donné mes raisons.

– Une de vos raisons, rectifia-t-il en souriant, taquin. Mais vous ne m'enlèverez pas de la tête qu'il y en a d'autres. Une certaine expression revient régulièrement dans votre regard. Serait-ce du soulagement ? Je soupçonne fortement ces trois semaines de représenter une sorte de répit, pour vous.

Il fit une pause.

– Voilà que vous rougissez. Ai-je tapé juste ?

– C'est le bourbon, se défendit-elle, en tentant de réprimer un sourire. Que m'avez-vous dit enseigner, déjà ?

Ce devait être la psychologie.

– Le bourbon n'est pas responsable.

Ben avait l'air de s'amuser comme un petit fou.

– Vous n'avez même pas bu la moitié de votre verre. Et je ne vous ai *jamais* dit ce que j'enseigne... je suis professeur de science politique.

– Sans rire ? Mais c'est une matière passionnante ! Avez-vous une spécialisation ?

– Vous détournez la conversation.

– Je pensais que nous parlions chacun de l'autre.

– Non, Abby, il était question de vous...

– Hum, excusez-moi. Docteur Wyeth, mademoiselle Barnes ?

Ils tournèrent tous deux la tête vers le barman, qui, visiblement gêné, se tenait devant eux.

– Si cela ne vous ennuie pas, voulez-vous emporter vos verres dans la salle à manger car le dîner est servi.

Ben se leva souplement et aida Abby à en faire autant.

– Merci, répondit-il. J'ai bien peur que nous...

Il s'éclaircit la gorge et regarda attentivement la jeune femme.

– ... que nous n'ayons été totalement absorbés par notre discussion.

Ce fut seulement lorsque le barman disparut qu'Abby constata qu'un grand calme régnait dans la pièce. Et pour cause, elle était vide !

– C'est horriblement gênant, murmura-t-elle, en rougissant de plus belle. Je n'ai même pas remarqué leur départ !

– C'est un groupe tellement captivant... railla Ben.

– Peut-être sommes-nous injustes. Ce n'est que la première soirée, après tout. Et nous ne leur avons pas vraiment donné leur chance.

Ben baissa la voix lorsqu'ils pénétrèrent dans la salle à manger.

– Probablement avez-vous raison. Nous devrions nous séparer le temps du repas et essayer de faire connaissance avec les autres.

C'est alors qu'Abby se rendit compte qu'elle était, certes, impatiente de dîner, mais de le faire *en sa compagnie.*

– D'un autre côté, biaisa-t-elle d'une voix de plus en plus ténue à mesure qu'ils approchaient des tables, il n'y a pas urgence. Nous aurons tout le temps...

Elle ne finit pas sa phrase. Et sourit, penaude, en apercevant trois regards interrogateurs se tourner vers elle. Bon, se dit-elle, d'une part Ben a pris sa décision, et d'autre part la situation étant ce qu'elle est, il ne me reste plus qu'à faire contre mauvaise fortune bon cœur. Le plus gracieusement possible.

– Puis-je me joindre à vous ? demanda-t-elle doucement, sans s'apercevoir que son voisin lui présentait au même moment la seule chaise libre de la tablée.

Alors, résignée, elle s'installa.

Tout bien considéré, cela aurait pu être pire. La truite aux amandes était absolument délicieuse. Aussi délectable que celles qu'elle avait pu déguster dans quelques restaurants réputés. Les légumes étaient frais, le pain fait maison. Quant au dessert, un énorme et savoureux moka au chocolat, il ne fit que graver en lettres de feu dans l'esprit de la jeune femme la plaisanterie qu'elle avait faite à propos de « l'exercice dont elle aurait bien besoin ».

La conversation languissait. Non pas que se développât une hostilité ambiante, mais chacun faisait montre d'une certaine circonspection, réserve propre à inhiber les échanges. Etait-ce la perspective du procès à venir qui pesait sur eux tous ? Toujours est-il que personne n'osait prendre la parole, de peur de violer l'obligation de secret édictée par les services de police.

Abby tenta bien d'orienter la discussion vers des aspects plus personnels, mais elle se heurta à un mur. Elle aurait aimé, pourtant, en savoir un peu plus sur ses compagnons. Sur leur maison, leur travail ou leur famille. Mais chacune de ses questions ne récoltait en réponse qu'un monosyllabe. Sur un ton propre à décourager n'importe quelle bonne volonté de pousser plus avant ses investigations. Si Abby n'avait su à quoi s'en tenir, elle aurait juré qu'ils avaient conclu un pacte. Souffrir en silence ; point à la ligne.

Oh ! certes, certains sujets furent jugés acceptables par les convives : le temps, la prochaine saison de ski, le prix prohibitif du fuel ou les surprises réservées par le championnat de l'American League [1]. Autant de

---

1. Ligue majeure des clubs de base-ball professionnels, fondée en 1900. (N.d.T.)

sujets qui n'ennuyaient pas particulièrement Abby, mais ne la passionnaient guère non plus, même si elle pouvait aisément y mettre son grain de sel. Quelque chose de plus profond se jouait autour de la table. Elle laissa ses pensées vagabonder.

Que se passerait-il, au fur et à mesure que le procès avancerait ? Si eux, les membres du jury, étaient si mal à l'aise ensemble, comment arriveraient-ils à supporter une pression croissante ? Car elle ne pouvait que s'accentuer. Des heures d'intense concentration. Des jours passés scotchés sur une chaise, à écouter tout ce qui se disait et à entendre le point de vue d'une partie puis de l'autre, sans compter les innombrables objections, rejetées ou développées. Pour la première fois, Abby ressentit une véritable appréhension. On pouvait, certes, envisager ces débats comme une expérience unique. Mais le fait de réaliser qu'elle puisse se révéler exténuante était une autre paire de manches. C'était long trois semaines de procès. Très long. Arriverait-elle à le supporter ?

Bien sûr, l'horizon n'était pas si noir. Une lumière éclatante brillait deux tables plus loin sur sa gauche. Elle dînait en compagnie de Ray, un des policiers, d'un homme dont Abby ne connaissait pas le nom et de Patricia. Veinarde ! Une Patricia qui, à voir son expression enthousiaste, était subjuguée par Ben. Abby se fit un point d'honneur à ne pas épier comment le dénommé Ben réagissait. Elle avait assez à faire avec sa jalousie devant la chance de Patricia.

Cela étant, elle ne put s'empêcher de se sentir délaissée lorsque Ben disparut, peu après le café. Et fut très surprise lorsque Patricia la rejoignit pour en boire avec elle une seconde tasse, alors que tous prenaient peu à peu congé.

– J'ai regretté votre absence cet après-midi, lança la jeune femme en se glissant sur une chaise libre à côté d'elle. J'espérais bien vous mettre la main dessus. Vous êtes Abby, n'est-ce pas ?

Abby sourit, toute jalousie envolée. Après l'heure qu'elle venait de passer, enfin une bouffée d'air pur rafraîchissait l'atmosphère.

– C'est exact... Patricia ?

– Patsy. Vous ont-ils emmenée chez vous pour prendre vos affaires ?

– Oui, sous la garde de Lorraine. Etrange expérience, en vérité.

– Je sais. Mais vous avez de la chance, car moi j'ai été désignée hier, et l'attente est insupportable. La journée d'aujourd'hui m'a au moins gratifiée de votre présence, ainsi que de celle de Ben.

Ses yeux s'éclairèrent.

– Il est vraiment extraordinaire ! Je vous ai vue discuter avec lui avant le dîner, je n'ai pas voulu vous importuner, vous sembliez totalement concentrés l'un sur l'autre. Dites... vous n'avez pas d'attaches, ni rien ?

– Avec Ben ? protesta Abby, soudain prudente. J'ai fait sa connaissance aujourd'hui seulement !

– Non, non, je veux dire... autrement. Vous n'êtes pas mariée ou... ?

Abby secoua la tête.

– Alors mettez-lui le grappin dessus ! s'exclama Patsy. Il est splendide !

– Patsy...

– Sans blague, je suis sérieuse ! Vous formez un couple fabuleux.

– C'est un *juré* !

– Et brillant, avec ça, continua Patsy sans l'écouter. Savez-vous qu'il est professeur d'université ? Il ne m'a pas dit où, et je n'ai pas pu le lui extorquer, mais vous auriez dû l'entendre discuter du système des castes en Inde avec Bernie. Il en connaissait le moindre détail, et sur le bout des doigts !

Ça, Abby n'en doutait aucunement.

– Eh bien, j'ai comme l'impression que votre dîner a été plus intéressant que le mien. Qui est Bernie ?

Véritable antithèse des autres jurés, Patricia prenait à peine le temps de respirer entre deux phrases.

– Bernie Langenbach. Il a été le premier retenu. Le pauvre homme est ici depuis avant-hier ! Il possède un restaurant à White River Junction.

– Et vous, Patsy ! Que faites-vous ?

Sa réponse fut bien la première phrase que la jeune femme blonde prononça lentement. Mais c'était la fierté qui lui faisait peser ses mots.

– Je dessine des tenues de ski pour la compagnie Eastern Appalachian.

– Vous êtes styliste ? C'est fantastique !

Patsy opina du bonnet.

– J'adore mon travail, répondit-elle, avant de se faire plus malicieuse. Et puis ça me donne une bonne excuse pour ne pas m'éloigner des pistes...

Elle avait une étincelle dans le regard qui n'échappa pas à Abby. Une lueur qui n'avait rien à voir avec l'art du schuss.

– O.K., lança Abby en souriant (la jeune femme lui plaisait de plus en plus). J'ai compris. Qui est-ce ?

Patricia lui retourna un sourire éclatant et se pencha vers elle.

– C'est un accro du ski et le type le plus génial du monde ! Je veux dire... il est élégant, drôle et, de plus, vraiment beau gosse !

– Mais sait-il skier ? demanda Abby, sérieuse, enfin, jusqu'à ce que sa nouvelle amie éclate de rire.

– S'il sait skier ? s'exclama-t-elle en levant les yeux au ciel. C'est quelque chose, de le voir dévaler une montagne.

Elle se tut, presque dévotement, puis reprit d'une voix vibrante :

– Mazette, qu'est-ce qu'il a été embêté quand on lui a expliqué que je ne pouvais plus lui parler !

Tiens, ça rappelait un souvenir à Abby, ça !

– Il n'aime pas utiliser les services d'un interprète ? rétorqua-t-elle en se mordant la lèvre pour ne pas rire.

– Pas... du... tout ! répondit Patsy en détachant les mots, avant d'ajouter, l'air ravi : J'adore sa possessivité !

Abby rit doucement.

– Vous êtes étonnante, Patsy. Sans compter que vous me changez de l'humanité éminemment... rassise avec laquelle j'ai eu l'honneur de dîner ce soir.

Patricia se rencogna sur sa chaise en grimaçant.

– Comment ! L'opinion de Dean sur l'économie ne vous a pas enthousiasmée ?

– Hum, hum, vous aussi y avez eu droit ?

Légèrement conservatrice, l'opinion en question. Pour ne pas dire plus.

– Deux fois, même. Et Richard... qui remet à chaque fois le tourisme sur le tapis. Vous savez... le style « c'est une bonne chose que les riches deviennent encore plus riches, comme ça ils peuvent continuer à venir skier dans nos montagnes ». A propos, j'espère que vous n'avez pas essayé de polémiquer avec lui.

Son avertissement arrivait malheureusement trop tard.

– En fait, gémit Abby, j'ai fait une suggestion à propos des *autres*, ceux qui aimeraient peut-être bien skier eux aussi...

— Et là, il s'est refermé comme une huître, non ?

— Il n'y a pas d'autre mot.

Patsy hocha la tête.

— Cela semble être le canevas général. On dirait qu'ils ont tous peur de lâcher un mot interdit. Enfin, à part votre Ben.

— Ce n'est pas *mon* Ben, Patsy. Pour autant que je sache, il y a une petite étudiante bien rangée dans son confortable appartement en copropriété.

Ben n'avait jamais dit cela. Il avait juste précisé qu'il avait été marié. Et n'avait absolument rien ajouté concernant d'éventuelles amours actuelles.

— Et, de plus, j'ai déjà les mains pleines.

— Non ? lança Patsy, le visage soudain rayonnant. Racontez-moi tout !

Mais, avant qu'Abby puisse ouvrir la bouche, Nicholas Abbott l'interpella :

— Abby ? Un appel téléphonique pour vous. Votre fiancé.

— Mon fiancé ?

— Eh, qui d'autre ?

— Mais je ne peux pas lui parler !

— Grace est en train de terminer avec une autre communication. Elle sera ravie de vous apporter son aide dès qu'elle aura fini.

Oui, mais voilà. Abby n'était pas franchement certaine d'avoir besoin d'aide. En fait, elle était particulièrement contrariée par l'audace de Sean. Elle hésita.

— Il prétend que c'est important, crut bon de se justifier Nicholas.

Abby poussa un soupir, et hocha la tête d'un air résigné. Après tout, Sean avait peut-être une question essentielle à lui poser concernant le travail qu'elle ne pourrait assurer au cours des trois semaines à venir. Elle y avait à peine pensé tout au long de la journée, et se sentit légèrement coupable.

– Merci. J'y vais.

Rongée par la curiosité, Patsy n'y tint plus.

– Votre *fiancé* ? Etes-vous réellement fiancée ?

– Jamais de la vie !

Abby se leva, déterminée.

– Et j'ai bien l'intention de mettre les choses au point pas plus tard que maintenant, annonça-t-elle avec vigueur.

D'une voix moqueuse, Patricia rectifia :

– C'est-à-dire que vous allez charger *Grace* de le faire ?

– Ahouu... eh bien, oui ! Il sait parfaitement que nous ne sommes pas fiancés, et il va bien falloir qu'il comprenne que ce n'est pas en le prétendant qu'il parviendra à me joindre plus facilement.

– Alors dépêchez-vous d'aller lui secouer les puces, souffla Patsy, la voix traînante.

– Et moi qui croyais être enfin libérée de tout ça... marmonna une Abby renfrognée en se dirigeant vers le vestibule.

Assise derrière le bureau, Grace, en ayant terminé avec le premier appel, raccrochait le combiné. Toute colère momentanément suspendue, Abby vit alors Ben Wyeth remercier d'un signe de tête l'officier de police.

– Votre *fiancé* ? la taquina-t-il en passant près d'elle, sourcils malicieusement relevés.

Allons bon, le voici sur le point de dénicher une autre pièce du puzzle ! Il était temps de remettre les pendules à l'heure. Oui, mais voilà. Ben, en route vers la porte principale, ne lui en laissa pas l'occasion. Catastrophée, elle ne put que le suivre du regard. Sans vraiment comprendre pourquoi sa méprise l'ennuyait tant. Bon, de toute façon, la faute en revenait entièrement à Sean, finit-elle par décréter en s'installant à côté de Grace.

Lorsque Abby émergea, elle ne vit nulle part trace de Ben. Elle qui était persuadée qu'elle allait le retrouver dans la véranda, bernique ! Au salon ? Non plus. Seule une poignée de jurés y bavardaient. Et comme Abby n'avait nulle envie de se joindre à eux, il ne lui restait qu'une possibilité : opérer une retraite stratégique en direction de sa chambre. Le tout assorti d'un énorme soupir de déception.

Allons, se rassura-t-elle en s'engageant dans l'escalier, l'appréhension que je ressens n'a rien que de très naturel. Tout est si nouveau, si soudain. Sans compter que ce pinailleur de Sean n'avait rien arrangé. Bien au contraire. Même Grace était au bord de la dépression nerveuse, à la fin de l'entretien, après lui avoir réexpliqué au bas mot deux mille fois les règles auxquelles étaient soumis les jurés. Non pas parce qu'il n'y comprenait rien, non. Simplement, il ne les admettait pas. Mais ça, c'était *son* problème. Pas celui d'Abby.

Arrivée dans sa chambre, elle se dirigea vers la fenêtre, puis s'affala dans un fauteuil proche. Le seul, d'ailleurs. Elle avait tout de suite aimé cette pièce. Située au deuxième et dernier étage, elle était aussi charmante que le reste de l'auberge. Peut-être même plus, à seconde vue. Une lucarne et des petites niches lui conféraient un charme tout particulier. Abby laissa errer son regard du lit au mur, de l'armoire à la commode. Elle se sentait bien. Chez elle.

Les autres étaient-ils aussi agréablement lotis qu'elle ? se demanda-t-elle paresseusement. Avaient-ils également un édredon de patchwork sur leur lit, des tentures artisanales au mur et des fleurs fraîchement coupées sur la table ? Cet endroit était une véritable palette de bleu lavande mâtiné de blanc. Qu'en était-il pour les autres jurés ?

Puis ses pensées revinrent à Ben. Où dormait-il ? Les chambres avaient-elles été attribuées par ordre d'arrivée ? Et, si tel était le cas... étaient-ils voisins ? Elle tendit l'oreille, attentive aux bruits qui pouvaient filtrer des pièces adjacentes... Rien. Peut-être les autres n'avaient-ils pas encore regagné leurs pénates. A moins que – et plus probablement – ils ne soient déjà au lit. Mais *lui*... ?

Abby poussa un grognement, sauta sur ses pieds et se précipita sur le téléphone pour appeler la réception. Oui, tous les jurés seraient réveillés à 7 heures. Oh, elle désirait courir ? Cela ne posait aucun problème. Ray les attendrait vers 6 heures. Cela lui convenait-il ? Bien. Dans ce cas, on la réveillerait plus tôt. Désirait-elle autre chose ? Une boisson chaude ? Une couverture supplémentaire ? Non ? Eh bien... dans ce cas, bonne nuit.

Abby passa l'heure suivante à prendre des notes. Lorsqu'elle s'endormit enfin, ce fut l'esprit encombré d'une myriade de pensées, ou plutôt de bouts de pensées sans suite. Dont une qui revenait sans cesse la perturber. Une qui avait trait à Benjamin Wyeth, au système des castes en Inde, assortie de l'impression récurrente que quelque chose lui avait échappé.

C'était ça... le « J ». Benjamin *J*. Wyeth. Un J que lui restitua le fin fond de sa mémoire au petit matin, lorsqu'elle fut tirée de son sommeil par la sonnerie du téléphone. Benjamin J. Wyeth. Il y avait au moins un an que son livre était sorti. Elle revit André en train de lui en parler, un samedi, tout en disposant des exemplaires de l'ouvrage sur les rayonnages. Elle n'y avait plus repensé depuis, et elle n'avait pas cherché à le lire non plus. De quoi parlait-il, au fait ?... ce n'était pas de l'Inde... la Chine ? Peut-être.

En tout cas, la question l'aida à garder les yeux ouverts pendant qu'elle enfilait son survêtement, laçait ses tennis et dévalait l'escalier, son bonnet de laine à la main. A mi-hauteur, son pied tourna... et elle descendit le reste des marches d'un pas de sénateur.

— 'jour, marmonna-t-elle en tentant un sourire.

Enfin, un sourire, plutôt une vague imitation. D'ordinaire, elle courait seule. Personne n'assistait à ses réveils laborieux. Il lui fut d'un piètre réconfort de constater que ses compagnons paraissaient tout aussi endormis qu'elle.

Ray lui adressa un signe de tête silencieux, imité par un juré prénommé Brian. Ce fut, cependant, sur le dernier membre de l'équipe des coureurs que se fixa l'attention d'Abby.

— Prêts ? demanda Brian.

Il avait la tignasse hirsute et encore plus claire à la faible lumière du matin.

— Prête, souffla Abby en lui emboîtant le pas.

Ray, l'officier-champion-de-course-à-pied, semblait des plus inquiets à l'idée de compter une femme dans son équipe.

– Vous courez souvent, mademoiselle Barnes ?

– Appelez-moi Abby... Oui. Tous les matins.

Ils étaient arrivés dans la véranda.

– Bien. Pourquoi ne partez-vous pas devant, Brian et vous ? Je vous rejoindrai avec Ben.

Si elle avait eu le choix, Abby aurait probablement pris d'autres dispositions. Mais s'il était une chose à laquelle elle ne s'attendait pas, c'était bien de retrouver Ben. Quoique. Elle aurait dû s'en douter. Il avait les épaules bien trop larges, les hanches bien trop étroites pour mener une vie d'inactif. De plus, étant donné que sa première pensée, au réveil, avait été pour lui, ce rendez-vous inattendu pouvait se révéler une aubaine. Mais, bon, se dit-elle en guise de consolation, elle n'était pas encore en état de parler. Le soleil venait à peine d'émerger de l'horizon et elle avait encore une chose très importante à faire : se réveiller.

Abby enfonça résolument son bonnet de laine sur sa chevelure et se mit en devoir de faire ses exercices habituels d'assouplissement. Lorsqu'elle se redressa, elle découvrit trois hommes qui la contemplaient, ahuris.

– Il... il y a quelque chose qui ne va pas ? demanda-t-elle, soudain gênée, en les dévisageant tour à tour.

Mais son expression vira immédiatement au défi, lorsqu'elle lut dans leurs yeux une appréciation toute masculine.

– Vous ne vous mettez pas en train, vous autres ?

– Pas... vraiment... de cette manière-là, répondit Ben, mains sur les hanches et yeux pétillants.

Ray ne fut pas aussi intrépide.

– Allons-y, se contenta-t-il de grommeler en entraînant Brian.

Abby continua un instant de se mesurer du regard avec Ben avant de tourner les talons à son tour.

– Vous connaissez le chemin ? demanda-t-elle à Brian.

– L'ai fait hier, répondit-il brièvement, les yeux fixés sur la route, totalement concentré sur la course.

Abby s'élança derrière lui et se perdit dans ses pensées, comme chaque fois qu'elle courait. C'est-à-dire chaque matin. Elle trouva sa foulée et régula sa respiration. Ravie de constater qu'elle ne se laissait pas distancer par Brian malgré son poids plus léger et sa petite stature. Si ces trois-là étaient persuadés de la semer en cours de route, ils allaient être surpris ! Cette pensée donna encore plus d'élasticité à son allure.

L'auberge disparut de leur vue lorsqu'ils traversèrent un rideau d'arbres. Ils débouchèrent sur un sentier qui semblait fait sur mesure, rien que pour eux. Grace avait raison, pensa Abby, l'endroit choisi pour les héberger était vraiment idéal. Ici, personne ne risquait d'être contaminé par la foule. Nulle part elle n'apercevait – ni n'entendait – trace de la civilisation. Rien. Seulement le bruit rythmé des pieds frappant le sol, celui des respirations et – plus délectable encore – le murmure de la forêt.

Abby avait pour habitude de mesurer la distance parcourue en regardant sa montre (elle couvrait un kilomètre en trois minutes trente). Toujours en tête, Brian semblait parfaitement, à chaque carrefour, savoir quelle direction prendre. Les autres le suivaient à distance régulière.

La naissance du jour éclaircit le ciel. Au même instant, Abby, enfin bien réveillée, s'interrogea sur ce que leur réservait la journée à venir. D'un côté, elle se serait réfugiée avec plaisir dans un terrier moussu en attendant de rejoindre à nouveau les coureurs le lendomain matin. Oui, mais ça, c'était son côté trouillard, se morigéna-t-elle illico. D'un autre côté, heureusement le plus important, elle frétillait d'excitation.

C'est à ce moment-là, bien sûr, qu'elle s'aperçut de la présence de Ben, juste derrière elle. Le troisième kilomètre défila, suivi du quatrième puis du cinquième. C'est alors qu'elle commença à s'emmêler dans ses comptes. Oh ! bien sûr, l'orgueil lui interdisait de regarder en arrière, mais quand même, elle était ravie de tenir la tête. D'un point de vue sportif, s'entend. Si seulement il cessait de fixer sa nuque à longueur de temps...

A cet instant, comme aimanté par ses pensées, Ben la rattrapa.

– Pas mal... pour une fille, la taquina-t-il en adaptant son pas au sien.

Piquée au vif, Abby leva un regard féroce vers lui. Mais il arborait un sourire si sincère que la bouffée d'indignation de la jeune femme fit long feu. Elle se contenta de hocher la tête avec une mimique exaspérée. A vrai dire, elle était sur le point d'atteindre ses limites. Dix kilomètres. Il lui apparut alors qu'elle pourrait bien ne pas se montrer à la hauteur. Allons, mieux valait se concentrer sur ses foulées !

Mais Ben ne l'entendait pas de cette oreille.

– Est-ce que votre fiancé court avec vous ? demanda-t-il, nonchalant.

Va donc te concentrer sur la régularité de tes pas avec ça ! se dit-elle, tandis que son pouls s'affolait. Avait-il pensé à *ça* toute la nuit... ou n'était-ce qu'une question innocente ? Elle lui jeta un bref coup d'œil. Et ne fut pas plus avancée pour autant.

– Jamais de la vie.

Ils continuèrent quelques instants en silence.

– Vous avez prétendu ne pas avoir de fiancé !

– Je vous ai dit la vérité.

Si elle avait levé les yeux à cet instant précis, Abby l'aurait vu hocher la tête, littéralement terrassé par la logique de la chose. Mais non. Moralité, elle dut attendre un bon moment sa réponse.

– Dites-moi, quelle est pour vous la signification du mot « fiancé » ?

Abby le laissa mariner quelques minutes. Eh quoi ! Il avait bien pris son temps, lui, pour la reluquer en douce, au cours des trois quarts d'heure précédents. Elle avait une revanche à prendre !

– Dans le cas qui nous intéresse, laissa-t-elle tomber, c'est un homme qui en rajoute dans le genre emmerdeur.

– Aaaahhh...

Il comprenait enfin.

Ce fut alors que l'auberge apparut. Tous ralentirent progressivement l'allure au fur et à mesure qu'ils se rapprochaient du porche. Arrivée au pied de l'escalier, Abby s'arrêta net, et essaya de reprendre son souffle. Puis elle arracha son bonnet de laine et fit une vague tentative pour se recoiffer en plongeant ses doigts dans ses cheveux. Enfin elle s'assit sur une marche, histoire de se reposer un chouia avant de pénétrer à l'intérieur.

Ben se laissa tomber à côté d'elle. Il étendit une jambe, replia l'autre et s'appuya contre la rampe.

– Ainsi, vous n'êtes pas fiancée, observa-t-il.

La jeune femme se renfrogna.

– Jamais de la vie.

Puis, se penchant, elle agrippa ses mollets à pleines mains et étira prudemment son dos douloureux. Satanés muscles lombaires ! Tête nichée entre les genoux, elle ne perçut pas le mouvement de Ben. Soudain, deux mains se posèrent sur elle. Elle sursauta.

– Non, souffla-t-il en la repoussant doucement. Ne bougez pas. Laissez-moi voir si je peux vous soulager un peu.

– Comment savez-vous que je souffre ? demanda-t-elle, la voix étouffée par le coton de son survêtement.

– A cause du petit mouvement qui vous a échappé et des précautions que vous prenez pour vous étirer.

Il plaça ses pouces sur l'endroit douloureux et entreprit de le masser doucement. Abby ne put réprimer un gémissement de bien-être.

– Ça va mieux ?

– Toujours, quand on me masse.

Elle expira lentement.

– Votre dos vous fait-il souvent souffrir lorsque vous courez ?

– Non... seulement quand je m'arrête.

– Très drôle.

En temps normal, Abby aurait pu en rire. Mais là elle n'avait que trop conscience de ses mains sur son corps. Pas seulement des pouces, qui pressaient et malaxaient, mais des doigts qui encerclaient sa taille et semblaient revendiquer leur droit de se placer là. Leur force, alliée à une exquise douceur, ne lui donnait pas particulièrement envie de glousser. Abby ouvrit les yeux. Très grands, même.

Ce fut alors que Ben se redressa brutalement.

– Je crois que... c'est à peu près tout ce que je peux faire pour vous, dit-il, d'une voix légèrement voilée.

En tournant la tête, Abby se retrouva à quelques centimètres de son visage. Le message était on ne peut plus clair. Inscrit en toutes lettres dans l'éclat vif-argent de ses yeux, dans le dessin viril de sa bouche. Dans toute sa personne.

Le cœur battant, elle le détailla. Benjamin Wyeth n'était pas seulement un homme agréable à regarder et sympathique, mais également l'individu le plus désirable qu'ait jamais connu la jeune femme. Il émanait de sa personne un magnétisme animal. Une sorte de magnétisme qui la fit frissonner.

Ils se relevèrent lentement, silencieusement. Aucun d'eux n'osait rompre le charme. Le regard d'Abby erra sur la tignasse ébouriffée, les sourcils où perlait la sueur, l'ombre de la barbe naissante. Il était réellement attirant. Puis ses yeux descendirent plus bas, sur ses lèvres.

– Nous ferions mieux de rentrer, murmura-t-il.

Elle acquiesça en silence, incapable d'esquisser un geste.

– Abby...

Leurs regards se soudèrent. Allait-il l'embrasser ? La jeune femme en mourait d'envie. Mais non, il se permit simplement de caresser doucement sa joue avec le dos de la main. Puis il s'écarta un peu, et lança doucement :

– Je pense que... nous ferions mieux de filer prendre une douche. Le petit déjeuner sera servi à 7 h 45. Nous devons être au tribunal vers 9 heures.

La perspective de ce qui les attendait ramena Abby à la réalité. Le procès... elle avait presque oublié pourquoi elle était là. Pourquoi *il* était là. Où avait-elle la tête ? Elle esquissa une grimace, franchit, tête baissée, la porte que lui tenait Ben, et se dirigea vers l'escalier.

Le procès... il allait commencer dans à peine deux heures. L'émotion qui l'étreignit était totalement différente de celle qu'elle venait de ressentir. Quelle impression cela pouvait-il faire, se demanda-t-elle en grim-

pant les marches, de siéger dans un tribunal sans se
contenter d'assister aux débats mais en tant qu'élément
indispensable ?

Ce fut seulement au premier étage qu'elle réalisa que
Ben était toujours à côté d'elle.

– A... à tout à l'heure, pour le petit déjeuner.

Elle avait quasiment chuchoté. Elle se détourna et
entama l'ascension du deuxième étage. Un pas sur les
marches répondit en écho au sien. Sur le palier, ce fut
au tour de Ben de murmurer :

– A plus tard.

Planté comme un piquet, il la regarda s'éloigner.
Une main sur la poignée de la porte, Abby se retourna
et fronça les sourcils, perplexe. Alors il fit quelques pas
et s'arrêta à un mètre d'elle... A un mètre d'elle et à la
même distance de sa propre porte.

Brusquement, une expression amusée se peignit sur
son visage. Cette expression qui avait immédiatement
séduit Abby.

– Cela pourrait bien se révéler être une épreuve
équivalente à celle qui nous attend au tribunal, lança-
t-il en traînant sur les mots.

Il la dévisagea encore un long moment puis pénétra
dans sa chambre.

Point n'était besoin de faire un dessin à la jeune
femme.

3

Son pouls s'accéléra. C'était un fait d'avoir découvert que la chambre de Ben était contiguë à la sienne. De sentir que, lorsqu'elle s'habillait, se douchait ou se mettait au lit, il faisait probablement la même chose de l'autre côté du mur. Mais, au tribunal, s'apercevoir qu'on les avait placés côte à côte fut un choc pour Abby. Cela tenait, certes, au hasard du tirage au sort – elle douzième et lui treizième – mais elle ne pouvait s'empêcher de se demander ce que la chance avait à voir là-dedans.

D'un côté, le sentir aussi proche lui était d'un certain réconfort. L'estomac noué à la perspective des débats à venir, elle le regarda s'installer près d'elle. Il émanait de lui une telle tranquillité, une telle assurance qu'elle reprit courage.

Oui, mais d'un autre côté, il y avait l'homme. Propre et frais, il portait une chemise blanche, un blazer à la dignité toute marine et un pantalon... un pantalon... dont elle savait qu'il était gris, mais qui lui paraissait particulièrement fascinant par la manière dont il dessina ses cuisses lorsqu'il croisa les jambes.

Moralité, Abby ne savait plus si son estomac jouait

des castagnettes à cause de l'ambiance survoltée du tribunal... ou à cause de l'éminemment viril Benjamin Wyeth.

– Tout va bien, Abby ? Vous n'avez pas l'air en grande forme, s'inquiéta-t-il à voix basse, avant de lancer, gentiment taquin : J'espère que nous ne vous avons pas éreintée, ce matin.

Elle mordit avec reconnaissance à l'hameçon et esquissa un sourire.

– Jamais de la vie. J'ai même été étonnée par votre endurance, les mecs. Chapeau !

Puis elle parcourut du regard la foule massée dans le prétoire. Et son sourire s'évanouit.

– Non, c'est tout ce fourbi qui m'impressionne, ajouta-t-elle, pour justifier sa pâleur. J'aimerais bien que le procès commence enfin.

Ben scruta à son tour l'assistance.

– Il manque l'accusé. Il doit attendre à l'extérieur... Ah ! le voilà.

Une porte s'ouvrait en effet. Un murmure s'éleva de la salle lorsque le prévenu fit son entrée, encadré par deux gardes en uniforme. Tous deux sur le qui-vive. Abby observa Derek Bradley. Impeccablement vêtu d'un costume trois pièces gris très classique et de mocassins noirs, rasé de près, parfaitement coiffé, il avait belle allure. Un sourire fugace éclaira son visage lorsqu'il découvrit le premier rang, là où était installée sa famille. Un sourire à en faire craquer plus d'une, pensa Abby.

– Je suis étonné que le procureur n'ait pas mis en doute votre sélection comme juré, chuchota Ben en se penchant vers elle. Derek Bradley est jeune, et diablement séduisant. S'il *vous* sourit de cette manière...

– Ne soyez pas ridicule, rétorqua-t-elle à voix tout

aussi basse. Il n'est pas *si* séduisant que ça. Sans compter qu'il n'a certainement pas plus de trente ans. J'aime les hommes plus âgés... plus mûrs.

Il haussa comiquement un sourcil.

– Encourageant ! Après tout, peut-être que la partie civile le savait. A moins que... ils n'aient voulu tenter le pari.

Il l'observait, l'œil goguenard. Abby se sentit rougir mais fut sauvée par le gong avant d'avoir à trouver une repartie. Un coup de marteau donné pour réclamer le silence.

– Messieurs, la Cour ! Veuillez vous lever, claironna l'huissier.

Tous obéirent.

Les mains agrippées à la rambarde qui séparait les deux rangs de jurés, Abby ouvrit des yeux comme des soucoupes en découvrant la scène. Trois hommes en robe noire et en file indienne, Theodore Hammond au milieu, gravirent lentement l'estrade.

– Vous pouvez vous asseoir, intima l'huissier.

Tous obéirent.

Abby la première, trop contente de retrouver son siège. Ses genoux ressemblaient bien trop à de la flanelle, ses mains étaient bien trop moites... et Benjamin Wyeth, à côté d'elle, était bien trop grand, bien trop droit pour qu'elle puisse l'ignorer. Au moins, ils étaient séparés par les accoudoirs des fauteuils en cuir brun.

Elle baissa les yeux. Et fut surprise par le contraste qu'offrait le poignet de son chemisier de soie crème contre la manche du blazer de laine bleu marine. Par sa minceur, comparée à la puissance de Ben. Un frisson descendit le long de sa colonne vertébrale. Encore heureux qu'il y ait des accoudoirs ! pensa-t-elle, en se carrant diplomatiquement au fond de son fauteuil.

Puis, croisant les mains sur ses genoux, elle fit tout son possible pour se concentrer sur le tribunal.

La foule se figea. L'huissier venait de se lever pour donner lecture de l'acte d'accusation. Le prévenu, Derek Bradley, était poursuivi pour enlèvement, assorti de coups et blessures. Accusations pour lesquelles la défense avait plaidé non coupable lors d'une précédente audience.

Ensuite, et ainsi que Grace les en avait prévenus, le juge s'adressa aux jurés.

— Mesdames et messieurs, commença-t-il solennellement, il vous a été demandé de consentir à un sacrifice auquel nombre de vos pairs n'ont jamais eu, ni n'auront jamais à se soumettre. Pour l'amour de la justice, vous avez accepté d'aliéner votre liberté pendant la durée de ce procès. La Cour mesure toute l'étendue de votre renoncement et tient – par la présente déclaration – à vous en remercier, au nom de l'Etat du Vermont.

Suspendue à ses lèvres, Abby buvait ses paroles, imitée en cela par ses compagnons. Pas un ne bougeait. Aucun n'était conscient non plus d'être le point de mire de centaines d'yeux.

— Au cours de ce procès, les représentants des deux parties en présence vont nous donner leur version des faits. Nous vous demandons d'écouter attentivement chacun, chaque point, étant entendu que la décision finale vous appartiendra. Vous – et *vous seuls* – jugerez de la culpabilité ou de l'innocence du prévenu.

Il se tut un instant, sourcils froncés, et consulta les papiers posés devant lui.

— Ainsi qu'il vous l'a été expliqué, le but de la réclusion du jury est de vous protéger de toute influence extérieure. Vous aurez, pour renforcer votre intime conviction, moi-même, les deux juges assesseurs, la partie civile et ses témoins, la défense et les siens. Vous ne devez rien écouter d'autre concernant cette affaire, ni en discuter avec qui que ce soit.

» Ce qui signifie aussi, malheureusement, avec aucun d'entre vous. Si difficile que cela puisse vous paraître, je vous intime donc de ne jamais l'évoquer hors de cette salle. Vous aurez tout loisir de le faire pendant les délibérations – et seulement à ces moments-là. Lorsque chaque partie aura défendu sa cause.

» Si vous avez des questions à poser, ou si vous rencontrez un problème quelconque, les huissiers se tiennent à votre disposition. Ils feront tout ce qui est en leur pouvoir pour essayer de pallier les inconvénients auxquels vous pourriez avoir à faire face. N'hésitez pas à réclamer leur aide.

Puis le juge se tourna à droite et à gauche pour demander à voix basse à ses collègues s'ils avaient quelque chose à ajouter. Tous deux secouèrent négativement la tête. Il s'adressa alors à la partie civile.

– Maître Weitz, nous vous écoutons.

L'exposé préliminaire de l'avocat général prit presque une heure. Il développa son argumentation d'une voix de basse qui allait sous peu devenir la marque de reconnaissance de David Weitz. Une argumentation clairement exposée, et d'autant plus chargée d'émotion.

Tout d'abord, il affirma que Derek Bradley avait, de sang-froid et de manière totalement délibérée, enlevé son ex-maîtresse, Greta Robinson, avec l'intention, d'une part, de la punir pour avoir osé l'éconduire et, d'autre part, pour provoquer chez elle un retour de flamme. Il décrivit ensuite le prévenu comme un riche héritier égocentrique persuadé de détenir un pouvoir sans limites et convaincu que ses désirs faisaient loi.

Il mentionna l'existence de témoins qui ne viendraient pas seulement faire des révélations sur l'affaire mais aussi démontrer l'arrogance de Derek Bradley, son égoïsme et sa personnalité tyrannique. Il conclut en insistant sur le fait que Greta Robinson, après des jours et des jours de torture émotionnelle et d'isolement, resterait marquée à vie par ce qu'il lui avait fait subir.

Lorsqu'il se tut, le juge décréta une pause de quinze minutes, et regagna l'antichambre, flanqué de ses collègues. Le jury, quant à lui, fut conduit dans la salle qui lui était réservée, à l'étage en dessous. Du café et des beignets y attendaient ses membres.

Perdue dans ses pensées, Abby s'installa sur une chaise. Elle n'avait pas particulièrement soif, ni faim. Non. Elle était encore stupéfaite par l'habileté de l'avocat général à décrire les actes de Bradley en les faisant apparaître simples et précis. Injustes. Lui eût-on demandé son avis à cet instant même, qu'elle aurait opté sans tergiversation aucune pour la culpabilité. Oui, mais voilà, il restait un autre son de cloche à entendre. Sans compter que ce qui avait précédé n'était qu'un exposé *préliminaire*.

– Aimeriez-vous que je vous apporte un café ? demanda Ben en se penchant au-dessus d'elle.

Brutalement arrachée à ses pensées, Abby releva la tête.

– Un café ? Euh... non. Non, merci.

– Il est pourtant bon, argua-t-il, tentateur, en s'asseyant à côté de la jeune femme.

Coudes sur les genoux, il resserra ses paumes autour de sa tasse.

Abby lui décocha un sourire pincé.

Je pense charrier suffisamment d'adrénaline dans mes veines pour pouvoir me passer de caféine. Ce n'est pas bon pour vous, vous savez... la caféine. Ça bousille le pancréas... entre autres douceurs.

Ben lui lança un regard de côté tout en portant lentement la tasse à ses lèvres. Il avala une gorgée du breuvage brûlant.

– Vous m'en direz tant, murmura-t-il, amusé. Une militante se cacherait-elle sous l'uniforme de l'infirmière ?

– C'est la femme qui parle... et je ne suis certainement pas une militante, rétorqua-t-elle en haussant les épaules. Et vous faites bien comme vous voulez.

Elle réprima un sourire narquois et reprit :

– Je parie que vous avalez des litres de ce machin-là, lorsque vous mettez la dernière main à un manuscrit.

Il la dévisagea d'un air surpris.

– Un manuscrit ?

– Je ne me souviens que de la Chine... c'est bien ça ?

– ... C'est ça.

Il avait marqué un temps d'hésitation. Abby le dévisagea, perplexe.

– Vous paraissez troublé. Quelque chose ne va pas ?

– Non... pas vraiment. C'est juste que... je suis étonné. Ce bouquin n'a pas été un best-seller.

– André le trouvait excellent, lui.

– Qui est André ?

– Un ami.

– Un ami du style *fiancé* ? ironisa-t-il, retrouvant soudain un semblant d'humour.

Abby ne put se retenir de glousser.

– Non. Un ami du style ami. Il est libraire et je rôdais

dans les parages lorsque votre livre est arrivé. Il m'a semblé qu'il se vendait bien.

– La Chine est un sujet à la mode.

Il haussa les épaules. Toutefois, il s'était redressé, toute nonchalance envolée.

– Non, ne me dites pas. C'est un guide touristique ? le taquina Abby.

– Non.

Il paraissait réticent, presque mal à l'aise.

– Alors... l'encouragea-t-elle gentiment, mais morte de curiosité.

Il se décida enfin.

– C'est une analyse politique de la transition que mène la République populaire. La Chine me fascine depuis des années. Lorsqu'on m'a offert l'opportunité d'y séjourner, j'ai su que je devais écrire ce livre.

On aurait dit qu'il s'excusait. Ou presque. Abby ne saisissait pas vraiment pourquoi.

– C'est fabuleux, Ben. Vous devez être très fier. C'était votre premier ouvrage ?

– Le premier qui ait de l'importance... oui.

– En avez-vous écrit d'autres, depuis ?

– Un seul.

Les yeux d'Abby se mirent à briller.

– Vous l'avez terminé ?

– Oui.

Il n'avait pas dit l'essentiel. Elle le devinait à la gravité de son regard, à son intensité aussi. Elle attendit. Mais il resta muet, solidement carré sur son siège.

Soudain son esprit enclencha la marche arrière et se mit à vagabonder. Dans cette même pièce, la veille au matin, ils avaient partagé un sentiment qu'aucun autre membre du jury ne semblait avoir eu. L'envie, très intense, d'être sélectionné comme juré. Abby savait parfaitement pour *quelles raisons* elle avait accueilli favorablement cette possibilité. Et Ben les connaissait également.

Mais la réciproque n'était pas vraie. Elle nageait toujours dans le brouillard en ce qui concernait ses motifs à *lui*. Elle le dévisagea plus attentivement. Se pourrait-il que...

A cet instant, on annonça la fin de la pause. Les jurés se levèrent et se préparèrent à remonter.

– Ben... ?

Il posa un index d'une longueur incroyable sur la bouche de la jeune femme pour lui intimer le silence.

– Plus tard, murmura-t-il en l'entraînant vers l'escalier.

Promesse dont Abby, propulsée au milieu des membres du jury, fut bien obligée de se contenter.

De retour dans le prétoire, David Weitz présenta son premier témoin à charge. Une femme. Elle affirmait avoir assisté à l'enlèvement. Le crépuscule était tombé. Elle rentrait du travail en voiture lorsqu'elle avait aperçu un homme descendre d'une berline en stationnement et agripper le bras d'une femme. Ils s'étaient violemment disputés, puis en étaient arrivés aux mains. Ensuite l'individu avait entraîné sa compagne vers son véhicule et l'avait obligée à s'asseoir sur le siège passager. Puis il avait pris le volant et démarré.

On lui présenta ensuite des photographies de Greta Robinson. Elle les examina et reconnut formellement la victime de la scène à laquelle elle avait assisté. Elle décrivit son assaillant comme étant un homme de la même stature, du même poids et de la même taille que Derek Bradley mais elle ne put affirmer en son âme et conscience que c'était bien lui. En effet, l'individu qu'elle avait vu ce soir-là portait un bonnet de laine, des lunettes noires et le col de sa parka était relevé. Elle avait tout d'abord considéré l'incident comme une banale querelle conjugale... jusqu'au moment où elle avait découvert la photo de la femme, quelques jours plus tard, dans le journal.

Abby écoutait attentivement. A chaque question posée, le témoin devait donner la réponse la plus concise possible. Moralité, le tout donnait une impression de lenteur appliquée.

Puis ce fut le contre-interrogatoire et l'avocat de la défense se montra nettement moins bienveillant à l'égard du témoin. Etait-elle *certaine* d'avoir assisté à une dispute ? Comment pouvait-elle prétendre cela, alors que sa voiture était relativement loin et que, la soirée de février étant frisquette, sa vitre était remontée ? Avait-elle réellement entendu quelque chose ? La victime présumée *s'était-elle débattue* pendant qu'on l'entraînait vers la voiture ? Il faisait nuit, pouvait-elle être certaine d'avoir reconnu formellement la victime ? Passons au prévenu, à présent... comment avait-elle pu discerner sa stature sous la parka ? Et de quelle couleur, cette parka ? Pouvait-elle affirmer avoir vu, de ses yeux vu, Derek Bradley ?

Le ton des débats avait brutalement changé. Si David Weitz s'exprimait d'une voix très douce, ce n'était pas le cas de William Montgomery. Loin de là. Lorsque l'heure du déjeuner arriva, Abby avait eu le temps de se faire une opinion sur ce qui allait se passer. C'était à un véritable affrontement qu'assisteraient les jurés.

Ainsi qu'elle s'en était doutée un peu plus tôt, ce qui paraissait clair comme de l'eau de roche à un instant précis semblait des plus fumeux l'instant suivant, dès qu'était donnée une autre version, déroulé un autre point de vue. Oh, certes ! tous prêtaient serment de dire

« la vérité, toute la vérité, rien que la vérité », mais cette vérité revêtait diverses formes selon la perception qu'on en avait ou l'interprétation qu'on en faisait. Et les jurés devraient patauger dans le marécage des différentes versions avant que leur supplice ne prenne fin.

Et si Abby avait espéré reprendre courage au contact de Ben pendant l'heure et demie du déjeuner, elle en fut pour ses frais. Elle ne comprit ni comment ils furent séparés ni comment elle se retrouva attablée avec Patsy et Louise.

Toutes trois semblaient hébétées. Les autres aussi, d'ailleurs. Le témoignage du matin encore présent à l'esprit, tous pensaient plus à cogiter qu'à discuter. Le déjeuner – soupe et sandwich de chez un traiteur – fut servi dans la salle des jurés. Il en serait de même les jours suivants. Même déjeuner, même pièce – celle dans laquelle ils avaient attendu d'être retenus. Celle dans laquelle ils avaient été réunis en arrivant. Celle dans laquelle ils avaient fait une pause. Une pièce en T, meublée simplement de chaises alignées contre les murs et d'une table centrale sur laquelle étaient déposés des plateaux-déjeuner.

– Grâce au ciel, les fauteuils sont plus confortables, là-haut, murmura Patsy en posant son plateau sur ses genoux tout en se tortillant pour trouver une position plus agréable.

Abby fit une grimace.

– Tout à fait d'accord. Mais j'ai comme l'impression que nous allons passer pas mal de temps ici.

– Tu crois qu'ils font toujours autant de pauses ?

Louise se pencha vers elle avec une mine de conspirateur.

– Ils ne veulent surtout pas que nous ayons faim,

lança-t-elle à voix basse. Après tout, le spectacle a été organisé à notre profit.

Soulagée de ne déceler aucune amertume dans son quolibet, Abby lui sourit.

– Je n'avais encore pas vu la chose sous cet angle, mais tu marques un point. Lorsque viendra leur tour, chacun des avocats va tenter de nous faire pencher pour sa version.

– Mais les faits ? lança Louise, la mine assombrie. Ne devraient-ils pas parler d'eux-mêmes ?

– Je suis certaine qu'ils vont être révélateurs, raisonna Abby à voix haute. Encore que... quand les faits sont plutôt flous...

Elle s'interrompit net en se rappelant l'interdiction de parler de l'affaire hors délibérations.

– Humpf, grommela Patsy en souriant. Je vendrais bien mon vote à qui arriverait à nous débarrasser de ces foutues chaises.

Abby sourit malicieusement.

– C'est parce que tu es trop mince, Patsy, la taquina-t-elle. Si tu étais un peu plus rembourrée aux bons endroits...

– Tu peux parler ! railla la blonde.

– Vous êtes aussi givrées l'une que l'autre, décréta Louise en mordant à pleines dents dans son sandwich.

Mais Abby aurait juré avoir aperçu l'ombre d'un sourire sur le visage de sa voisine.

De bouchées en bribes de conversation, elle parvint à se détendre. Et, lorsqu'elle eut terminé son repas, elle était à même de considérer les événements de la matinée d'un point de vue plus objectif. Mais, comme par un fait exprès, au fur et à mesure qu'elle se décontractait, Ben revenait occuper son esprit. Un Ben qui, à l'autre bout de la pièce, discutait tranquillement avec un membre du jury.

Elle eut soudain envie de lui poser les mille et une questions qui la démangeaient – aussi bien sur son travail que sur ses voyages ou ses aspirations. Pourquoi étaient-ils surtout attirés l'un par l'autre ? Pure recherche de diversion ? Prémices d'une véritable amitié ? Ou... ou... cela avait-il à voir avec ce je ne-sais-quoi qui la faisait frissonner chaque fois qu'elle le revoyait tel qu'il était au petit matin, ébouriffé et trempé de sueur ? Viril à en couper le souffle.

Bon, il ne servait à rien de se torturer inutilement les méninges, décréta-t-elle au bout d'un instant. Elle se leva et entreprit de regarder par la fenêtre. Le feuillage des arbres commençait à se teindre de roux. D'ici à quelques semaines, ils seraient uniformément d'une nuance cuivrée. Abby avait une tendresse toute particulière pour l'automne. Une saison où il faisait bon rentrer chez soi, s'emmitoufler et regarder les bûches crépiter dans la cheminée. Le fait d'y penser lui faisait presque sentir le parfum dégagé par le bois de bouleau ou de pin. Rien de plus romantique...

– Un sou pour vos pensées, m'dame.

Abby leva les yeux. Lesquels yeux se posèrent sur les traits chaleureux de Ben. Prudente, elle préféra les diriger vers l'extérieur.

– Je pensais tout bêtement à l'automne. J'aime cette saison, elle est si belle.

– Effectivement. Le football... les châtaignes... le parfum des feuilles qu'on brûle.

Il respira profondément.

– Pourtant, je ne sais pas. L'odeur est différente, cette année. Plus douce... plus raffinée.

Abby le gratifia d'un léger coup de coude dans les côtes.

– C'est mon parfum ! le réprimanda-t-elle.

Mais elle retint son souffle lorsqu'il posa les lèvres sur son oreille.

– Je m'interrogeais sur ce qui avait bien pu m'enivrer toute la matinée. Vous l'avez fait exprès, avouez-le !

– Qui ça... moi ? Mais j'en mets tout le temps...

– Alors je suis en grande difficulté, conclut-il en appuyant sur « grande », histoire de lui donner plus d'emphase.

Elle haussa les épaules.

– Vous sembliez pourtant avoir trouvé la bonne parade. Et pas plus tard que tout à l'heure. Tout ce que vous avez à faire est de vous tenir de l'autre côté de la pièce.

– Je vous ai manqué, chuchota-t-il doucement.

Une seule solution, pensa Abby aussitôt, *détourner ses pensées*. Elle s'installa sur le rebord de la fenêtre, face à lui.

– En fait, j'avais hâte d'en apprendre davantage sur le livre que vous voulez écrire.

– Lequel ?

Il affichait l'innocence de l'enfant qui vient de naître. Elle soupira.

– Celui qui racontera votre expérience de juré.

– Aaaaahhh... *celui-là*.

Elle attendit. En vain.

– Allons, Ben. C'est un des bénéfices que vous allez retirer de cette expérience. Je me trompe ?

Il leva un sourcil, sembla peser le pour et le contre, puis laissa tomber, laconique :

– Peut-être.

– Cela signifie-t-il que vous n'avez entamé aucune recherche ? N'est-ce pas pour cette raison que vous vous êtes mêlé aux autres hier soir... et à midi ?

Un éclair argent traversa la pupille de Ben.

– Vous ai-je vraiment manqué ? Etes-vous jalouse ?

Supposition qui semblait lui faire extrêmement plaisir.

– Jalouse ?

Abby chercha son souffle. Pour qui se prenait-il !

– Jamais de la vie ! mentit-elle éhontément. Je veux juste connaître quelle est la part de la recherche... et celle de la réalité.

A vrai dire, elle n'avait pas, jusqu'à présent, vu la situation sous cet angle-là. Mais c'était pourtant la vérité. Etait-elle, *elle aussi*, un objet d'études ? Pensée qui lui serra le cœur.

Les yeux de Ben, vrillés aux siens, y lurent comme à livre ouvert. Soudain, il leva une main vers sa joue et la caressa tendrement. De nouveau ce fut là... ce petit quelque chose qui surgissait chaque fois qu'ils étaient ensemble. Abby aurait presque pu oublier où ils étaient. Qu'ils n'étaient pas seuls. Qu'ils devraient très bientôt retourner dans le prétoire. Presque tout oublier... presque... mais pas tout.

– Ben... Abby ?

La voix de Grace rompit le charme.

– Nous devons retourner là-haut.

Ben laissa lentement sa main retomber.

– Plus tard, Abby, plus tard, murmura-t-il en s'effaçant pour la laisser passer.

En fin d'après-midi, étendue sur son lit, la jeune femme ressassait ces deux mots. Plus tard. Quand ce *plus tard* aurait-il lieu ? Et que se passerait-il, alors ? Plus justement, que *désirait-elle* ?

Pas facile de répondre à cette question. Même si elle-même se la posait. D'une part, elle désirait que Ben lui confie ses pensées et qu'il l'assure que l'étincelle entre eux était bien réelle. Qu'il l'embrasse et la serre contre lui pour le lui prouver. Oui, mais par ailleurs, elle ne souhaitait rien savoir de plus. Elle le voulait aussi détaché, aussi réservé que semblaient l'être les autres jurés. Car il y avait un élément qu'ils ne pouvaient contourner ni l'un ni l'autre. Ils faisaient tous deux partie intégrante d'un jury appelé à prendre une décision de première importance. Le seul fait de songer à une aventure amoureuse au cours de ce procès relevait du grotesque.

Raison contre émotion. Emotion contre raison. La bataille était rude. Et Abby n'y voyait pas plus clair pour autant. Agacée, elle se tourna vers le mur. Derrière la cloison... Que faisait-il, en ce moment ? Se reposait-il ? Réfléchissait-il, lui aussi ? Allait-il réellement écrire un livre relatant son expérience de juré ? Et... avec qui bavardait-il, hier soir, au téléphone ? Juste avant que Sean ne vienne rouvrir le cahier des doléances ?

Abby bondit hors de son lit en se traitant de tous les noms. Elle s'installa sur la chaise, sortit un stylo, son carnet de notes et entreprit d'y consigner les événements de la journée. Dès sa sélection, elle avait décidé de tenir un journal. Ainsi, peut-être l'interdiction formulée par le juge pourrait-elle lui paraître moins contraignante. Et, à la vérité, c'était un moyen efficace de coucher sur le papier ses sentiments. Mais aujourd'hui, après une journée entière passée au tribunal, elle y voyait un autre avantage. Et pas des moindres. Vu l'abondance de détails dont s'étoffait chaque témoignage, des notes lui seraient très certainement d'un grand secours lorsque viendrait l'heure des délibérations.

Elle repassa dans sa tête les événements récents. Sa plume courait sur le papier. La séance de l'après-midi avait requis au moins autant de concentration que celle de la matinée. Ils avaient écouté l'officier de police chargé des recherches, celui-là même qui avait retrouvé Greta Robinson. Récit assommant, truffé de dates, d'heures et de lieux. Il avait relaté tout d'abord la déclaration de disparition, puis les recherches entreprises et, enfin, l'apparition d'un témoin qui affirmait avoir assisté à l'enlèvement. La police avait suivi une piste après l'autre, la première s'effaçant devant la suivante, jusqu'à ce qu'un couple de randonneurs revenant d'une expédition dans les forêts, loin dans le Nord, mentionne l'existence d'un chalet isolé... et de cris poussés par une femme, à l'intérieur.

Perdue dans ses pensées, Abby sursauta en entendant un coup discret frappé à sa porte. Elle abandonna carnet et stylo sur la table et ouvrit. C'était Ben. Vêtu d'une chemise écossaise, d'un jean et de tennis, il était beau comme un dieu.

– J'espère que je ne vous réveille pas ? s'inquiéta-t-il.

– Non, non, le rassura-t-elle en désignant la table. Je prenais quelques notes... mais une petite pause me fera du bien. Tout cela me semble si dramatique...

– Je comprends ce que vous ressentez.

Il hésita un instant et ajouta :

– Que diriez-vous d'aller faire une petite balade ?

Etait-ce le « plus tard » promis ?

– Le pouvons-nous ? demanda Abby, les yeux brillants. Enfin, je veux dire, sommes-nous autorisés à nous promener euh... seuls ? .

Tout à coup, elle eut à nouveau quinze ans. Etait-ce le fait d'avoir à demander la permission pour sortir... ou le vertige que lui procurait la perspective de se retrouver en tête à tête avec Ben ? Elle n'aurait su le définir.

– Je me suis renseigné à la réception. Nous avons parfaitement le droit de faire un tour... à condition de rester à portée de vue.

Tous deux repensèrent immédiatement à leur équipée du matin, au cours de laquelle ils avaient vagabondé bien plus loin. Oui, mais Ray les accompagnait et, en cette soirée, ni Ben ni Abby ne souhaitaient sa présence.

– Cela me convient, acquiesça la jeune femme en se dirigeant vers un placard. Je vous demande juste deux minutes. Le temps d'enfiler une paire de chaussures.

Elle attrapa ses tennis et se mit en devoir de les lacer.

Ben, appuyé contre le chambranle, attendait.

– Votre chambre ressemble beaucoup à la mienne, observa-t-il. Pas tout à fait les mêmes couleurs, peut-être, ni les mêmes décorations... et, bien sûr, ajouta-t-il en se dirigeant vers la commode, dans la mienne, il n'y a aucune bouteille de parfum.

Abby le regarda attraper le flacon, en dévisser le bouchon pour le respirer profondément. Puis il le reposa et se tourna vers elle, l'air soudain plus nerveux, légèrement tendu. Son regard était à la fois chaleureux et provocant.

A court de mots, Abby tenta de se concentrer sur sa tâche. Ses doigts tremblaient tellement qu'elle dut s'y reprendre à deux fois. Lorsqu'elle y parvint enfin, au bout d'une éternité, elle se redressa. Et trouva Ben debout devant elle.

– Ne me regardez pas ainsi, tenta-t-elle de badiner, la voix tremblante. Je ne vous ai pas autorisé à respirer ce machin.

– Peut-être, mais vous êtes si fichtrement attirante... répondit-il d'un ton presque accusateur.

Il se pencha et l'attrapa par les bras pour l'aider à se remettre debout. Elle ne fit rien pour lui résister, bien au contraire. Elle réalisa qu'elle ne rêvait que de cela, depuis le début. Qu'il pose ses mains sur elle.

Leurs yeux se cherchèrent et, une fois encore, elle sentit la force silencieuse qui émanait de lui. Elle tenta bien de se rappeler où ils étaient et pourquoi ils étaient là. Deux êtres réunis par le hasard, à l'occasion d'un procès ardu, qui allait durer trois semaines. Mais rien n'y fit. Seule comptait la vibration de leurs corps à l'unisson. Une vibration si intense qu'elle aurait presque pu la toucher.

Lentement, il leva les mains vers son visage. Les posa sur ses tempes. Les enfonça voluptueusement dans la masse luxuriante de sa chevelure. De ses pouces il explora ses lèvres. Si proche d'Abby que la tiédeur de son souffle haletant caressait sa bouche. Mais il ne l'embrassa pas. Pas encore. Il se retenait. Il attendait que le désir devienne irrépressible.

Abby n'avait jamais connu attente plus douce. C'était un peu comme s'ils avaient l'éternité devant eux pour profiter des plaisirs de l'existence. Peut-être cela venait-il de la situation. Peut-être aussi que leur principal souci – le procès – leur faisait envisager les choses différemment. Elle n'aurait su le démêler. Mais elle s'abandonna au pur délice que lui procuraient les doigts de Ben effleurant ses joues, son menton, le bout

de son nez. Puis elle l'invita au baiser, lèvres entrouvertes. Alors, seulement alors, il laissa libre cours à son
désir ardent.

Il prit sa bouche dans un baiser passionné. Un baiser
aussi enivrant qu'un grand cru. Un baiser aussi magné-
tique que son regard, sous lequel Abby avait l'impression de se consumer, de ne faire plus qu'un avec lui.
Ses genoux se dérobèrent sous elle, et elle réalisa
qu'elle était accrochée à lui lorsque ses bras se nouèrent autour de son cou. Elle gémit contre sa bouche
lorsqu'il l'enlaça fermement.

– Oh, Abby... ! Abby...

Il s'écarta légèrement d'elle puis la reprit contre lui.

– Pourquoi ici... pourquoi maintenant ? murmura-
t-il âprement contre ses cheveux.

Mais elle ne put lui répondre. Pas plus qu'elle ne
comprit l'anxiété dans sa voix. De toute façon, elle
n'était plus bonne à rien. Rendue muette par le flot
d'émotions qui la submergeait, elle ne pouvait que
reposer, inerte et tremblante, entre ses bras.

Contre son oreille, le cœur de Ben retrouva progressivement un rythme normal. Son corps se détendit.
Alors seulement elle fut capable de lever les yeux vers
son visage.

– Qu'est-il advenu de cette balade ? souffla-t-elle d'une
voix rauque.

Son cœur battait toujours la breloque.

– Bonne idée... une promenade.

S'écartant délibérément de la jeune femme, il glissa
une main dans ses cheveux puis, tête baissée, il entreprit de contempler le tapis.

– Ecoute, Abby...

– Non, Ben, l'interrompit-elle en levant une main
pour lui intimer le silence. S'il te plaît, ne dis rien.

Elle n'était pas sûre de vouloir entendre ses excuses. Car cela signifierait qu'il était désolé de l'avoir embrassée... alors qu'elle, ne l'était pas du tout !

Mais c'était compter sans la détermination de Ben. Il empoigna ses épaules, presque violent.

– Cela n'aurait jamais dû arriver. Pas avec ce qui nous attend. Mais, bon sang, je crève d'envie de t'embrasser depuis la première fois où je t'ai vue !

Ahurie par cet aveu lancé à contrecœur comme par la force qui émanait de lui, Abby le contempla en silence. Alors, seulement, elle prit conscience du fait que ce qu'il venait d'exprimer était frappé au coin du bon sens. Un bon sens qu'elle avait, elle, délibérément ignoré. Ben avait raison. Le moment était mal choisi. Mais, Dieu lui vienne en aide, elle voulait qu'il l'embrasse encore !

– Ecoute, grommela-t-il, peut-être ferions-nous mieux de laisser tomber cette balade.

– Non ! s'écria-t-elle, avant de baisser la voix. J'ai vraiment besoin d'une détente. D'air frais. Si je reste dans cette chambre jusqu'à l'heure du dîner, je vais remâcher notre journée au tribunal. Et je dois arriver à m'en libérer...

A vrai dire, ce n'était pas l'entière vérité. Seulement la moitié. Si elle ne bougeait pas, elle allait revivre surtout les sensations qu'elle venait d'éprouver entre les bras de Ben. Mais *cela*, il ne souhaitait pas l'entendre.

Il relâcha ses épaules, puis fit un pas en arrière et se massa la nuque.

– Tu n'es pas la seule... O.K., allons-y.

Ils descendirent les deux étages, traversèrent l'entrée et sortirent. En silence. La fin du jour était encore loin, même si le soleil descendait rapidement. Abby s'immobilisa au milieu d'un faisceau de lumière dorée et, son visage tourné vers l'astre déclinant, elle respira profondément. Qu'il était bon de se retrouver dehors ! Elle aurait dû sortir sitôt revenue du palais de justice. L'air tonique emplissait ses poumons, et les rayons du soleil réchauffaient sa peau. Elle allait enfin pouvoir se détendre.

– Abby...

Elle ouvrit les yeux. Ben la dévisageait.

– Oh ! pardon.

Elle descendit la dernière marche et lui emboîta le pas. L'herbe craquait sous leurs semelles. Ils firent lentement le tour de l'auberge puis s'assirent côte à côte, adossés contre le tronc d'un chêne. Ben rompit le silence le premier.

– Qu'écrivais-tu lorsque je t'ai interrompue ? demanda-t-il en se calant plus confortablement, une main plongée dans les feuilles mortes.

Elle arracha un brin d'herbe et se mit à le mâchonner négligemment.

– Tout ce qui est arrivé aujourd'hui. Tu sais, les témoignages, les faits, les dates et tout le tremblement. C'était seulement la première journée, et il y a déjà tant de choses à emmagasiner... où en serons-nous au bout de dix ou douze jours de procès ?

Ben gloussa.

– Soit nous serons complètement paumés... soit notre conviction sera faite.

– Tu as probablement raison. Mais je préfère prendre des notes chaque soir. Et comme nous ne pouvons pas discuter du procès, je suppose que cela équivaut à tenir un journal.

– A t'entendre, on a l'impression que c'est *toi* qui vas rédiger un livre...

Il l'observait avec attention.

– Parle-m'en, Ben. Je trouve que c'est une idée fantastique.

– A toi peut-être, mais je ne suis pas certain que les autres seraient ravis d'apprendre ce que je prépare.

Elle se remémora soudain une remarque qu'elle avait faite un peu plus tôt : sur ce qui différenciait recherche et réalité.

– Ils ne sont pas obligés d'en être avertis tout de suite, non ?

Ben sourit. Son premier sourire depuis qu'ils s'étaient retrouvés.

– Je peux compter sur ta discrétion ?

– Bien évidemment ! s'exclama-t-elle. As-tu cru un seul instant que je puisse leur conseiller de mesurer leurs paroles quand tu rôdes dans les parages ?

Elle laissa échapper un petit rire.

– Non ! Je suis curieuse de voir si tu vas parvenir à les faire se dégonfler... même s'ils ne connaissent pas tes vrais motifs.

– Ne te fais aucun souci. Je les ferai parler.

– Tu parais bien sûr de toi.

– C'est en regard des circonstances, Abby. Pour l'instant ils sont extrêmement circonspects les uns envers les autres, et vis-à-vis du procès également. Mais au fur et à mesure que le temps va passer, ils s'ouvriront... ne serait-ce que pour satisfaire un besoin aussi élémentaire qu'humain.

Abby se concentra un instant sur le besoin élémentaire autant qu'humain qu'elle ressentait. Et fronça les sourcils, perplexe. Même si Ben était concerné, c'était un besoin essentiellement *féminin*. Mais pourquoi maintenant ? Et ici ? Elle prit soudain conscience qu'elle venait de faire écho aux interrogations que ce même Ben se posait.

— Parle-moi de toi, Abby.

La question la frappa à l'instant même où elle était vulnérable. L'instant où la porte sur son âme était grande ouverte. Elle se détourna pour cacher son trouble. Et haussa les épaules.

— Que veux-tu savoir ?

— Depuis combien de temps vis-tu ici ?

— Trois ans. Avant, j'habitais à New York.

— Ah !... la grande ville.

Et le bourbon à l'eau.

— Eh oui.

— Qu'y faisais-tu ?

— Je travaillais dans le service pédiatrique d'un hôpital.

— Tu dois adorer les enfants.

— Oui.

— Tu n'en as pas, pourtant ?

— Non.

— A part le fait de ne pas être mariée, as-tu eu une autre raison pour ne pas en avoir ?

Abby s'accorda un temps de réflexion et articula lentement :

— J'ai le temps. Je ne suis simplement pas prête... ni pour le mariage ni pour la maternité. Quand l'heure sera venue, je le saurai.

— Et ton fiancé ?

Elle lui décocha un coup d'œil acéré.

— Il *n'est pas* mon fiancé.

— Alors... quoi ? Tu entretiens forcément une relation avec lui... une relation qui l'autorise à te téléphoner et à se prétendre tel.

— C'est mon patron.

82

– Ton *patron* ? Tu as une aventure avec ton *patron* ?

– Pas... vraiment, grommela-t-elle.

Elle observa la mine sombre de son compagnon. Et sourit.

– Mais dis-moi, tu es jaloux ou quoi ?

– Fichtrement jaloux, oui, admit-il sans hésitation. Tu es une très belle femme, Abby.

La jeune femme réagit instantanément à la raucité croissante de sa voix. Afin d'apaiser le léger tremblement de son corps, elle se détourna et se concentra sur le jardin. Injuste. Totalement injuste. Comment diable un simple mot, une intonation ou même un coup d'œil émanant de Ben arrivait-il à la mettre dans un tel état ? Jamais Sean n'avait provoqué en elle ce genre de frisson. Plus encore, avait-elle *jamais* ressenti pareil émoi ? Ou était-ce la séquestration, cette privation de liberté qui tourneboulait ses sens ?

– Comment se débrouille l'université pendant tes trois semaines d'absence ? demanda-t-elle, revenant aux questions qui tourbillonnaient dans son esprit.

Et un bon moyen pour changer de sujet.

– Le trimestre ne vient-il pas de débuter ?

Ben se plia de bonne grâce à sa tentative pour détourner son attention.

– Le devoir de juré est une priorité. Mes collègues assurent mes cours.

– Surtout si un livre doit découler de cette expérience ?

Il ne répondit pas. Se contenta de l'étudier. Et revint à ses moutons.

– Pourquoi ton... ton patron se targue-t-il d'être fiancé avec toi ?

– Oh non ! Nous y voilà encore !

– Et pourquoi pas ? J'ai, pour ma part, une théorie intéressante.

Il fit semblant de déplier un journal et d'en lire les gros titres.

– « Une infirmière jeune et belle, pourchassée autour de la salle d'examen par un praticien fou amoureux. »

– C'est ridicule, Ben ! Sean ne me *pourchasse* pas. Enfin, pas de manière aussi grotesque tout du moins.

– Tu sors avec lui ?

– Oui... c'est un type sympa.

– Un type sympa ? Hum ! Un vrai remède contre l'amour, si tant est qu'il en existe un.

Il s'interrompit un instant.

– Mais... est-ce la vérité ?

– Quoi donc ?

– Qu'il est amoureux de toi ?

Elle haussa les épaules.

– C'est ce qu'il dit, en tout cas.

– Et toi tu le fais marcher ?

Abby leva les yeux au ciel.

– On ne peut pas dire cela. Je lui ai répété mille et mille fois que je n'étais pas amoureuse de lui et que je ne l'épouserais jamais. Je n'appelle pas cela « le faire marcher ».

– Mais il doit souffrir, ce pauvre type...

– Je n'y suis pour rien ! s'exclama-t-elle, indignée. Comment pourrais-je être plus explicite ? A moins que tu ne sois en train de me suggérer d'accepter sa demande en mariage...

Elle claqua des doigts.

– ... comme ça ?

Peu impressionné par sa démonstration de colère, Ben continua sur sa lancée.

– Il est médecin, non ? Tu pourrais tomber plus mal, énonça-t-il calmement.

Un calme qui fit croître la fureur d'Abby.

– Je n'arrive pas à y croire, Ben ! Tu parles comme ma mère !

– Peut-être a-t-elle raison.

– Ce n'est pas elle qu'on pousse au mariage. Si je n'aime pas Sean, je ne l'épouserai pas. Seigneur, le taux de divorces est assez élevé comme ça !

– Mais tu y trouverais certainement des avantages... même sans amour. La sécurité... des enfants... du sexe... ?

Hors d'elle, Abby sauta sur ses pieds et se planta devant lui, mains sur les hanches.

– Figure-toi qu'en ce qui concerne la sécurité, je l'ai. J'ai un bon travail... et une rente léguée par mon père. De plus, j'ai des enfants. Des douzaines. De ceux que je peux renvoyer à la maison en fin de journée. Quant au sexe...

Elle enrageait littéralement.

– Quant au sexe... il se trouve que Sean Hennessy ne m'excite pas du tout ! De plus, ajouta-t-elle, une pointe de défi dans la voix, je te signale que nous sommes au XXᵉ siècle. Aujourd'hui une femme qui désire un homme dans son lit en prend un... avec ou sans alliance au doigt !

Sur ce, elle tourna les talons et se dirigea résolument vers l'auberge. Le sang battait à ses tempes et sa poitrine se soulevait par spasmes au rythme de sa respiration haletante. Elle ne se rappelait pas avoir été aussi furieuse. Aussi furieuse... aussi blessée... aussi désappointée.

Ce fut un véritable ouragan qui escalada les marches. Un ouragan consterné. Comment Ben avait-il pu

dire cela ? La sécurité... des enfants.... du sexe... ? Bah !
Point de vue typiquement masculin. Où l'amour
n'entrait pas en ligne de compte...

Oh, bien sûr ! Sean était persuadé de l'aimer... mais
même lui semblait penser qu'un mariage pouvait per-
durer sans amour. Et de quoi était fait son amour ?
Elle était brillante, ne rechignait pas au travail et se
comportait de manière fabuleuse avec les enfants.
Moralité : la parfaite petite épouse et mère de famille !
fulmina-t-elle en claquant la porte d'entrée derrière elle
et en attaquant l'escalier au pas de charge.

Soudain, il lui vint à l'esprit que Sean n'avait jamais
essayé d'avoir une relation physique avec elle. Pourquoi ? Oh, bien sûr ! il l'avait embrassée. Lui avait
raconté ses fantasmes. Ils s'étaient même pelotés, parfois. Mais il ne s'était jamais plaint lorsque Abby stop-
pait son élan. Trouvait-il, lui aussi, qu'il manquait quelque chose à leur relation ? Rechignait-il à admettre que
la magie ne fonctionnait pas comme elle l'aurait dû ?

Un sujet en appelant un autre, elle revint aux paroles
de Ben. La sécurité... elle l'avait. Les enfants... peut-
être était-ce là que le bât blessait. C'était une chose de
prendre du plaisir avec ceux des autres. Mais certainement une tout autre d'expérimenter les joies de la
maternité. Elle connaissait parfaitement son profond
instinct maternel... tout comme elle savait qu'un jour
elle *voudrait* un enfant. Mais de désirer être mère
n'était pas une raison suffisante pour se précipiter tête
baissée dans un mariage avec Sean... Surtout lorsqu'une petite voix, au plus profond d'elle-même, lui
susurrait qu'elle pourrait bien obtenir tout ce dont elle
rêvait...

Le sexe, enfin. Ah ! le grand, l'ineffable S majus-
cule... Souci premier de tout homme normalement

constitué. L'œil mauvais, elle lâcha un juron en claquant la porte de sa chambre. Là aussi, elle n'avait pas tout dit. Les femmes modernes étaient plus libres que jamais et pouvaient satisfaire leurs désirs. O.K. Elle-même, à vingt-huit ans, n'était plus pucelle depuis longtemps. O.K. Mais elle, Abigail Barnes, demandait plus que le simple assouvissement physique. Un sentiment qui donnerait un sens aux joies de la chair. Pas le mariage, non, ni même des promesses. Que nenni. Elle voulait seulement de l'amour. C'était simple, non ? De l'amour.

4

Ben laissa à Abby le temps de panser ses plaies. Il la voyait pendant les repas, courait avec elle le matin, s'installait à côté d'elle au tribunal. Mais, à part un bonjour ou un au revoir chaleureux, et quelquefois une remarque en passant, il ne fit aucune nouvelle tentative pour l'approcher.

La jeune femme ne tenait pas particulièrement d'ailleurs à ce qu'il lui présente des excuses. Tout bien réfléchi, il n'avait fait que tester ses réactions vis-à-vis du mariage – en général – et de Sean – en particulier. Et, en toute équité, elle devait reconnaître qu'il n'avait pas non plus affirmé croire en la pérennité d'une union dénuée d'amour.

Le temps ayant fini par avoir raison de sa colère, elle se mit en devoir de décortiquer les événements, et de chercher ce qui avait bien pu déclencher en elle une telle fureur. De toute façon, dès qu'il s'agissait de Ben Wyeth, quelque chose en elle semblait la faire réagir de travers. Même maintenant, et en dépit de la barrière subtile érigée entre eux, elle sentait immédiatement sa présence lorsqu'il se trouvait dans les parages.

D'une certaine manière, elle était profondément

reconnaissante à ce procès d'exiger d'elle une grande concentration. Au cours des longues heures passées dans le prétoire, comme pendant les périodes de détente qui les suivaient invariablement, seule l'audience comptait. Elle ne pensait ni à Sean, ni à ses patients, ni à sa maison, encore moins à son courrier ou à ses amis... et pas davantage à Ben. Mais, comme par un fait exprès, il était également le premier à lui revenir à l'esprit.

C'était la nature même de leur aventure, pour le moins bizarre, qui en portait l'entière responsabilité. Du moins Abby s'en persuadait-elle. Etre enfermée loin du monde, en compagnie de treize étrangers, de quelques gardes et d'une poignée de personnel hôtelier... situation *pour le moins* inhabituelle ! Et en de telles circonstances, il était tout à fait normal qu'une femme comme elle soit attirée par un homme tel que Ben. Lorsque le procès serait terminé, qu'ils retourneraient à la « vie réelle »... tout serait différent. Elle poursuivrait sa route, reviendrait à son travail, aux enfants et à Sean. Ben reprendrait la sienne, retournerait à l'université, à ses livres et... et... A *qui donc* pouvait-il bien parler, l'autre soir, au téléphone ? Un (une) collègue ? Un (une) ami(e) ? Une... une... amante ? Question qui la turlupinait plus qu'il n'était raisonnable. Et elle avait beau résister, rien n'y faisait. La jalousie la tenaillait.

A la fois contrariée et déterminée à surmonter ce sentiment, elle fit d'énormes efforts pour essayer de lier connaissance avec ses compagnons. Certains restèrent distants. D'autres s'étaient organisés en petites cliques fermées. Elle réussit cependant à en trouver quelques-uns qui, une fois installés dans cette routine étrange, ne rechignèrent plus à lier conversation avec les autres.

Et puis il y avait Patsy, toujours aussi charmante, dont elle devint très proche.

Ce samedi matin-là, Patsy frappa à sa porte un peu avant le petit déjeuner.

– Abby... c'est Patsy. Es-tu levée ?

– J'arrive ! répondit une voix étouffée.

En combinaison et une serviette de toilette à la main, Abby lui ouvrit tout en se séchant vigoureusement les cheveux.

– Bonjour, lança-t-elle en s'effaçant pour laisser entrer son amie. Je suis presque prête. Mais que se passe-t-il ?

– Sais-tu où nous allons ? demanda Patsy, les yeux brillants d'excitation.

– Eh bien... ne sommes-nous pas censés nous rendre au palais de justice ? répondit Abby en s'étrillant vigoureusement le cuir chevelu.

Le juge les avait en effet avertis que les sessions du matin se dérouleraient également le samedi. Il espérait ainsi réduire la durée du procès d'un, voire de deux jours.

– Bien sûr. Mais *ensuite* ? Cet après-midi ?

La main d'Abby s'arrêta net et une lueur d'intérêt s'alluma dans ses yeux.

– Ils nous emmènent en balade ?

Patsy opina énergiquement du bonnet.

– Oui, dans un pavillon de chasse, près de Stockbridge. Il paraît que c'est superbe. Il y a un lac où on peut nager et faire du canoë, des pelouses magnifiques. Et je crois qu'ils ont prévu un barbecue.

– Tout ça m'a l'air bien sympathique, répondit Abby. Je n'imaginais vraiment pas qu'on allait nous offrir de telles distractions pendant les jours creux.

– John m'a affirmé qu'au fur et à mesure que le procès avancera, nous pourrons sortir plus souvent.

John était l'officier de police qui avait escorté Abby du tribunal jusqu'à l'auberge. Lui, Ray, Grace ou Lorraine gardaient toujours un œil sur eux.

– Il a parlé de cinéma et de restaurant. Ils pourraient même nous emmener faire un peu d'alpinisme.

– Alors ça, c'est une bonne idée. Je n'ai jamais escaladé de montagne. Mais dis-moi, le shérif va être obligé de faire un sacré ménage, réfléchit Abby en lançant la serviette sur le lit avant de sauter dans sa jupe. Il doit vider chaque endroit où nous allons. Il suffirait qu'un seul tordu se mette à hurler « Pendez Bradley ! » pour que le juge devienne dingue !

Elle avait employé une telle voix de canard pour lancer « Pendez Bradley ! » que Patsy éclata de rire.

– C'est ridicule, nous avons tous beaucoup mieux à faire qu'écouter les divagations d'un fanatique.

– Je l'espère, rétorqua Abby en boutonnant son chemisier.

Toutes deux savaient fort bien qu'une grande gueule sautant sur l'occasion était précisément ce qui terrifiait le plus le magistrat. Le père de Derek Bradley était un des édiles les plus éminents de la communauté de Burlington. Il avait des intérêts dans pratiquement toutes les banques de l'Etat et, de plus, possédait plusieurs des journaux de Rutland et de Montpelier. Chaque membre du jury se révélerait une proie idéale pour un maître chanteur doué d'un tant soit peu d'imagination.

Patsy redevint subitement sérieuse.

– Qu'arriverait-il si quelqu'un faisait cela ? Par exemple, si un pékin quelconque surgissait devant nous en hurlant des trucs pareils ?

– Je présume que John et Ray sauteraient immédiatement sur lui à bras raccourcis et qu'il se retrouverait musclé, avant même d'avoir compris ce qui lui arrive.

– Non... je pensais plutôt... tu crois qu'ils annuleraient la procédure ?

– Je n'en sais rien. Je présume que cela doit dépendre des événements. Si le juge a le sentiment que nous n'avons pas été influencés, il peut parfaitement ne rien faire. Autre possibilité : si un ou deux d'entre nous paraissent en avoir été affectés, il peut les faire récuser. Nous sommes quatorze en tout. Il a besoin de douze personnes pour assurer les délibérations. Un procès coûte très cher à l'Etat. Imagine un peu les problèmes que cela poserait de tout recommencer de zéro.

Patsy était pensive.

– Et si... quelqu'un de totalement inoffensif... arrivait à passer entre les griffes du shérif ? questionnat-elle d'un air circonspect. Je veux dire... si une personne se mêlait involontairement à notre groupe... ou un truc comme ça. Tu crois que... ce serait grave ?

Abby brancha son séchoir à cheveux et entreprit de démêler sa crinière du bout des doigts tout en la balayant d'air chaud.

– Ce n'est pas certain. Si le manquement à la sécurité se révélait vraiment accidentel, je suis certaine que les gardes ne réagiraient pas. Ils ont aussi leurs propres intérêts dans cette affaire.

Patsy opina de nouveau, mais n'ajouta rien. Abby lui jeta un coup d'œil à travers le miroir. Elle se demandait si son amie n'avait pas quelque chose en tête. Mais elle n'eut pas le temps de lui poser la question ; son enthousiasme revenu, la tête blonde se redressa soudain.

– Sean t'a appelée, hier soir ?

– Oui.

– Quoi de neuf ?

Abby fit une grimace.

– Du neuf, oui. Tu veux entendre sa dernière trouvaille ? Eh bien, monsieur a suggéré que s'il appelait plus souvent, il réussirait à me coller une crise d'hypertension artérielle... comme ça je serais libérée et confiée aux soins d'un médecin. Il est incorrigible, vraiment !

– C'est mignon comme tout, Abby ! Tu lui manques vraiment.

– Ah, non, ne t'y mets pas toi aussi ! s'exclama la jeune femme.

Patsy lui décocha un sourire malicieux.

– Qui donc m'a devancée ?

Le silence d'Abby était éloquent.

– C'est Ben, pas vrai ? Je vois. Il t'apprécie suffisamment pour que l'existence de Sean le rende nerveux.

– Je ne dirai pas que cela le rend *nerveux*, répliqua Abby. Et ça n'a rien à voir avec le fait qu'il m'aime ou non. C'est juste que... Ben a pitié de lui. C'est tout.

– Comment ça va, avec lui ?

– Avec Ben ?

Abby débrancha le sèche-cheveux et s'appuya contre l'armoire.

– Il ne se passe rien. C'est un type très sympa qui fait partie du jury, c'est tout.

Cela paraissait si simple, dit de cette façon.

– Il « se trouve » également assis à côté de toi chaque jour, en train de courir avec toi tous les matins et il habite dans la chambre contiguë à la tienne.

Le simple commençait à devenir compliqué.

– Et comment sais-tu tout cela ? lança Abby en lui décochant un regard surpris.

Pour autant qu'elle sache, Patsy ne les avait jamais

vus courir, pas plus qu'elle ne les avait suivis quand ils regagnaient leurs chambres, la sienne se trouvant au fin fond du premier étage.

– Eh bien... je le sais, répondit-elle en haussant les épaules. Et aussi, que lui fait attention à toi, même lorsque tu t'échines à faire semblant de l'ignorer. Hier soir, par exemple, quand tu disputais une partie d'échecs avec Brian... et plus tard, aussi, lorsque nous regardions la télévision...

Elle retint son souffle, une nouvelle pensée à l'esprit.

– C'est vraiment enquiquinant... ce contrôle permanent. Ce pauvre Ray... il saute sur le poste à chaque coupure publicitaire et baisse le son, pour nous empêcher d'entendre les nouvelles...

– Ça fait partie du jeu, réfléchit à voix haute Abby. Peut-être finirons-nous par nous y accoutumer, à la longue...

– Ben ne regarde que toi, reprit Patsy, revenant à ses moutons. Oh ! il se montre très discret... mais *moi*, je le vois. Il est vraiment superbe, tu sais. Si je n'avais pas en tête mon adorable fondu de ski...

– Comment va-t-il, à propos ? A-t-il appelé ?

– Oui, trois fois hier soir. Grace n'était pas particulièrement ravie.

Contente d'avoir enfin réussi à détourner la conversation, Abby poussa une Patsy aux yeux brillants à lui parler de son petit ami tout en descendant prendre le petit déjeuner.

Cependant, et à son grand dam, le germe avait bel et bien été planté. Et, quoi qu'elle fît, elle n'avait que trop conscience de la présence de Ben, tant à l'auberge qu'à la cour. Elle avait beau fixer l'horizon droit devant elle, elle ne pouvait s'empêcher de se demander s'il la regardait. Si oui ou non il pensait à elle. Et le fait qu'il y eût plus que jamais des apartés entre les juges et les avocats n'arrangeait rien, bien au contraire. Le jury n'avait dès lors plus qu'à attendre, sagement assis, ou éventuellement en conversant à voix basse.

– Tu as entendu parler du programme de cet après-midi ? chuchota Ben pendant un de ces conciliabules.

– Oui, le pavillon de chasse.

– As-tu emporté un maillot de bain ?

– J'en ai un, oui... mais ne fait-il pas un peu frisquet pour se baigner ?

– Frisquet ?

Il sourit.

– Pour une athlète telle que toi ?

Le quolibet la fit frémir. Mais c'était un frisson qui n'avait rien à voir avec la température.

– C'est une chose de courir et une autre de nager. Tu cours, avec des vêtements douillets, des chaussures et un bonnet. Pour nager, par contre, tu ne portes pratiquement rien... enfin presque...

Elle se tut, horriblement embarrassée. Elle se serait volontiers étranglée de ses propres mains pour avoir ainsi mordu à l'hameçon.

– ... un maillot de bain n'est pas très chaud.

La subite coloration de ses joues n'avait évidemment pas échappé à Ben.

– Exact, répondit-il d'un ton égal, le regard soudain plus intense. Mais ça peut être super d'essayer. D'autant que si tu nages longtemps, tu transpires beaucoup.

– Tu te fiches de moi !

– Absolument pas. Essaie, tu verras.

– Cela signifie-t-il que tu nages régulièrement... en plus de courir ?

– Parfois.

Un silence s'ensuivit, silence durant lequel ils se regardèrent intensément. C'est alors que la jeune femme réalisa combien il lui avait manqué. Combien lui avaient manqué sa gentillesse, son badinage, sa chaleur... Un frémissement dans le prétoire annonça la fin de l'aparté. Et la voix profonde du juge rompit le charme.

Cependant, Abby ne réussissait pas à oublier. Ni lorsque la séance s'acheva, ni au cours du déjeuner, pris à l'auberge, ni même quand ils s'entassèrent dans le fourgon et prirent la direction du nord. Elle n'oublia pas non plus pendant l'excursion au milieu des ors de l'automne dans le Vermont. Au contraire. Mille chimères romantiques envahirent son esprit. Sur le siège avant, trois rangées devant elle, l'objet de ses pensées discutait avec Ray. Les yeux rivés sur sa nuque, elle se souvint. L'épaisseur de la chevelure dans laquelle elle avait plongé les doigts. La puissance des bras négligemment posés sur le dossier. La douceur de ses lèvres... Et elle avait beau faire, elle ne pouvait empêcher une question de trotter dans sa tête. L'embrasserait-il encore ?

Perdue dans sa rêverie, incroyablement mélancolique, elle resta absorbée dans ses pensées tout au long du trajet, imitée en cela par Patsy, assise à côté d'elle. Arrivées à destination, les deux jeunes femmes furent plus qu'heureuses de mettre enfin pied à terre.

Le pavillon de chasse était immense et rustique. Il était accueillant et ressemblait à une maison sudiste. Il offrait un contraste absolu avec l'austérité du prétoire et le charme de l'auberge. Ses murs ancestraux, ses poutres rugueuses et son ameublement patiné en faisaient un lieu de détente idéal. Quant au paysage, il était grandiose.

Les jurés se dispersèrent rapidement selon leurs aspirations. D'aucuns gagnèrent la salle de jeu. Les autres mirent le cap sur le lac. Quelques-uns, encore, restèrent à lézarder dans la véranda, affalés sur les coussins des immenses fauteuils de jardin. Abby s'apprêtait à les rejoindre lorsque Ben fit son apparition, un ballon de volley-ball coincé entre la hanche et le poignet.

– Prête pour une petite partie ? s'enquit-il.

Il avait mis une pointe de défi dans sa proposition. Histoire de contrer d'office toute hésitation, si elle essayait de tergiverser. Mais Abby n'en fit rien. Au contraire. Après de trop longues journées coincée sur un siège (que dis-je, des siècles !), même les sprints matinaux ne suffisaient plus à épuiser son trop-plein d'énergie. Elle était habituée à se dépenser beaucoup plus.

– Bien sûr ! s'exclama-t-elle immédiatement. D'autres volontaires ?

– Tom et Richard seront là dans une minute. Ils sont partis à la pêche aux candidats. Je viens de voir Patsy, quelque part à l'intérieur. Elle semblait chercher quelqu'un mais a promis qu'elle nous rejoindrait un peu plus tard. Crois-tu que d'autres femmes seraient intéressées ?

– Je vais voir de ce pas. Où jouerons-nous ?

– Juste là, derrière le pavillon. Disons... dans... dix minutes ?

– A tout l'heure, acquiesça Abby en souriant.

Enfin elle se sentait bien. Pour la première fois de la journée.

Elle avait juste besoin de cela. Jouer. Bouger. Elle dénicha une seule volontaire, la grande et mince Anne-Marie, dont la timidité première s'était dissipée, révélant un esprit à l'humour corrosif. Et qui, de plus, s'avéra être au volley la reine du service...

– Où as-tu appris à jouer, Anne ? s'étonna Abby, après trois lancers francs qui propulsèrent l'équipe masculine à l'autre extrémité du terrain.

– J'ai été incorporée.

– A l'armée ?

– Non. A l'université. On avait le choix entre basket-ball et... ça. Des deux maux, j'ai choisi le moindre.

Son poing frappa le ballon pour la quatrième fois. Mais l'équipe adverse s'y était préparée. Lorsque la partie se termina, tous avaient largement mérité la limonade glacée que leur servit Patsy.

– Pas mal du tout, lança Ben avec un sourire ravi en s'écroulant dans l'herbe à côté d'Abby.

Trop occupée par le déroulement du match, elle n'avait guère eu le loisir de penser à lui. Elle remarqua les mèches folles, collées par la sueur sur son front. Elle vit aussi qu'il avait roulé ses manches, dévoilant ainsi des avant-bras puissants. Sa chemise, sortie du jean, et son teint coloré par l'effort lui donnaient un air incroyablement juvénile. Elle en fut violemment émue.

– C'était rigolo, murmura-t-elle, le souffle court.

– Oui... tu es bonne joueuse.

– Est-ce que cela signifie que tu me félicites de n'avoir pas pleuré parce que nous avons perdu ? le taquina-t-elle.

– Je veux dire par là que tu t'es bien défendue. La prochaine fois, tu pourras faire partie de *mon* équipe, répliqua-t-il en souriant jusqu'aux oreilles.

Le cœur d'Abby entreprit instantanément de danser la samba. Son équipe ? Quand il voulait ! Elle ferma les yeux pour échapper au sortilège et s'allongea dans l'herbe en poussant un soupir voluptueux.

– Qu'est-ce que c'est beau, ici. Tu ne trouves pas ?

La chaleur du soleil adoucissait la fraîcheur de l'automne.

– J'en oublierais presque pourquoi nous sommes ici.

– Dis-moi, Abby, demanda Ben, la voix soudain plus proche. Que ferais-tu, un samedi normal ?

Elle ouvrit les yeux, et vit qu'il s'était mis à plat ventre. Il était appuyé sur ses coudes, son visage à peine à quelques centimètres du sien.

Elle baissa les paupières et tenta de se concentrer. Qu'avait-elle fait, d'ordinaire ? Cela lui paraissait si loin...

– Le matin, je donne un cours. L'après-midi... eh bien... tu sais bien... le genre de trucs qu'on fait le samedi.

– Quel genre de cours ?

– Sur l'accouchement naturel. Quand je suis arrivée ici, j'ai rencontré un tas de femmes enceintes de leur second ou troisième enfant. Elles avaient presque toutes envie d'essayer la méthode naturelle. Mais à l'époque, il n'existait, en ce domaine, aucun cours digne de ce nom. Aujourd'hui, elles font parfois des kilomètres pour venir assister aux miens.

– L'accouchement naturel...

Au ton pensif de sa voix, elle sut qu'il venait d'ajouter une pièce supplémentaire au puzzle de sa vie. Du regard, elle lui lança un avertissement muet. Dont il ne tint aucun compte.

– Tu crois à l'accouchement naturel ? demanda-t-il gentiment.

– C'est une excellente méthode pour certaines femmes, mais elles doivent bénéficier d'une excellente préparation. Par contre, cela ne convient absolument pas à d'autres.

– *Toi*, aimerais-tu accoucher de cette façon ?

Il la regardait de telle manière que son pouls entama une séguedille endiablée.

– Je ne sais pas vraiment, réussit-elle à articuler. Je suppose que cela dépend.

– De quoi ?

– Si mon... mon mari le désire ou non. La beauté de ces accouchements réside essentiellement dans le fait que l'homme y participe autant que sa femme.

Perdu dans son regard – comme elle l'était dans le sien –, Ben ne répondit pas. Il était certainement de ce genre d'individus, désireux de partager avec leur épouse les moments précieux de leur existence. Elle éprouva soudain une violente jalousie contre celle qui, un jour, deviendrait sienne.

– Et... et toi, Ben ? demanda-t-elle, la voix mal assurée. Que ferais-tu, aujourd'hui, en temps normal ?

Il cilla et poussa un profond soupir.

– J'assure moi aussi des cours, le samedi matin. Mais rien d'aussi excitant que l'accouchement naturel.

– Tu te moques de moi, le gronda-t-elle.

– Non. Je suis sérieux.

Et il l'était vraiment.

– Ce que tu enseignes a un côté beaucoup plus *réel*. Je crois que ce doit être fabuleux.

Cette fois la jeune femme ne put échapper à l'intensité de son regard. Elle s'y noya. C'était comme s'ils se connaissaient depuis des années. Comme s'ils avaient été d'abord amis, puis amants. Comme s'il pouvait lire en elle à livre ouvert. Comme s'il savait parfaitement ce qu'elle désirait obtenir de la vie. Elle se sentit mise à nu, et profondément vulnérable.

– Ne me regarde pas ainsi, implora-t-elle.

– Pourquoi pas ?

Il se rapprocha encore.

– Je... ça me... ça me met mal à l'aise...

– Et si je te disais que je ne peux pas m'en empêcher ?

– Je ne te croirais pas, Benjamin Wyeth.

Elle tenta de se raccrocher à la réalité, de surmonter sa faiblesse.

– Tu es un scientifique, donc un homme de raison et non d'impulsion.

Il fit la moue. Une moue attendrissante.

– C'est drôle, avant je pensais la même chose. Mais récemment... *très* récemment... j'en suis venu à me poser des questions. Tu es le genre de femme qui inspire des pensées irrationnelles.

– Je ne...

– Tu l'es... Cette manière que tu as de me regarder, avec ces immenses yeux noisette de biche... la façon dont tu souris... dont tu parles... Abby...

– Chhuuutt ! S'il te plaît, Ben, tais-toi.

Résolue, elle tenta de rouler loin de lui. Mais de son bras il l'encercla et l'immobilisa.

– C'est ridicule, haleta-t-elle.

– Tu crois que ce n'est pas ce que je ne cesse de me répéter ? demanda-t-il, la voix rauque. D'après toi, qu'est-ce qui m'a retenu de courir derrière toi l'autre soir ? Bien sûr que c'est ridicule... mais je te désire tellement...

Il s'interrompit. Son regard détailla lentement chaque pouce du visage de la jeune femme avant de se faire plus profond. Plus brûlant.

– Et tu le sais très bien. Pas vrai ?

Comment l'aurait-elle ignoré, elle qu'un véritable

incendie dévastait et dont les veines charriaient des torrents de lave incandescente ? Non seulement elle le savait, mais elle aussi le désirait. Aucun doute là-dessus. Comme elle ne doutait pas un instant qu'elle serait aussi cinglée que lui si elle s'abandonnait à son désir... dans de telles circonstances.

– Non... murmura-t-elle.

Mais ses yeux eurent alors le grand tort de se poser sur les lèvres de Ben. Sans réfléchir, elle les effleura d'un doigt. Si fermes, si douces et si volontaires à la fois... Elle explora leur contour. Puis, comme si elle s'était brûlée à une flamme – flamme qui les embrasait tous deux –, elle retira précipitamment sa main.

– Non ! répéta-t-elle d'une voix vibrante.

A dire vrai, elle était proprement terrifiée par la force de l'attirance qu'elle ressentait pour cet homme.

Surpris, Ben s'écarta légèrement.

– Chhhuuttt ! Tout va bien, Abby, la rassura-t-il doucement.

Il se redressa lentement et, genoux repliés, bras croisés autour d'eux, il entreprit de contempler le lac. Et de calmer sa respiration.

Abby se redressa à son tour, mais sans quitter des yeux l'homme assis à côté d'elle. Lorsqu'il poussa un soupir de frustration, elle regretta de ne pouvoir le délivrer. Mais lorsqu'il releva la tête et posa un regard intense sur son visage, alors elle se sentit à deux doigts de défaillir.

– Quelques brasses me feraient le plus grand bien, lança-t-il brusquement, ça te dirait de nager avec moi ?

Il semblait avoir repris son contrôle. Enfin, excepté une légère raucité dans la voix.

Abby, quant à elle, n'avait rien repris du tout.

– Je... euh, non. Je crois que je vais rester ici.

Nager avec lui ? Comment *pourrait-elle* jamais venir à bout d'une telle épreuve ? De toute façon, l'eau du lac n'était pas assez glaciale. Car même un congélateur n'arriverait pas à éteindre le feu qui ne manquerait pas alors de la consumer. Non, mieux valait pour elle rester sagement assise ici et se donner le temps de recouvrer ses moyens, mis à mal par une soudaine flambée de désir.

Oui, mais voilà. Des deux maux, force lui fut de constater qu'elle avait gaillardement choisi le pire. Car, quelques minutes à peine après avoir disparu à l'intérieur du pavillon, Ben réapparut... une serviette de bain jetée sur l'épaule... et les hanches étroitement moulées dans un minuscule slip de bain. Vision absolument dévastatrice s'il en fut.

Grâce au ciel, il paraissait préoccupé. Et ne put surprendre son trouble. Tête baissée, il descendit le long ponton qui menait à la berge. Tout, dans la manière qu'il avait de se déplacer, trahissait l'athlète. Abby fut frappée par la fermeté de son corps. La taille et la sveltesse de sa silhouette. Ses muscles longs et déliés. Bref, la grâce faite homme. Et quel homme...

Il atteignit la berge, balança sa serviette sur un rondin et s'avança dans l'eau. Puis ses bras décrivirent un arc parfait et il plongea. Tétanisée, la jeune femme contempla le nageur qui s'éloignait en un crawl puissant. La rotation égale de ses bras. Ses jambes dont les battements effleuraient à peine la surface. Sa tête, pivotant à intervalles réguliers pour emplir ses poumons d'oxygène. Comment diable arrivait-il à respirer aussi régulièrement alors qu'elle-même y réussissait à peine, rien qu'en le regardant ?

Benjamin Wyeth devait, à n'en pas douter, être une sorte de démon, pour détenir un tel pouvoir sur elle.

Et c'était proprement injuste ! Pourquoi ne pouvait-elle pas réagir ainsi devant Sean, alors qu'un simple coup d'œil de Ben la mettait en émoi ? C'est un juré. *Un juré*, se répéta-t-elle. Et de quelque manière qu'elle envisageât la chose, elle lui semblait réellement déplacée.

Mais elle ne pouvait empêcher le désir de la consumer. Et elle avait beau raisonner, rien n'y faisait. Elle voulait explorer ce corps puissant. Le sentir vibrer. Connaître la texture de cette peau. Elle avait une telle envie de s'allonger contre lui, de modeler son corps souple à la fermeté du sien, que cela en devenait douloureux. Oh que oui ! elle le désirait... de toute son âme. Une seule pensée l'empêchait de céder au tourbillon, à la violence de son désir. Et elle n'avait rien à voir avec ce qui adviendrait lorsque le procès serait terminé. Ni même avec l'importance de son travail ou les obligations qui en découlaient. Non. Rien de ce genre. Elle pensait à une femme. La femme qui peut-être attendait Ben... et elle avait une peur bleue. Celle de ne représenter pour lui qu'un agréable intermède, propre à effacer la tension de cette cohabitation forcée.

Embourbée dans ses cogitations moroses, Abby perdit toute notion de l'heure. La seule chose dont elle avait conscience était la présence des autres, musardant autour du pavillon. Certains traversèrent même sa ligne de mire – une ligne qui partait tout droit vers le lac. Elle sourit une fois, hocha par deux fois la tête, mais rien ne pouvait détourner son attention de l'homme qui nageait dans le lac.

Ben revint enfin vers le rivage. Il reprit pied et attrapa sa serviette. Son corps trempé brillait doucement sous les derniers rayons du soleil. Oh ! comme elle aurait aimé le frictionner de ses mains... Mais elle ne bougea pas d'un orteil. Et Ben, occupé à s'essuyer vigoureusement, ne parut même pas remarquer sa présence. Il enroula la serviette-éponge autour de son cou, en pressa distraitement les extrémités et se dirigea vers le pavillon d'un air soucieux.

Abby retenait son souffle, effrayée à l'idée qu'il puisse entendre les sourds battements de son cœur. Lorsqu'il fut à sa hauteur, il s'immobilisa. Et la regarda. Rien, alors, n'aurait pu détourner les yeux de la jeune femme des siens. Littéralement aspirée par son regard, elle en était captive. Et n'en fut libérée que lorsque, passant un coin de serviette sur son front, il se détourna et entra à l'intérieur du bâtiment.

Elle était tétanisée. Mais elle avait beau chercher et se triturer les méninges, aucun élément ne pouvait modifier la logique des faits. Succomber à son désir relèverait irrémédiablement de l'irresponsabilité. Allons, elle n'avait jamais été du genre à céder à ses impulsions. Le moment était vraiment mal choisi pour commencer !

Elle sauta sur ses pieds et pénétra dans la véranda. Là, elle récupéra son sac, s'installa confortablement dans un fauteuil, jambes repliées sous elle, et ouvrit un livre.

Elle ne tarda pas à se féliciter d'avoir entamé, la veille au soir, un roman populaire. Plus facile à suivre qu'un traité de Kant. Forte de cette constatation, elle fit abstraction de ce qui l'entourait et essaya de se concentrer sur les péripéties de la vie des personnages. Et y parvint. A tel point qu'elle sursauta lorsque Louise la gratifia d'une légère tape sur l'épaule. Les côtelettes, marinées à point, n'attendaient plus que le barbecue, installé de l'autre côté du pavillon et qui, lui-même, n'attendait plus qu'elle. Régénérée par cette heure de répit, et en même temps très fière d'elle, Abby se joignit aux autres pour profiter du festin. Ils firent bombance non seulement de côtelettes, mais aussi de poulet, de steaks, de maïs doux et de pommes de terre. Sans oublier les trois variétés de salade. En un sens elle éprouva un certain soulagement en constatant que Ben gardait ses distances. Ils avaient tous deux besoin d'une trêve, histoire de laisser la raison prévaloir.

Elle prit, à sa plus grande satisfaction, beaucoup de plaisir à ce repas. Non pas que la compagnie de Ben ne lui en procurât pas, non... mais avec lui elle vivait pour moitié au paradis et pour moitié en enfer. Ici, au moins, elle pouvait se détendre au milieu de ses pairs. Des compagnons que, petit à petit, elle apprenait à connaître et à apprécier. Peut-être avaient-ils finale-ment accepté la coexistence, car ils commençaient à se livrer, à évoquer leur travail ou leur famille. Plus d'une anecdote – contée par l'un ou par l'autre – provoqua un accès de gaieté chez la jeune femme.

Du reste, elle y fut largement encouragée par Patsy. Une Patsy débordante d'énergie, qui semblait avoir décidé de donner un coup de main au personnel. Elle cavalait sans relâche de la cuisine au buffet, du buffet à la cuisine pour renouveler les plats. Les joues roses de plaisir, elle distribuait à la ronde de radieux souri-res.

– Qu'est-ce que c'est que cette histoire de dessina-trice de tenues de ski ? En réalité, je crois que tu viens de découvrir ta vocation, la taquina Abby en la voyant revenir avec un saladier de carottes râpées.

– Moque-toi de moi, va ! rétorqua son amie, les yeux brillants.

– Mais dis-moi, tu comptes t'arrêter, histoire de manger un peu, ou tu suis un régime ?

– Oh !... je grignoterai un truc tout à l'heure.

Abby la dévisagea, soupçonneuse.

– Patsy...

– Qu'est-ce que c'est amusant ! lança joyeusement la jeune femme. Je suis vraiment contente d'être venue.

Elle baissa la voix pour ajouter :

– Maintenant, si Mlle Barnes voulait bien dégager le passage et laisser ces pauvres affamés accéder au buffet...

Contaminée par l'effervescence de la jeune femme, Abby rejoignit les autres pour profiter, à son tour, du barbecue. Mais le dîner à peine achevé, elle s'éloigna, et se dirigea vers la berge. Certes, il était des plus agréables de se rassasier de bonne chère en plaisante compagnie. Mais Ben l'obsédait.

– Viens, Abby. Allons faire un tour.

Elle fit volte-face. Juste à temps pour apercevoir l'homme du moment attraper sa main.

– Un tour ? Où ça ?

– En canoë. Pourquoi n'en emprunterions-nous pas un ?

Question qui, à dire vrai, tenait plus de l'affirmation que de l'interrogation. Et, bien que Ben se montrât charmant – comme à l'accoutumée –, une certaine intensité affleurait sous sa proposition. En clair, il n'accepterait pas de refus.

– Est-ce que... est-ce qu'il ne se fait pas un peu tard ?

– Il nous reste au moins une heure devant nous.

– Mais il fait presque nuit.

Ses lèvres s'incurvèrent en un mince sourire.

– Qu'est-ce qui ne va pas, Abby ? Tu n'as jamais fait de canoë ?

– Bien sûr que si ! Enfin, il y a plusieurs années...

mais je suis certaine de savoir encore manier une pagaie.

– Alors es-tu... as-tu peur de moi ? murmura-t-il à voix basse, mais qui contenait le même défi que précédemment.

– Jamais de la vie ! s'exclama-t-elle.

Et pourtant si, elle était effrayée. Mais par ses propres réactions.

– Alors allons-y.

Il la guida vers un petit embarcadère auquel étaient amarrées plusieurs embarcations.

– Nous ferions mieux de laisser nos chaussures ici, suggéra-t-il.

Une fois la chose faite, il détacha un canoë, le mit à l'eau et le maintint pendant qu'Abby s'installait à l'avant. Puis il le poussa vers le large et sauta à l'intérieur.

Ils étaient partis. Le frêle esquif fendait le miroir des eaux calmes et sombres sans bruit.

– Tu es certain qu'il n'y a pas de problème ? lança Abby. Ne vont-ils pas s'inquiéter de notre absence ?

Cette lente et douce glissade dans le silence le plus absolu était une pure merveille. Une sublime sensation de liberté.

Ben gloussa.

– Tu peux être certaine que nous sommes sous surveillance. Mais ça, c'est leur boulot. D'ailleurs, ils ont prévu un hors-bord... juste au cas où.

Abby opina d'un signe de tête, l'esprit délibérément vidé. La soirée était trop belle. En ce crépuscule glorieux, les rouges et les ors du soleil couchant paraient la surface du lac de teintes mordorées. Il faisait incroyablement doux. Pour seul bruit, celui de la proue fendant l'eau et le clapotis des deux pagaies à l'unisson.

Le canoë suivait la direction que lui imposaient les puissantes poussées de Ben. Au centre du lac, elle vira sur la droite et suivit la route qui longeait les berges. Les ombres s'allongeaient, à présent. Les couleurs pourpres avaient cédé la place à un camaïeu de bleu et de violet.

Abby se sentait parfaitement en paix. Lorsqu'ils relevèrent simultanément leurs rames pour s'immobiliser, s'imprégnant de la sérénité ambiante, elle n'y vit rien que de très naturel. Mais, par contre, lorsque le canot se mit à tanguer, elle se retourna brusquement.

– Que diable fabriques-tu ? lança-t-elle, inquiète.

– Je viens m'installer à côté de toi.

Il rangea soigneusement sa pagaie et agrippa les plats-bords.

– Ben ! Si tu bouges, nous allons chavirer !

Mais il faisait surtout attention à garder son équilibre tout en progressant lentement sur ses genoux.

– Chhuttt ! je me concentre.

– Mais, Ben...

Enfin arrivé à bon port, c'est-à-dire juste derrière Abby, il s'accroupit sur ses talons.

– Tourne-toi, ordonna-t-il gentiment, en prenant sa pagaie pour la ranger près de la sienne.

– Que...

– Fais demi-tour, répéta-t-il, et reste aussi baissée que possible.

– C'est complètement dingue...

Mais les mains de Ben, posées sur sa taille, lui imprimèrent un mouvement de rotation, mettant ainsi fin à son hésitation. Alors, elle se tut, uniquement préoccupée par le fait d'amorcer un demi-tour sans faire chavirer la fragile embarcation. Ce ne fut qu'une fois assise face à Ben, le cœur battant la chamade et les mains agrippées aux plats-bords qu'elle laissa libre cours à sa stupéfaction.

Il entoura son visage de ses mains avant même qu'elle ne puisse ne serait-ce que penser à rejeter sa tête en arrière.

– Par tous les saints, que fabriques-tu ? s'exclama-t-elle.

– Je vais t'embrasser, ici même. Sans personne pour nous déranger. Et sans que tu essaies encore de t'enfuir.

– Mais, Ben...

Elle fit un geste en direction de la plage.

– Ils sont juste là.

Et c'était parfaitement exact. Il avait positionné le canot de main de maître. De cette façon, les autres – s'ils regardaient dans leur direction – ne pouvaient apercevoir que son dos puissant. Leur intimité était préservée.

– De plus, il fait noir. Tu l'as dit toi-même...

Il resserra son étreinte autour de son visage, lui refusant toute échappatoire. Puis, brusquement, il inclina la tête et captura ses lèvres.

– Ben...

Abby tenta une protestation. A moitié étouffée.

– S'il te plaît... non...

Mais il ne l'écoutait plus. Son baiser fut la plus douce, la plus intense des caresses – une lente et ferme persuasion. Abby devait faire appel à toute sa volonté pour tenir ses lèvres scellées. Elle n'avait pas souhaité cela en acceptant une promenade en canoë avec lui...

Et dire qu'elle s'était crue hors de portée de toute tentation !

Elle essaya de détourner la tête mais les mains de Ben se firent plus fermes. Inexorables. Des gémissements montèrent du fond de sa gorge, implorants, mais il les ignora, entièrement occupé à revendiquer ses droits. Alors elle lâcha les plats-bords pour essayer de le repousser mais ne réussit qu'à faire dangereusement tanguer l'esquif. Moralité : au lieu de s'éloigner, elle se retrouva agrippée à sa chemise.

Et lui, bien sûr, l'embrassait toujours, caressant ses lèvres des siennes avec une chaleur des plus persuasives. Et des plus contagieuses, était-elle bien obligée d'admettre. Sinon, comment expliquer le fait que ses veines charrient soudain des torrents de lave incandescente ? Que ses orteils tire-bouchonnent joyeusement ? Qu'elle n'arrive plus à respirer ?

Il poussa un gémissement de plaisir et déposa des baisers sur ses joues, sur ses paupières.

– Laisse-toi aller, Abby. Tout va bien.

– Non, ce n'est pas vrai, haleta-t-elle.

Yeux fermés, elle combattait désespérément, se refusant à capituler. Elles étaient loin, les fragrances de l'automne. Le parfum viril et entêtant de Ben les submergeait.

Lorsqu'il suivit de ses lèvres le contour de son menton, une douce léthargie s'abattit soudain sur elle. Ses doigts crispés sur la chemise se relâchèrent, et se posèrent à plat sur la poitrine musclée. Une poitrine qui abritait un cœur battant au même rythme effréné que le sien.

– C'est de la démence, chuchota-t-elle avec un dernier éclair de lucidité.

Ben déposa deux autres baisers sur ses paupières.

– Si c'est dément, grogna-t-il, pourquoi donc ne pouvons-nous nous arrêter ? Nous sommes pourtant deux êtres doués de raison, non ?

Elle ne trouvait aucune réponse à cela. Et même si

elle parvenait à formuler une faible protestation après une autre, elle ne pouvait empêcher ses lèvres de réclamer celles de Ben. C'était un véritable tourment que sentir sa bouche partout sur son visage et non là où elle le désirait le plus. Alors, obéissant à une quête instinctive, elle tourna la tête vers lui. Et lorsqu'il lui donna enfin ce à quoi elle aspirait, il obtint également ce qu'il voulait. Car elle capitula dans un soupir émerveillé et lui offrit la douceur de ses lèvres entrouvertes.

Jamais encore jusqu'à cet instant béni Abby ne s'était sentie aussi totalement grisée. Le corps vibrant délicieusement, elle n'arrivait même plus à se rappeler pourquoi elle avait tant hésité. Elle répondait au baiser de Ben avec une passion dévorante, passion qui ne fit qu'accroître le désir qu'il avait d'elle.

— Oui, mon cœur, oui, murmura-t-il.

Ses mains descendirent vers ses épaules. Puis sur sa taille. Il la souleva contre lui et nicha son visage dans la courbe si tendre de son cou.

— Tu sens si bon...

— Je t'ai dit...

— Non, Abby. Ce n'est pas ton parfum, mais toi. Tu es la créature la plus délicieuse que j'aie jamais tenue entre mes bras.

— Ne dis pas des choses pareilles ! s'exclama-t-elle.

Il ne lui était déjà pas facile d'admettre que son propre corps semblait échapper à tout contrôle, mais entendre ces mots, s'en défendre...

Elle fut soulagée lorsqu'il reprit sa bouche. Et la lui offrit comme une récompense. Mais pas seulement. La langue qui se glissait en elle, la savourait et cherchait la sienne. Ne venait-elle pas de trouver – tout simplement – sa place naturelle ? Et la sienne, volant à sa rencontre, également ?

Tout en la consumant sous le feu de ses baisers, il laissait ses mains courir sur son dos. Puis lorsqu'elle gémit de plaisir, il s'enhardit. De ses doigts écartés, il dessina le contour des seins. Son gémissement se mua en un cri étranglé. Alors, comme pour apaiser son tourment, il referma ses mains sur les deux globes si doux et les caressa. Des éclairs de feu transpercèrent Abby. Elle resserra l'étreinte de ses bras autour de son cou.

— Dis-moi que c'est bon, Abby, murmura-t-il contre sa joue.

Le souffle trop court pour parler, elle acquiesça d'un signe de tête. Si Ben possédait le pouvoir de lui faire perdre la raison, il en possédait également les moyens ! Oh oui ! Ses lèvres savaient provoquer la passion, ses mains attiser le désir. Son corps vigoureux semblait le seul refuge où elle puisse apaiser les tremblements du sien.

Il tapota son menton doucement.

— Parle-moi, Abby, ordonna-t-il d'une voix rauque. Je veux savoir ce que tu ressens.

Elle ouvrit lentement les yeux.

— Je sens... c'est comme si j'étais ailleurs... comme si... j'étais quelqu'un d'autre...

Il fit courir ses doigts le long de sa nuque, dessina des courbes sur sa gorge. Son corsage au col ouvert ne présentait aucun obstacle. Pas plus que la raison. Celle-ci n'avait carrément plus cours. Pour Abby une seule chose importait : elle voulait qu'il la touche encore. Oui, encore.

— Est-ce que tout cela est bien réel ? demanda-t-il, les lèvres posées sur son front.

Ses doigts, glissés sous le col du chemisier, exploraient son épaule.

Elle ferma les yeux sous la caresse et laissa retomber sa tête contre lui.

– Non, c'est un rêve. Je n'ai jamais rien ressenti d'aussi fort...

Les doigts descendirent plus bas, vers une poitrine gonflée de désir. Elle gémit. Il reprit ses lèvres, tout occupé à défaire un premier bouton. Puis un deuxième. Un gémissement monta du plus profond de son être lorsqu'il écarta les pans de tissu pour les remplacer par ses mains.

– Abby... Abby...

Elles dessinèrent le contour des seins de la jeune femme avant de les emprisonner. Alors, pour Abby, n'exista plus que la chaleur de ses doigts, à travers la mince barrière du soutien-gorge, qui caressaient ses mamelons érigés.

– Oui... murmura-t-elle, extatique. Oh, oui, Ben ! c'est si bon...

La caresse profondément intime lui donnait un tel plaisir que c'en était douloureux. Un éclair de feu la transperça. Et elle découvrit un besoin dont elle ignorait jusqu'à présent l'existence. Ses mains se mirent à courir sur le corps de Ben. Elle voulait le sentir, le toucher, elle aussi.

Oui, mais voilà, tout a une fin. De loin, de très loin, leur parvint une voix étrangement déformée.

– Ben... Abby... ?

Deux corps se figèrent. Deux esprits tentèrent de donner un sens à l'intrusion.

– Merde ! grommela Ben, la voix râpeuse et le souffle court. Un mégaphone...

– Oh, non !... grogna Abby, en essayant de reprendre ses esprits.

Il l'étreignit tout en enfouissant le visage de la jeune femme contre sa poitrine musclée.

– Abby... Ben... ? répéta la voix.

– Oui, on arrive ! hurla-t-il avant de lâcher une bordée de jurons, à voix basse.

En plusieurs inspirations, aussi profondes que tremblées, Abby tenta de retrouver son calme. Quel cauchemar que d'affronter à nouveau la réalité... mais où était la réalité ? Etait-ce cette réclusion en compagnie de douze personnes – et de Ben ? Ou était-ce une autre vie, celle qui l'attendait à la fin du procès ? Et, si tel était le cas, la passion qu'elle était en train de partager avec Ben y trouverait-elle sa place ?

– Je suis navré, Abby.

Sa voix, contre ses cheveux, était étouffée.

– En matière de démoralisation... se retrouver sur le toit du monde... et l'instant suivant en dégringoler brutalement à cause de... d'un chaperon... Je dirai que, pour un homme qui aime à penser qu'il maîtrise les événements... je me sens assurément... impuissant !

Si seulement elle pouvait rassembler elle aussi ses émotions... pensa-t-elle en se détachant de lui avec un énorme soupir. Elle entreprit de refermer – lentement – son corsage.

– Abby ?

Il releva son menton de l'index.

– Est-ce que ça va ?

– Oui, murmura-t-elle.

Mais elle se détourna très vite, de peur qu'il ne surprenne son extrême confusion.

– Tout va bien.

– Ecoute, Abby...

– Ben Wyeth... ? claironna à nouveau le mégaphone.

– Oui ! rugit-il d'une voix furieuse. On arrive !

116

Il regagna prudemment l'avant de l'embarcation, empoigna sa pagaie et fit pivoter le canoë. Abby reprit sa place et se mit à ramer en cadence. Ils trouvèrent tous deux dans ce même mouvement un bon moyen d'apaiser leur frustration. Et battirent des records de vitesse.

Ils n'échangèrent pas un mot. Le cœur n'y était pas. Ben avait recouvré son calme. Quant à Abby, elle réussit à faire bonne figure en rejoignant les autres. La fatigue d'une journée au grand air fut un excellent prétexte pour éviter les conversations. Et, grâce au ciel, aucun ne commenta l'étrangeté de leur conduite au milieu du lac. Ou bien le dos de Ben les avait effectivement protégés de toute indiscrétion, ou bien l'obscurité avait été suffisante. A moins qu'ils n'aient été trop loin du rivage... ou alors leurs compagnons faisaient preuve d'une remarquable discrétion !

Quelle que soit la réalité, Abby n'en avait cure. Elle était bien trop préoccupée pour s'en soucier. Peu de choses parvenaient à pénétrer dans sa conscience. A part l'image de Patsy, émergeant en courant de l'ombre du pavillon... cette ombre dans laquelle on distinguait la silhouette d'un homme. Patsy... qu'attendait un adorable fondu de ski. Patsy... la si vivante et si gaie Patsy. Ressentait-elle les méfaits de leur réclusion ? Etait-ce là sa manière de s'en sortir ? Et tiens, à propos, était-ce là la sienne, à elle, Abby ? Etait-ce pour cette seule raison que Ben l'attirait ?

Grâce à l'obscurité grandissante – véritable don du ciel, en l'occurrence –, nul ne remarqua son désarroi pendant le trajet de retour. A peine arrivée à l'auberge, elle se précipita dans sa chambre. Il lui fallait remettre un peu d'ordre dans sa tête. Réfléchir à ce qui venait de se produire. Et pour ce faire, la solitude lui était indispensable. Elle se sentait incapable d'aligner deux pensées cohérentes en présence de Ben.

Seulement voilà, la solitude ne voulut pas d'elle. A peine s'était-elle affalée dans un fauteuil qu'un coup frappé à la porte la remit sur pied. Aucun doute à avoir sur l'identité de celui qui frappait. Ben Wyeth n'était pas du genre à accepter longtemps... l'impuissance. Pas plus qu'il ne la laisserait lui échapper de bonne grâce. L'esprit soudain assailli d'une myriade de doutes, elle poussa un énorme soupir et se dirigea à pas lents vers la porte. Puis l'ouvrit.

5

Sa voix était profonde et mesurée, quoique un tantinet tendue.

– Puis-je entrer ?

– Je ne sais pas... je...

Mais avant qu'elle puisse trouver une excuse, il pénétrait dans sa chambre en lui laissant toute liberté pour la fermer. La porte. Et la bouche par la même occasion. Les deux choses faites, elle lui fit face. Enfin, en principe. Debout devant la fenêtre, mains au fond des poches, il lui tournait le dos. Elle attendit. En silence.

Enfin, il se retourna. Et le cœur d'Abby entama derechef une petite rumba. Les yeux gris semblaient vouloir s'excuser. Et son sourire était carrément penaud.

– Je voulais juste... euh... je me sentais seul, quoi. Le stress du samedi soir...

Rien que de très logique, jusqu'à présent.

– Je sais, répondit-elle gentiment, puis elle marqua une hésitation. Qu'est-ce que... tu ferais un samedi soir, en temps normal ?

Si cette question n'était qu'une simple répétition de leur discussion de l'après-midi, elle n'en fut pas moins énoncée d'une voix aiguë.

– Oh !... je m'offre un spectacle... ou un restaurant. Parfois, rien de spécial. Rien de tel qu'un samedi soir pour se plonger dans un bon livre... et bouquiner sans remords jusqu'à 4 heures du matin parce qu'on peut faire la grasse matinée le lendemain...

Elle acquiesça d'un signe de tête. Non seulement elle comprenait, mais ne faisait-elle pas régulièrement de même ? Au grand dam de Sean, d'ailleurs, qui ne manquait jamais de râler. Et de grommeler des commentaires désagréables sur sa paresse. Ce qui ne l'empêchait pas de resurgir, plein de mansuétude, le dimanche après-midi.

– Euh... à propos de bouquins, rétorqua-t-elle, sautant à pieds joints sur la diversion, tu as des idées, pour celui que tu vas écrire sur notre expérience ?

A défaut d'une meilleure place – Ben se tenait juste devant le fauteuil –, elle se posa au bord du lit. Mais lorsqu'il se retourna et la dévisagea intensément, elle prit conscience qu'elle aurait mieux fait de rester près de la porte !

– En tant que juré ?

Pas sur le fait de séduire un des membres dudit jury, pensa-t-elle en son for intérieur avant de se fendre d'un « oui » laconique.

– Les idées commencent à émerger...

– Avec ton expérience et le genre d'ouvrages que tu commets d'ordinaire, j'ai tendance à penser que tu ne donneras pas simplement une vue d'ensemble. Tu sais, style « comment fonctionne un jury en Amérique », « un juré parmi ses pairs », « comment se déroulent les délibérations », enfin ce genre de choses, quoi. Est-ce que je brûle ?

– En quelque sorte.

Il lui sourit pour la première fois depuis qu'il était

entré et s'adossa contre le montant de la fenêtre. Abby se détendit à son tour.

– En fait, tout reste de l'ordre du possible pour l'instant. Mais tu as raison. Etudier la dynamique d'un jury du point de vue psychologique me changerait un peu. Sans compter que cela risque de se révéler diablement excitant.

– Arrives-tu à obtenir des confidences... des autres ?

– Ils commencent à se livrer. Lentement.

Il prit un air pensif.

– Leur formation par petits groupes semble se baser principalement sur l'âge et les activités. Par exemple, Bernie, Richard et Phil sont très souvent ensemble. Autrement dit un restaurateur, un employé de l'office de tourisme et un agent immobilier, des individus qui ont des intérêts communs. En outre, ils ont tous trois la cinquantaine.

Abby, qui l'écoutait avec attention, rétorqua :

– Même chose pour les femmes. Nous sommes moins nombreuses – cinq contre neuf –, Anne-Marie et Louise sont très proches l'une de l'autre, tout comme Patsy et moi.

– Et Joan ?

– Joan ? Je ne sais trop où la situer. Elle se tient à l'écart la plupart du temps – c'est une solitaire. Je sais qu'elle ne s'est jamais mariée. Et même si elle a à peu près le même âge que Louise et Anne-Marie, toutes deux sont nanties d'un époux et d'enfants. Peut-être se sent-elle un peu délaissée.

Elle haussa les épaules.

– Elle est relativement agréable. En fait, je ne crois pas que ce soit parce qu'elle supporte mal la situation que je n'arrive pas à me rapprocher d'elle. C'est juste que... qu'il m'est difficile d'établir la communication, en quelque sorte...

– Je comprends, répondit Ben. Ta description peut tout aussi bien s'appliquer à Brian.

– C'est un excellent joueur d'échecs, ne put s'empêcher de remarquer Abby.

Ben fit une grimace.

– Eh bien voilà, j'ai trouvé le thème de mon bouquin ! « Brian Kent ou un excellent joueur d'échecs ».

Abby se rappela ce que lui avait confié Patsy, le matin même, que Ben l'observait attentivement quand elle disputait une partie d'échecs. Etait-il jaloux ? Il avait l'œil bien noir, tout à coup. Mais elle n'osa pas le provoquer plus avant. Pas ici, pas dans l'intimité de sa chambre.

– Je ne le connais pas vraiment. Enfin, à part le footing et les échecs. Fait-il partie, lui aussi, de tes préoccupations ?

– Bien vu.

– Qu'est-ce que... qu'est-ce qui ne va pas, avec lui ?

– A vrai dire, rien de spécial. Il m'a l'air un peu macho. Comme s'il était en permanence sur ses gardes. Je crois qu'il sera le plus difficile à apprivoiser. Il semble penser que s'ouvrir aux autres et avouer ce qu'il ressent nuirait à son image.

– C'est ce que tu fais ? Tu essaies de savoir ce que chacun d'entre nous éprouve exactement ?

Il hocha la tête, les traits radoucis.

– Je veux plus. Je veux connaître le sentiment général, bien sûr, mais aussi les réactions de chacun en face des événements quotidiens. Par exemple, qu'as-tu éprouvé lorsqu'on a amené le prévenu au tribunal, le tout premier jour ?

Abby se concentra quelques instants.

122

– Je crois que j'ai été... intimidée. C'était une chose de détailler sa photo dans les journaux, et même de l'apercevoir pendant notre sélection comme jurés, mais c'en est une tout autre que de *faire partie* du jury et de le voir entrer entre deux gendarmes... et de savoir qu'on va me demander soit de le condamner, soit de l'acquitter...

Elle fit une pause, et ajouta :

– Oui. Intimidée.

Il sourit.

– C'est très intéressant. Tu n'es pas la première à m'en parler. Les autres n'y ont peut-être pas mis autant d'éloquence...

– Balivernes !... Mais toi, Ben ? Qu'as-tu ressenti ?

– Tu veux vraiment le savoir ?

– Bien sûr.

Il planta son regard dans le sien.

– Je n'ai pas cessé de me demander comment un type comme lui, avec autant d'atouts en sa faveur, avait bien pu se débrouiller pour mettre sa vie en l'air.

– Mais... ta réflexion implique une présomption de culpabilité !

– Pas forcément. Je l'observe simplement, et alors je vois tout ce que tant de personnes ne peuvent même pas espérer posséder un jour... l'argent et le pouvoir.

Elle sentit sa gorge se serrer.

– Est-ce ce dont tu rêves, Ben ? murmura-t-elle.

Il ne répondit pas immédiatement, hésitant à livrer cette part de lui-même. Une part qu'il n'avait jamais confiée à personne. Une part qui dévoilerait à Abby un peu de son âme. Lorsqu'il se décida à répondre, ce fut d'une voix infiniment plus douce.

– J'en ai rêvé. J'ai grandi démuni de tout. Mes parents ont gagné chaque *cent* à la sueur de leur front.

Ils sont morts avant que je puisse les faire bénéficier de ma réussite.

Il se détourna vers la fenêtre et plongea son regard dans l'obscurité.

– En ce qui concerne l'argent, j'ai tout ce qu'il me faut. Il en est de même pour le pouvoir. Ni pour l'un ni pour l'autre je n'ai de désirs extravagants.

– Et... es-tu heureux ?

Son regard se fit plus distant. Il hésita à nouveau.

– ... J'ai cru trouver le bonheur une fois. Mais il m'a été arraché. Injustement.

Il serrait et desserrait convulsivement son poing, comme s'il luttait pour se libérer d'un vieux cauchemar. Et de la douleur. Il poussa un énorme soupir.

– La notion de bonheur est très relative, je suppose. J'ai eu suffisamment de chance pour parvenir à le trouver ailleurs...

Sa voix s'érailla brusquement. Il passa une main sur son front.

– En tout cas, je ne peux m'empêcher de me poser des questions en regardant Bradley, lui qui a tout reçu au berceau.

Il fallut une minute à Abby pour se reprendre. Elle avait décroché lorsque Ben s'était mis à évoquer sa femme. Il en avait déjà parlé avec la même angoisse dans la voix, la même distance dans le regard. Il l'avait sûrement aimée passionnément.

– C'est intéressant... lança-t-elle doucement. Mais tu poses un regard sur Bradley surtout en fonction de ta propre expérience. Toutefois je suppose que nous réagissons tous de la même façon.

– C'est inévitable. Tiens, prends notre ami, à la chemise aubergine-pas-fraîche.

Abby sourit. Autant à l'humour retrouvé de Ben qu'à la cause – pour le moins criarde – de son trait d'esprit.

– George ?

Ce cher George et sa jaquette pomme-de-discorde du premier soir...

– Prends-le, *toi. C'est toi* qui écris un livre.

Les coins de sa bouche s'incurvèrent.

– Je ne l'emmènerais pas très loin ainsi accoutré ! Mais imagine plutôt ce que *lui* peut penser de Derek Bradley, qui arrive chaque matin devant la Cour comme s'il sortait tout droit de l'atelier de son tailleur personnel.

Abby gloussa.

– Je vois ! Et, dans le même ordre d'idée, Louise a une fille qui a à peu près l'âge de Greta Robinson. A elle aussi il doit être difficile de regarder le prévenu sans ressentir des sentiments mitigés.

– Tu as parfaitement compris le sens de ma réflexion.

– Mais alors... et la justice ? Comment Derek Bradley peut-il espérer s'en sortir ? Ou tout du moins avoir une chance d'y parvenir ?

– Tout d'abord, il est entouré d'une armée d'avocats très puissants. Et tu peux parier qu'ils ont rameuté une armada de témoins à décharge. Bien sûr, il a douze personnes en face de lui. Pas une. Douze. Et chacune d'entre elles a fait le serment de se faire une opinion basée sur les dépositions enregistrées.

La lueur implacable de son regard fit voler en éclats les doutes qu'Abby s'était mise à nourrir quant à son impartialité.

– Chacune des parties, reprit-il, doit faire l'unanimité. Et si un des jurés ne voit les choses qu'à travers sa lucarne, il appartient aux autres de le convaincre de son erreur.

– Et vice versa.

– Bien évidemment.

– Et... si ça ne marche ni dans un sens ni dans l'autre ?

– Alors le tribunal aura hérité d'un jury qui n'arrive pas à se décider. Et ces trois semaines n'auront servi à rien.

– Mais c'est épouvantable ! s'exclama Abby, aussi désappointée que si l'événement s'était réellement produit. En plus, deux d'entre nous vont être exclus des délibérations finales. Et *ça*, c'est une idée vraiment désagréable !

Il haussa les épaules.

– Ce sont des choses qui arrivent. Mais je suis d'accord avec toi. Cela doit être une sacrée déception, surtout après avoir suivi un procès en entier.

Abby le dévisagea. De toute façon, la fin de cette histoire signifierait forcément une autre désillusion. Elle tenta d'exprimer sa pensée sans toutefois se dévoiler complètement.

– C'est un sentiment étrange... que de se retrouver parmi de parfaits étrangers pour partager une telle expérience. Je... je présume que de véritables amitiés sont censées en découler.

– Je le pense aussi.

Il ne faisait rien pour lui faciliter les choses ! La mine quelque peu assombrie, il fourra à nouveau ses mains au fond de ses poches et fit lentement le tour de la pièce. Abby n'avait d'autre alternative que de rester assise et de le regarder. Tout en souhaitant être ailleurs. Loin de sa chambre. Pour éviter de laisser son imagination galoper.

126

Lorsqu'il s'immobilisa devant elle, traits tendus, sa voix avait repris son intonation habituelle. Un peu comme s'il avait refermé une porte.

– Abby...

Il soupira.

– Que crois-tu qu'il se passe... entre nous ?

Elle baissa les yeux et se concentra sur ses mains, posées sur son jean. Elle évitait la question depuis bien trop longtemps. Peut-être était-ce sa conscience qui venait de s'exprimer, à travers la réflexion de Ben !

– Je... je suppose que... eh bien, vu la situation et tout... il est naturel...

Oh, qu'elle se détestait, de bafouiller ainsi ! Seulement voilà, elle n'y pouvait rien. Rien du tout. Comment diable trouver une manière élégante d'avouer « tu m'excites ! » ? Et surtout, comment expliquer – sans que cela paraisse une invite – qu'on n'est pas franchement certaine de ce que l'on veut ?

– *Qu'est-ce* qui est naturel ?

– Que nous... qu'il y ait ce... cette... attirance.

– Cette attirance ?

Il gloussa.

– Ne viens-tu pas de me servir un bel euphémisme ?

Abby haussa les épaules.

– Probablement.

Il posa une main sous son menton, l'obligeant ainsi à le regarder.

– Et moi je sais, Abby. C'est beaucoup plus qu'une simple attirance, facile à satisfaire avec quelques baisers volés. J'ai besoin...

– Ben...

Elle tenta de l'interrompre. Mais il posa un doigt sur ses lèvres.

– J'ai besoin de toi, Abby, murmura-t-il.

Il semblait vouloir le nier. Tout en ne pouvant que l'admettre.

– C'est peut-être en partie dû à la situation... au fait d'être continuellement assis à côté de toi, de dormir... non, *d'essayer de dormir* si près de toi.

Il passa une main lasse dans ses cheveux.

– Je ne sais pas. Mais je n'arrive pas à penser à autre chose qu'à te faire l'amour.

– Tu ne devrais pas... commença-t-elle en se remémorant toutes les raisons pour lesquelles elle ne devait pas baisser sa garde.

Mais elle était bien incapable d'en formuler une seule. Car la tendresse, qui, soudain, adoucit l'expression du visage de Ben, provoqua d'étranges réactions en elle.

– Je ne peux rien y faire. La nuit, je suis allongé là, poursuivit-il en désignant la cloison d'un signe de tête, et je pense à toi.

– Question de circonstances, argua-t-elle faiblement. Dès que le procès sera terminé, lorsque nous aurons repris chacun notre route...

– Oui, mais maintenant, Abby ? Nous devons rester ici encore deux semaines et demie. Que faisons-nous *maintenant* ?

Elle sentit son pouls s'affoler.

– Que veux-tu faire ? demanda-t-elle d'une toute petite voix.

Une voix incertaine. Ses yeux ne lâchèrent pas les siens pendant qu'il s'asseyait lentement à côté d'elle. Une main glissa sous ses cheveux, sur sa nuque. L'autre attrapa une boucle acajou derrière son oreille, il l'enroula autour d'un doigt.

– Je te veux, grommela-t-il. Nous sommes trop grands pour nous contenter simplement de préliminaires. Je veux te faire l'amour. Ici. Cette nuit. *Toute la nuit.*

Abasourdie tout autant par la soudaineté de sa proposition que par son incapacité à la rejeter, la jeune femme n'eut aucune réaction lorsqu'il l'attira vers lui et l'embrassa.

Si Ben s'était jeté sur sa bouche avec toute la violence d'un désir irrépressible, elle se serait certainement débattue ! Mais non. Son baiser, infiniment doux, lui rappela l'épisode ardent de l'après-midi. Il raviva soudain les flammes de sa passion. Elle ne vit plus rien. Ne pensa plus à rien.

C'est alors que le téléphone sonna.

— Oh non ! j'y crois pas, gronda Ben. Ne réponds pas.

— Oui, et ils viendront vérifier si je suis bien dans ma chambre, haleta-t-elle. N'oublie pas que je ne suis pas censée être dehors.

Deuxième sonnerie. Prisonnière de ses yeux gris, Abby n'osait pas esquisser un geste en direction de l'appareil. Lorsqu'elle sentit se relâcher la pression des mains sur ses épaules, alors, seulement alors, elle se glissa à l'autre bout du lit. Là où le téléphone, cet intrus, continuait de sonner. Intrus... ou protecteur... qu'en était-il vraiment ?

— Allô ?

Elle lança un rapide coup d'œil vers Ben.

— Non, vous ne me dérangez pas... Oui, il est ici... En bas ?... Il arrive.

Elle raccrocha le combiné et poussa un soupir.

— C'était pour toi. On te demande au téléphone. Ils ont essayé de te joindre dans ta chambre avant d'appeler ici.

Elle s'éclaircit la gorge avant de reprendre :

– Il s'agit d'Alexandra Stokes. Il paraît que c'est important.

Une éternité plus tôt, Nicholas Abbott lui avait transmis le même genre de message. De Sean qui faisait son intéressant en se présentant comme son fiancé. Lui aussi avait prétendu que c'était important. A présent... l'appel était pour Ben. Etait-ce la personne avec qui il parlait au téléphone l'autre soir ? Bah ! finalement, cela n'avait aucune espèce de gravité. En fait, Alexandra Stokes venait de lui fournir un argument en béton pour repousser ses avances.

Mais lui ne paraissait pas de cet avis. Il se leva en poussant un juron.

– Je reviens tout de suite, lança-t-il en tournant les talons, l'air furieux.

– Non, Ben. C'est mieux comme ça, protesta la jeune femme.

– Au moins, elle ne· s'est pas baptisée ma fiancée ! aboya-t-il, sarcastique, avant de disparaître.

La porte, claquée à toute volée, fit tressaillir Abby. Elle fixa son regard sur le panneau en bois comme si elle caressait l'espoir qu'une solution s'inscrive en lettres de feu sur sa surface unie. Mais non.

Alors elle essaya d'imaginer ce qui se serait produit si le téléphone ne les avait pas interrompus. Elle contempla le lit, ce lit immense à la courtepointe bombée, au bord duquel Ben et elle se tenaient l'un à côté de l'autre un moment plus tôt. L'édredon serait complètement aplati. Ou non. Même pas. Il aurait sûrement volé à travers la pièce. Et les draps seraient tire-bouchonnés sous l'assaut de leur passion.

Mais que lui prenait-il, d'agiter des pensées aussi triviales ? Furieuse contre elle-même, elle se mit à arpenter la chambre, en quête de diversion. Une diversion. Quelle qu'elle soit. N'importe quoi ferait l'affaire. Même la plus intime. Un journal ?... elle n'en avait pas. Un bouquin ?... pas envie. Sa radio ?... pas autorisée. Son journal intime ?... aucune échappatoire possible. Si elle écrivait, elle parlerait de *lui*. Moralité : ses yeux se reposèrent sur le lit.

Mais était-ce vraiment osé ? Le baiser de Ben n'était en rien scabreux. Quand il l'avait tenue contre lui, et l'avait touchée, l'après-midi même, elle avait ressenti un sentiment sauvage et beau à la fois. Ce ne pouvait simplement être le seul désir physique qui faisait palpiter sa poitrine en se rappelant la douceur de ses caresses !

Etait-elle osée... cette vision de leurs deux corps allongés l'un contre l'autre ? Ou tout simplement belle ? Tout, en Abby, ne voulait y voir que beauté... tout, sauf une petite voix tranquille. Petite voix de la raison, qui lui rappelait les routes divergentes qu'ils allaient reprendre, chacun de son côté, d'ici à moins de trois semaines.

– Abby ?

Ben actionna la poignée... l'actionna encore. En vain.

– Abby ! Ouvre !

Elle courut vers la porte. Il ne s'agissait pas d'alerter toute l'auberge en hurlant !

– Assez, Ben, implora-t-elle, les mains plaquées sur le chambranle. Laisse-moi tranquille.

– Nous devons prendre une décision.

– C'est déjà fait.

– Alors, dis-le-moi en face.

Il savait parfaitement ce que le simple fait de le regarder lui inspirait !

– Non, s'il te plaît. Je suis... fatiguée. Je vais me coucher.

Sa voix se fit plus proche. Il s'était collé contre le battant.

– C'est exactement ce que j'ai en tête.

Si ce n'était pas de la séduction...

– Bonne nuit, Ben.

– Abby ?

Elle soupira. Puis se rapprocha à son tour de la porte.

– Oui ? murmura-t-elle.

– Je veux parler avec toi. Juste parler.

– *Juste parler ?* Quand ai-je déjà entendu cette phrase ? Ah oui ! c'était une seconde avant « je vais te montrer mon compteur bleu ».

– Je suis sérieux.

– Moi aussi.

– Trouillarde ! la défia-t-il.

– Oui, admit-elle de bonne grâce.

Ils se turent. Cependant, Abby savait parfaitement qu'il n'avait pas renoncé. Il devait revoir son plan de bataille. Mais elle était prête à argumenter aussi long-temps qu'il le faudrait. Elle n'ouvrirait pas cette porte.

– Abby ?

– Oui, Ben ?

– Je vais faire un scandale.

Elle ouvrit des yeux ronds.

– Qu'entends-tu... par scandale ?

– Je vais tambouriner à ta porte, jusqu'à ce que tu cèdes.

– Tu ne...

Elle qui s'était décarcassée pour établir des relations courtoises avec les jurés – et y avait réussi –, elle n'arri-vait pas à croire que Ben ferait l'impossible pour la mettre mal à l'aise – et lui aussi, par la même occasion – face à eux. L'épisode du canoë était déjà suffisamment suspect. Une... querelle d'amoureux... serait le bouquet ! Pour ne pas dire une condamnation aux yeux de ses pairs, si conservateurs. Avait-elle vraiment envie de lui démontrer qu'il bluffait ?

Comme en réponse à son interrogation silencieuse, il ajouta sur le ton de la confidence :

– C'est exactement ce que je vais faire.

Elle riposta :

– C'est du chantage.

– Je préférerais appeler ça de la... persuasion amicale.

– Tu n'es pas facile, Ben.

– Je veux que l'on discute. Et quand je veux vraiment quelque chose, je suis prêt à n'importe quelle extrémité pour y parvenir.

– Je ne t'ai jamais vu en arriver à des extrémités, le taquina-t-elle, avant de s'interrompre brusquement.

Elle ne le connaissait que depuis quatre jours ! Et rien dans son comportement ne semblait suggérer qu'il était capable d'une réaction violente. Quant à l'obstination...

– Dois-je te fournir un échantillon ? demanda-t-il doucement.

Elle se décida et ouvrit lentement la porte. Un bras levé à hauteur du menton, Ben se tenait négligemment appuyé au chambranle.

– Fais-moi le plaisir d'effacer ce sourire suffisant de ton visage, Ben Wyeth. Et n'oublie pas que moi aussi je suis parfaitement capable de provoquer un scandale. Tu as intérêt à tenir ta promesse. Si tu tentes de faire *autre chose* que parler, je hurle. Qu'est-ce que tu ressentirais si l'on racontait que le digne professeur d'université que tu es s'est livré à du harcèlement sexuel sur un des membres du jury ?

Si elle avait espéré lui faire peur, c'était franchement raté. Il sourit de toutes ses dents.

– Mais c'est qu'on a du cran ! railla-t-il en pénétrant dans la chambre.

Lorsqu'il se retourna vers elle, son sourire s'évanouit.

– Ferme la porte, Abby. Je ne tiens pas à faire une annonce publique.

Peu soucieuse de découvrir ce qu'une « annonce publique » pouvait signifier, elle obtempéra.

– Très bien, Ben. Je t'écoute.

– Eh bien... le feras-tu ?

– Quoi donc ?

– Me laisseras-tu rester ?

– Juste comme ça ? demanda-t-elle, incrédule.

– Juste comme ça...

Il tendit son bras vers elle. Et le laissa retomber en voyant qu'elle levait les mains, prête à le repousser. Résigné, il lâcha un soupir à fendre l'âme.

– O.K. On fera comme tu veux.

Il passa une main sur sa nuque, fit quelques pas en direction du lit, puis opéra un demi-tour. Persuadée qu'il allait remettre le sujet sur le tapis, Abby avait peaufiné ses arguments. Et se trouva donc fort dépourvue par sa question.

– Que veux-tu, Abby ? En toute honnêteté. Je sais que tu n'es pas indifférente, que toi aussi tu es attirée par moi. Que veux-tu, exactement ?

Que voulait-elle ? Pas facile de répondre. D'un côté, elle rêvait d'embrasser son prince... d'un baiser qui l'aurait immédiatement transformé en crapaud. Fin des problèmes. De l'autre... en toute honnêteté ?... comment pourrait-elle oser l'avouer !

– Je veux... ou plutôt j'ai besoin... de plus de temps.

– Du temps ? s'exclama-t-il. Mais nous n'en avons pas beaucoup justement.

– Trois semaines.

– Non. Il nous reste moins de deux semaines et demie. Tu ne réalises pas la situation, Abby. Si tu ressens un peu de sentiment pour moi *maintenant*, attendre à demain peut parfaitement se révéler une erreur. Tu sais, aussi bien que moi, que nous ne sommes, la plupart du temps, absolument pas maîtres des événements.

Une pointe de tristesse affleurait dans sa voix. Mais Abby avait trop d'éléments en main pour ignorer les raisons d'une telle hâte. Le passé... ou plutôt la mort de son épouse... le bonheur dont il avait été injustement dépouillé. Oui, mais les circonstances étaient complètement différentes. D'un côté, il s'agissait de sa femme. De l'autre, d'Abby. Qui ne lui était... rien.

Elle hocha tristement la tête.

– Cela ne se passe pas toujours de cette façon, Ben. Tu as été blessé une fois, et il est probablement compréhensible que tu réagisses ainsi. Mais trop se hâter présente également des dangers. Ne le vois-tu pas ?

– Je ne vois rien du tout, grommela-t-il. Explique-moi ce que tu entends par là.

Il était bien trop près d'elle. Elle était bien trop consciente de sa présence. De sa taille. De sa stature. De sa virilité. Il en serait toujours ainsi... et c'était *là* que résidait le danger. Il lui était beaucoup trop facile de faire fi de la raison et de succomber à un attrait physique. Quant aux conséquences d'une telle reddition... elle n'était pas franchement certaine de pouvoir les assumer.

Elle le contourna et se réfugia à l'autre extrémité de la pièce. La plus éloignée. Chaque centimètre comptait.

– Nous savons tous deux que les circonstances sont anormales. Il est déjà suffisamment difficile de s'adapter à la réclusion et aux auditions quotidiennes. Si on doit, en plus, sauter à pieds joints dans... dans une aventure...

Elle s'interrompit pour réfléchir. Elle devait trouver les mots justes.

– Nous avons des vies différentes. Des liens différents.

Elle pensait à Alexandra Stokes. Et elle était bien la seule.

– Laisse tomber ton baratin, Abby, la rembarra-t-il sèchement. Tu n'es pas amoureuse de ton patron. Tu dis toi-même qu'il ne te fait aucun effet !

Elle le dévisagea, ahurie.

– Qui a parlé de Sean ? Pas moi. Il s'agit de *ta* vie ! Ta vie dont je ne connais pratiquement rien. Et de cette Alexandra Stokes qui t'appelle fidèlement chaque soir. Et ne va pas me raconter que c'est ta petite sœur !

Curieusement, son coup d'éclat tranquillisa Ben. Comme s'il collait mieux dans le tableau. Son visage perdit son air furieux et se fit plus serein. Presque amusé.

– Elle ne l'est pas, concéda-t-il calmement. C'est donc *elle* qui te pose un problème ? Alexandra ?

– C'est une situation insupportable, argua-t-elle pour sa défense. Me retrouver dans les bras d'un homme qui essaie de me convaincre de passer la nuit avec lui... et qui m'abandonne brusquement pour répondre au coup

de fil d'une autre femme... tu parles si ça me retient !
Qu'est-ce qu'elle représente pour toi ?

Il la fixa d'un air de doute.

– Tu es furieuse parce que je suis descendu prendre
cette communication ?

– Bien sûr que non !

Quoique. Si elle était honnête avec elle-même...

– C'était pour le mieux, se gendarma-t-elle à voix
haute. Lorsque je suis avec toi, la plupart du temps
j'oublie le reste du monde. Cet appel m'a ramenée à la
raison.

Elle reprit son souffle.

– Qui est-ce, Ben ?

Si Ben avait écouté ses arguments jusqu'au bout, il
n'en buvait pas moins du petit-lait. Il sut qu'elle était
jalouse. Oh ! juste un tout petit peu, mais quand même.
Et il sut tout aussi bien ne pas s'appesantir sur la question.

– Elle est, en quelque sorte, mon Sean à moi, répondit-il d'un ton égal.

– Ton Sean ? Comment ça ?

– Alexandra Stokes est maître-assistante dans le
même département que le mien. Nous travaillons
ensemble.

– Veux-tu dire par là que c'est une simple collègue ?
l'interrompit une Abby plus que sceptique.

– Laisse-moi terminer, reprit-il patiemment. Non, je
n'ai pas prétendu cela. Nous nous voyons depuis presque un an.

– Vous sortez ensemble.

– Oui.

– Est-ce qu'elle... est-ce qu'elle... vit avec toi ?

– Non, répondit-il en souriant. Elle a son propre
appartement.

– Est-ce que tu habites avec elle ?

Ben soupira.

– Abby, Abby... si tu veux savoir si nous couchons ensemble, la réponse est non. Nous avons eu des moments d'intimité... mais peu et pas depuis quelque temps.

– Et pourquoi ? s'entendit-elle demander.

Et elle en fut proprement ahurie. Etait-ce vraiment elle, la douce Abby, qui interrogeait cet homme sur sa vie la plus privée ?

Les pensées de Ben avaient suivi le même cours.

– Tu vas droit au but, lança-t-il avec un petit sourire contraint.

– C'est bien ce que tu as fait, il y a quelques minutes, répliqua-t-elle.

Quelle meilleure défense que l'attaque, après tout ?

– Tu m'as demandé de partager ma... mon... mon moi avec toi. Rien de plus normal, après tout, que je sache ce qu'il advient de ton... du tien.

Il éclata de rire. Et elle s'empourpra.

– C'est ce que j'aime en toi, Abby ! Tu es si chaleureuse, si ouverte et tellement plus subtile que la plupart des autres femmes. Mais tu as toujours ce petit côté timide qui m'intrigue. Tu sais, des mots autres que « moi » eussent exprimé plus clairement ta pensée.

– Je sais, répliqua-t-elle, renfrognée. Mais ça nous aurait ramenés sur un plan purement physique. Et c'est ce que j'essaie d'éviter, justement ! Tu m'as parfaitement comprise et c'est le plus important. Alors, maintenant, qui est Alexandra ? Pourquoi appelle-t-elle chaque soir ?

– Pourquoi Sean te téléphone-t-il tous les jours ?

– Sean...

Elle poussa un soupir exaspéré.

138

– Parce qu'il est persuadé que je me sens dramatiquement seule. Et Alexandra ?

– Mêmes motifs, je présume.

– Tu présumes ? Mais... qu'attend-elle de votre relation ? Enfin, en ce qui me concerne... Sean espère qu'un jour je vais changer mon fusil d'épaule et tomber follement amoureuse de lui. Et il ne renoncera pas. Ne me dis pas que pour ton Alexandra c'est pareil ?

Le haussement d'épaules de Ben était plus qu'éloquent.

– Tu plaisantes ! Elle te *pourchasse* ?

– Disons plus simplement que ce qu'elle cherche va bien au-delà de ce que je lui ai promis.

– Et que lui as-tu promis, au juste ?

Abby éprouva soudain une étrange commisération pour cette femme, éprise d'un adonis à la tignasse en bataille.

Mais sa question, pour indignée qu'elle fût, n'eut aucun impact sur Ben. Si, du moins, Abby avait escompté une réaction. Il revint immédiatement à ses moutons.

– Je vais te l'expliquer... si tu acceptes de t'asseoir à côté de moi.

Piquée par la curiosité, elle considéra un instant sa proposition. Mais un coup d'œil furtif en direction du lit eut tôt fait de la convaincre. Impossible. Où pouvaient s'installer deux personnes, sinon *là* ? Elle n'allait certes pas réitérer une telle erreur.

– Pourquoi ne pas aller discuter en bas ? proposa-t-elle.

Tiens, en voilà, une bonne idée ! Elle aurait dû y penser plus tôt. Oui, mais un peu plus tôt – justement – il fallait bien reconnaître qu'elle n'avait pas, à proprement parler, *invité* Ben à entrer chez elle.

– Ce n'est pas exactement ce que j'avais en tête, répondit-il en lançant une œillade des plus suggestives en direction du lit.

Il jeta un coup d'œil, cette fois en direction d'Abby. Et réalisa qu'il n'avait aucune chance.

– En bas ?

Dans sa bouche ces deux mots semblaient équivaloir à une punition. Elle hocha vigoureusement la tête. Et lui arracha un énorme soupir.

– En bas, se résigna-t-il.

C'était ce qu'elle aimait en lui. Il pouvait se montrer fort un instant et touchant le suivant... Cet art qu'il avait de provoquer sa colère pour l'apaiser aussitôt... Que cet homme si grand, si puissant et même si imposant soit capable de se tempérer, de lui laisser marquer quelques points l'émouvait profondément.

Ils descendirent donc l'escalier ensemble. Mais si Abby fut grandement soulagée d'échapper à un huis clos insoutenable, elle n'en fut pas moins ahurie de constater l'absence des autres. Elle qui espérait tomber sur une nuée de chaperons...

– Où sont-ils donc ? s'étonna-t-elle.

Seuls veillaient le réceptionniste et un policier installé au salon.

– Il est 22 heures passées. Ils doivent être couchés, pronostiqua Ben. Viens. Allons faire un tour dehors.

Elle n'eut pas le temps de protester. Déjà, il avait saisi sa main, salué poliment le garde et l'entraînait vers la porte d'entrée.

– Qui est-ce ? souffla-t-elle. Je ne l'ai jamais vu.

– Un nouveau, je présume. Le pauvre type a dû hériter de la garde de nuit... et un week-end, par-dessus le marché. Remarque, nous aussi, en quelque sorte... Dis-moi, tu ne vas pas avoir froid ? Veux-tu que je remonte vite fait te chercher un pull ?

Elle hocha la tête en signe de dénégation.

– Non, ça ira.

Ils se dirigèrent vers la véranda, où une immense balancelle en bois ne demandait qu'à les accueillir. Seule une lumière tamisée, dispensée par les fenêtres, les éclairait faiblement.

– C'est sympa, constata Ben, qui semblait ravi de respirer un peu d'air frais.

– Ça change des miasmes de la ville, n'est-ce pas ?

Elle revit soudain l'existence trépidante qu'elle menait autrefois dans la grande cité.

– Où habitais-tu, Ben ?

Installé dans le coin opposé à celui qu'elle avait choisi, il lui faisait face. Abby avait replié ses jambes sous elle alors que Ben, de son pied, imprimait un doux va-et-vient à la balancelle.

– Washington. J'ai tout d'abord fait mes études à Georgetown, puis j'ai enseigné quelques années à American.

– Ouahou ! As-tu choisi cette ville à cause des sciences politiques ?

Il haussa les épaules, négligemment.

– Non ? s'étonna-t-elle.

– On peut tout aussi bien enseigner, étudier et penser ici. Je ne suis pas mécontent d'avoir changé d'endroit.

Elle réalisa alors – mais trop tard – que le drame qui avait bouleversé son existence avait dû se jouer là-bas. Mais Ben, en découvrant son expression, s'empressa de rectifier.

– Non. Lorsque nous nous sommes rencontrés, nous étions tous deux étudiants à l'université du Wisconsin.

Et une fois mariés, nous nous sommes installés à Madison.

– Je suis désolée, Ben. J'ai vraiment le chic pour te remettre en mémoire les mauvais souvenirs.

– C'est vrai, reconnut-il.

Mais nulle colère, nul mécontentement ne perçaient dans sa voix. Non, c'était plutôt de la perplexité. Il écarta le sujet.

– Ce n'est pas grave. Tu avais une question à me poser, me semble-t-il ?

Elle, elle voulait savoir autre chose ? Ah, bon ! Qu'était-ce donc ? Elle fouilla dans sa mémoire. Avant de rire d'elle-même.

– Pas la première fois que tu me fais cet effet, Ben Wyeth ! Tu as une telle manière de détourner mon attention que j'en oublie ce que j'ai en tête !

– Nous parlions d'Alexandra.

– Ah oui, c'est vrai !

Elle resserra ses bras autour d'elle et le regarda, confuse.

– Tu m'étonnes, Ben. La plupart des mecs auraient évité de revenir sur le sujet. Mais toi, tu le remets direct sur le tapis.

– Je veux simplement que tu saches à quoi t'en tenir à son propos. Je n'ai rien à cacher. Tu m'interrogeais sur ce que je lui avais promis, si je ne m'abuse.

Dans le mille. Il n'y allait pas par quatre chemins !

– C'est exact. Je me posais des questions sur la sorte de... d'arrangement que tu as conclu avec elle.

Il étendit ses bras sur le dossier et se mit à glousser.

– D'arrangement ? Si c'est un arrangement, il mène à une impasse. Je le lui ai répété à de nombreuses reprises.

– Elle ne l'accepte pas ?

Cela lui rappelait quelque chose. Quelque chose de très familier.

– Absolument pas.

– Et *elle*, que veut-elle ?

– Le mariage.

Proféré par une bouche aux lèvres serrées, le mot trancha l'air tel un coup de poignard.

– Et toi, tu *ne veux pas* en entendre parler, insista-t-elle, plus doucement.

– Non.

– *Jamais ?*

Le diable en personne lui avait fait proférer cette question. Et même l'obscurité ne put l'empêcher de discerner une tension soudaine sur le visage de son compagnon.

– J'ai déjà été marié. Peut-être ai-je... fait disparaître cette éventualité de mes projets.

Le passé... encore et toujours. Abby aurait aimé le bercer dans ses bras, lui affirmer qu'il n'en serait pas toujours ainsi. Mais qui était-elle, pour lui promettre ce genre de choses ? Elle qui n'avait jamais dû affronter un tel chagrin.

– L'as-tu dit aussi carrément à Alexandra ? Que tu ne voulais pas te remarier ?

– Bien sûr. Et elle le sait parfaitement. Mais, à l'instar de Sean, elle persiste à espérer. Contre vents et marées.

Le silence s'installa. Et ne fut rompu que par le ululement lointain d'une chouette effraie. Puis ils gloussèrent de concert. Du moins, Abby aurait juré avoir entendu Ben le faire en même temps qu'elle.

– Cette similitude est plutôt drôle, quand on y pense, reprit-elle. Entre mon Sean et ton Alexandra, autrement dit nos deux cœurs solitaires respectifs, nous voilà bien pourvus ! Avec un peu de chance, on pourrait les aider à se rencontrer. Que dirait-elle d'un médecin ?

– Mmm... je ne sais pas, railla Ben. Un toubib devrait faire l'affaire, je suppose. De toute façon, en ce qui concerne ses collègues, elle est incroyablement partiale. Mais à propos, à quoi ressemble ton Sean ?

Sa voix se fit plus grave, comme pour souligner un élément des plus importants.

– Car, comme je la connais, Alexandra ne craquera pour un homme que s'il est grand, brun et beau.

Un antidote à son arrogance, si ironique qu'elle soit ? Pas de problème !

– Alors ça devrait coller super ! s'exclama-t-elle. Sean représente la quintessence de l'homme grand, brun et beau. Il est véritablement sublime !

Gagné ! Ben arborait une tête d'enterrement.

– C'est parfait. Mais aime-t-il les blondes ? Minces et élancées ?

Et pan ! La riposte déboulait dans un gant de velours.

– Je la hais déjà. Pourquoi diable une blonde mince et élancée s'embête-t-elle à passer un doctorat en sciences politiques ? Est-elle vraiment sérieuse ?

– Ouais.

– Et...

Elle fit mine de passer une main sur son visage.

– *Vraiment* jolie ?

– Ouais.

– Oh !

Elle essayait de garder un air nonchalant. Soudain Ben se pencha et l'attira à côté de lui.

– Que fais-tu ? s'exclama-t-elle. Tu as promis que nous ne ferions que parler !

– C'est ce que nous allons faire. Je tiens simplement à ce que tu sois confortablement installée.

Il l'avait fort adroitement calée sous son bras et pressait sa tête contre son épaule. Une main sur sa joue. Juste au cas où.

– Et, puisque nous bavardons, je tiens à te rappeler que c'est *toi* que je veux, et non Alexandra.

– Hum, hum. Encore ça ? murmura-t-elle.

Mais il ne lui vint pas à l'idée de nier qu'elle était véritablement mieux installée.

– Oui, Abby. Encore ça. Maintenant que nous avons établi que nous ne sommes liés ni l'un ni l'autre, qu'est-ce qui nous retient ?

– Qu'est-ce que...

Elle tenta de se redresser, une pression de Ben l'en dissuada.

– Essaie de réfléchir à notre situation. A sa totale irréalité. Qu'en est-il de *cela* ?

– Est-elle vraiment irréelle ? demanda-t-il en caressant la ligne sensible de son cou.

Puis, d'un geste très doux, il l'obligea à pivoter vers lui. Même dans l'obscurité, ses yeux la tenaient sous leur charme.

– Ou est-ce cela ?

Ses lèvres effleurèrent délicatement les siennes. Elle frémit jusqu'à l'extrémité de ses orteils.

– Hmmmm ? murmura-t-il, malicieux.

Sous prétexte de mieux la caler contre lui, ses doigts frôlèrent la douce rondeur d'un sein.

Abby rassembla le peu de forces qui lui restaient et posa une main sur sa bouche. Sur ses lèvres si chaudes et si douces. Des lèvres qui possédaient un pouvoir de persuasion absolument... absolument quoi, au fait ? Déloyal. Voilà.

– J'aime ça, Ben. Et tu le sais très bien, haleta-t-elle. Mais je n'arrive pas à m'ôter de la tête que d'être ainsi obligés de cohabiter... est l'unique raison de notre attirance.

Elle revit soudain Patsy. Patsy, quittant dans l'ombre les bras d'un homme.

– La réclusion... l'isolement... la promiscuité... provoquent forcément certaines réactions.

– Ressens-tu une attirance quelconque pour Tom ?

– Quel Tom ? Tom Herricks ? Absolument pas !

– Et Richard ? Te fait-il frissonner lorsqu'il passe près de toi ?

– Bien sûr que non !

– Tu vois bien ! Ça n'a rien à voir avec les circonstances, mais avec *moi*. *Nous*. Enfin, Abby, grommela-t-il, frustré, tu te berces d'illusions ! Tu aurais réagi exactement de la même manière si je t'avais embrassée à New York, à Washington ou à... Madison, Wisconsin. Notre attirance mutuelle *existe*. Elle est *réelle*. Où est le problème ?

Il avait resserré son étreinte. Le front balayé par son souffle, Abby n'avait qu'une envie. Se fondre en lui. Oui, mais voilà. Elle était terrorisée.

– Le problème, c'est *moi*. Je ne m'attendais pas à cela. Et je ne suis pas prête à l'accepter.

Ben la dévisagea. Sa voix se fit dangereusement calme.

– Et moi, je ne suis pas prêt à accepter cette situation. Moralité, où cela nous mène-t-il ?

Elle essaya de mettre un peu d'espace entre eux. Et ne réussit qu'à plaquer sa main contre sa poitrine.

– Au match nul ?

Piètre tentative d'humour... ratée. Qui ne le fit pas rire.

146

Pas tout à fait, déclara-t-il. Il semble plutôt que nous devons, une fois de plus, en revenir à l'indéniable.

Elle ne comprit pas tout de suite. Enfin, jusqu'à ce qu'elle perçoive une accélération brutale des battements de son cœur. Alors elle essaya de détourner la tête. Il l'immobilisa d'une main sous son menton.

– Ce serait magnifique, Abby.

Sous la torture subtile des lèvres qui effleuraient les siennes, elle ferma les yeux.

Magnifique. Par opposition à osé ? Encore et toujours le même dilemme...

– Mais ce serait... seulement temporaire, argua-t-elle d'une voix mourante.

Il venait de glisser sa langue dans son oreille.

– Cela équivaudrait à... céder à une impulsion qui... qui me terrifie.

– Tu n'as aucune raison d'avoir peur.

Sa voix s'était faite rauque et profonde. Si excitante. Puis sa bouche chercha la sienne. La trouva. La caressa si délicatement qu'elle rendit les armes. Mais seulement pour un instant. Pourquoi se refuser un plaisir tout simple ? C'était injuste. Après tout, il ne s'agissait que d'un baiser...

Oui, mais voilà. Il y a baiser... et baiser. Et ceux de Ben dépassaient largement la moyenne. Celui qu'il lui donna ouvrit à Abby les portes du royaume. Un royaume où l'extase régnait. Où la notion de temps perdait son sens.

Ah ! si seulement ils avaient pu tout reprendre depuis le début... si seulement c'était leur premier baiser... Mais non. Pas moyen. Les événements précédents... ceux du jour, de la veille... ne faisaient qu'ajouter leur combustible au brasier. Brasier qui, lui-même, accroissait leur faim. Ils se dévoraient littéralement l'un l'autre.

Abby sentit son corps renaître. Ses veines charrier des torrents de lave en fusion. Plus rien n'existait que cet homme somptueux. Elle enroula ses bras autour de son cou et arqua son corps contre le sien.

Il l'étreignit et entreprit, de ses mains avides, l'exploration de ses cuisses, de ses hanches, de ses seins. Consentante, consumée par le désir, elle les accueillit avec bonheur.

– Oh, Ben !... lâcha-t-elle dans un souffle.

– C'est bon ?

– Mmmm...

Elle était ivre de volupté.

– Et ça aussi, c'est bon, murmura-t-il.

Il desserra légèrement son étreinte. Juste ce qu'il fallait pour atteindre – et ouvrir – son chemisier. Il fit courir ses lèvres sur son cou, sa gorge. Et descendit plus bas. Là où commençait le doux renflement des seins. Elle poussa un petit cri étranglé.

Yeux clos, livrée à un océan de sensations exquises, elle n'arrivait plus qu'à murmurer son prénom. Et n'avait conscience que de ses mains sur sa poitrine, de leur caresse affolante, des cercles concentriques tracés par ses pouces autour des mamelons.

– S'il te plaît... ! implora-t-elle à mi-voix.

Ce tourbillon de plaisir sensuel, elle ne l'avait jamais ressenti avec Sean. Elle découvrait – pour la première fois – le besoin irrépressible d'être engloutie en l'autre.

Il glissa ses mains sous le soutien-gorge, remonta sur la poitrine, puis les referma sur les seins dénudés. Ronds et fermes, crémeux, ils brillaient doucement dans l'obscurité.

– Tu es si belle... si belle...

Relevant les paupières, elle rencontra son regard admiratif. Sans la lâcher des yeux, il la caressa longuement. Elle s'embrasa.

– Ben, s'il te plaît... touche-moi... balbutia-t-elle, la voix à peine audible.

– Comme ça ?

Littéralement fasciné par son expression égarée, il saisit un mamelon érigé entre deux doigts et le titilla.

– Oui... oh, oui !... gémit-elle. C'est bon...

– Ou comme ça...

Sa langue prit la place des doigts et tourmenta voluptueusement le bouton turgescent. Elle cria. Le désir se noua au plus profond de son ventre. Douloureux. Insupportable. Il n'y avait pas trente-six manières de le dénouer. Mais une seule.

La main de Ben glissa lentement le long de son corps. Elle se faufila entre les cuisses, s'y attarda, trouva et caressa cet autre bouton. Abby se mit à gémir en ondulant contre cette main, une main qu'il retira beaucoup trop tôt.

– Oh !... ma douce... dis-moi ce que tu veux... grogna-t-il d'une voix rauque.

Le léger tremblement de ses doigts, encadrant le visage d'Abby, attestait de la puissance de son désir. Et du prix qu'il payait pour essayer de se contrôler.

– Le sais-tu, maintenant, Abby ? Dis-moi ce que *tu désires*.

Il lui avait déjà posé cette même question, un peu plus tôt. Mais alors, elle était dévorée de doutes. Plus maintenant.

– Aime-moi, Ben. S'il te plaît, aime-moi !

Le moment était venu pour elle de satisfaire ce désir qui la taraudait. Lorsque le corps de Ben se raidit tout contre elle, elle réalisa le sens de la supplique qu'elle venait de lui lancer.

Malheureusement, il était trop tard.

6

« Aime-moi, Ben », avait-elle supplié, égarée par la passion.

Mais sa prière semblait l'avoir instantanément refroidi. Et elle n'en comprenait pas la raison.

Il se figea brusquement. Alors Abby ne put soupçonner le chagrin qu'il ressentait. L'obscurité régnait. Elle ne distingua pas la souffrance dans ses yeux. Il avait repris ses distances. Et la jeune femme n'avait plus qu'un étranger en face d'elle.

Lorsqu'il se redressa, que leurs corps se séparèrent, la dernière étincelle chancela. Puis mourut. Anéantie, incapable d'esquisser le moindre mouvement, Abby était pétrifiée. Les mains soudain glacées, elle entreprit de réparer le désordre de ses vêtements.

« Aime-moi », avait-elle gémi, un siècle plus tôt.

La réponse de Ben tomba tel un couperet.

– Je ne peux pas, Abby, articula-t-il calmement. Je suis navré.

La dureté de son intonation, comme son absence apparente de réaction, démentaient sans doute possible les mots qu'il venait de prononcer. Et cette soudaine distance entre eux, tant émotionnelle que physique, n'en était que plus douloureuse.

Brusquement la jeune femme se réfugia à l'autre extrémité de la balancelle et resserra ses bras autour d'elle comme si elle avait froid. Elle respirait difficilement.

– Co... comment ? souffla-t-elle, ravagée.

– Ce n'est pas possible. Tu peux me demander n'importe quoi, mais pas cela.

– Mais tu as essayé de me persuader de...

– De te *faire* l'amour, l'interrompit-il rudement. Il y a une différence... et de taille.

Il se releva, le corps rigide. Seule sa respiration saccadée trahissait son émotion... ou ses regrets, mais tout cela enfoui bien profondément sous une immense lassitude.

– Peut-être as-tu raison. Tu as *vraiment* besoin de temps. Si un jour tu peux accepter le peu que j'ai à t'offrir, je serai là.

Ce fut une Abby en état de choc qui regarda disparaître sa silhouette avalée par la nuit. Seul le bruit de la porte d'entrée l'informa sur la destination qu'il avait prise.

Le silence retomba. Un silence abrupt, total. Envolés, les merveilleux bruits du plaisir, les gémissements, les murmures et autres sons étouffés qui la grisaient si peu de temps auparavant. Même la chouette effraie en restait coite. Seul le bois de la véranda, semblant se remettre du départ subit de Ben, émettait de légers craquements.

Abandonnée à la perplexité la plus totale, Abby n'esquissa pas un mouvement. Peu à peu, la marée de ses émotions reflua. C'est alors qu'elle comprit.

« Aime-moi, Ben ! » avait-elle supplié.

L'amour ! Mais elle n'avait, en disant cela, fait qu'employer un euphémisme. Et lui l'avait pris dans son sens intégral. Nulle confusion, en revanche, quant au serment qu'il avait prêté. Pas la moindre chance de méprise. S'il y avait quelque chose qu'il ne lui offrirait jamais, c'était bien son amour.

Mais alors... n'était-ce pas ce qu'elle voulait ! Ben et elle étaient deux êtres réunis par une attirance mutuelle. Rien de plus. Elle n'avait pas envie elle non plus de tomber amoureuse. Après tout, elle avait son travail, sa maison, ses amis...

Mais alors, pourquoi lui avait-elle demandé de lui faire l'amour ? Avait-elle cédé à un simple – mais irrésistible – besoin physique ?... Ou y avait-il autre chose ?

Alternative des plus dérangeantes. Refusant de s'y attarder plus avant, elle sauta sur ses pieds et regagna l'auberge. D'un geste vague, elle salua le garde en passant devant lui.

Soulagée à l'idée que Ben avait dû réintégrer ses pénates, elle entreprit l'ascension de l'escalier. Soulagée, vraiment ? Ou déçue ? Tout au fond d'elle, n'avait-elle pas espéré qu'il se reprenne ? Et revienne vers elle ?

Tête baissée, elle escalada rapidement les deux volées de marches et s'arrêta sur le palier du deuxième. Ben était là. Dans la chambre contiguë à la sienne. La guettait-il ? Avait-il conscience de sa peine... de la sensation d'abandon qu'elle ressentait ? Ou était-il si profondément enfermé dans sa solitude qu'il n'arrivait plus à percevoir les sentiments d'autrui ?

Cela, Abby ne pouvait y croire. Aussi fort qu'elle s'y emploie. Tout ce qu'elle avait découvert sur Ben démontrait que c'était un homme naturellement chaleureux. Quant à lui faire croire qu'il n'éprouvait pour elle qu'une attirance physique, à d'autres !

Essayant de faire le moins de bruit possible – de ne pas importuner ce voisin-là, en particulier –, elle se glissa à pas de loup dans sa chambre. Il avait peur ! C'était l'explication la plus plausible ! La trouille ! Plus elle y réfléchissait, plus cela lui paraissait logique. Cet homme avait subi une perte tragique. Sa femme lui avait été brutalement arrachée. N'avait-il pas parlé de désillusion, de douleur ? Quoi de plus normal qu'il veuille à tout prix se protéger ?

Normal, certes... mais tragique aussi. Car Ben Wyeth était homme à être aimé passionnément. Et à rendre la pareille. Ça, Abby en était certaine. Du fond de son cœur comme au fond d'elle-même. Seulement voilà, ça lui faisait une belle jambe de le comprendre aussi bien. Elle n'était pas plus avancée pour cela.

Aussi frustrée qu'abattue, elle prit une douche puis se mit au lit avec un livre. Qu'avait-il dit, à propos ?... que parfois, le samedi soir, il se plongeait dans un bon bouquin et lisait jusqu'à une heure avancée ? Excellent remède, en effet. Car elle savait parfaitement que le sommeil ne serait pas au rendez-vous. Quant aux dimanches matin... ils étaient destinés à faire la grasse matinée... non !

Et c'est ce qu'elle fit. Oh, certes ! sa nuit blanche ne fut qu'en partie imputable au roman. A dire vrai, elle avait surtout ruminé le plus clair de son temps. Et se réveilla un peu après 10 heures. Il fallait bien compenser.

Malgré l'heure tardive, elle se sentait l'envie de paresser. Il est vrai que le ciel – parfaitement plombé –

n'incitait pas aux levers exubérants. Elle étendit un bras languide vers le téléphone, histoire de voir si éventuellement on pouvait lui monter une tasse de thé et quelques muffins. Aucun problème, lui fut-il répondu. Alors elle se reglissa illico sous sa couette, ravie de pouvoir flemmarder encore un peu.

A peine une minute plus tard, un coup léger heurtait sa porte. Le service d'étage ? Si vite ? Quelle classe... Elle sauta sur sa robe de chambre et l'enfila.

– J'arrive !

Ce n'était pas le petit déjeuner.

– Abby... c'est moi, lança une voix timide.

Celle de Patsy. Abby lui ouvrit.

– Entre.

– J'espère que je ne te dérange pas, s'excusa son amie en découvrant le lit défait et ses cheveux hirsutes. Enfin, je veux dire... ajouta-t-elle avec un air déconcerté, tu es seule, non ?

– Bien évidemment, que je suis seule ! Et tu ne me déranges pas le moins du monde. Je viens juste de me réveiller. J'ai demandé qu'on me monte un petit déjeuner. Veux-tu que j'en commande un autre pour toi ?

N'était-ce pas une agréable perspective que de commencer la journée en papotant avec la toujours pétillante Patsy ?

– Pourquoi pas ? répondit la jeune femme. Je viens juste de prendre le mien, mais une tasse de café supplémentaire... je ne dis pas non ! Enfin, si tu es vraiment certaine que cela ne te dérange pas...

Abby mit les hésitations de son amie sur le compte de son lever tardif. D'ordinaire, il est vrai qu'elle préférait être seule au petit matin. Mais aujourd'hui n'était pas un jour comme les autres.

– Au contraire, ta compagnie me fait très plaisir. Que veux-tu prendre ?

Elle rappela la réception pour réclamer une tasse de café supplémentaire et se réinstalla dans son lit, le dos contre son oreiller. Alors que Patsy se calait à l'autre bout.

– Je me suis fait un peu de souci en ne te voyant pas descendre pour le petit déjeuner.

– Oh ! euh... j'ai lu très tard, cette nuit, alors j'ai décidé de m'accorder une grasse matinée.

– Tu n'es pas allée courir ?

– Non. Le dimanche, repos intégral.

Patsy la dévisagea attentivement.

– Tu as l'air fatiguée. Est-ce que... est-ce que tout va bien ?

Elle ajouta :

– Je t'ai cherchée hier soir.

Au ton de sa voix, il était clair qu'elle s'était livrée à mille suppositions. Bon. Chacune, certainement, avait de bonnes raisons pour se poser des questions sur l'autre.

– Je vais bien, affirma plus doucement Abby. Je... je me suis couchée très tard, c'est tout.

– Ben non plus n'est pas descendu prendre son petit déjeuner. Alors j'ai pensé que peut-être... il était ici, avec toi.

Plus moyen de feindre l'ignorance !

– Non, Patsy. C'est vrai, nous avons longuement discuté hier soir. Mais après, nous sommes rentrés chacun dans notre chambre.

– En... en bons termes ?

Abby gloussa. Mais son gloussement était teinté de tristesse.

– En quelque sorte.

– En quelque sorte seulement ? Allons, Abby, tu peux faire mieux.

– Eh, oh, Patsy, ne vends pas la peau de l'ours avant de l'avoir occis, s'il te plaît ! Jouer les marieuses n'est pas une sinécure.

– Peut-être, mais vous allez si bien ensemble.

Abby fronça les sourcils.

– Non... pas aussi bien que tu l'imagines.

Elle avait insisté sur chaque mot, comme pour mieux la convaincre.

Patsy, d'une voix hésitante, proposa :

– Tu veux en parler ?

Si étrange que cela paraisse, Abby s'exécuta :

– Oh ! il n'y a pas de quoi en faire un roman, rétorqua la jeune femme avec un haussement d'épaules. Mais tu as raison. Il est magnifique. C'est un homme très intelligent et doué d'un solide sens de l'humour.

– Et... ?

– Et rien. Nous sommes attirés l'un par l'autre, c'est vrai, mais cela ne peut nous mener nulle part.

– Et pourquoi donc ?

Aïe ! on en arrivait là où le bât blessait. Au plus dur à avaler. Abby, les yeux baissés, entreprit de chiffonner fébrilement un coin de drap. Puis elle releva la tête, en mordillant nerveusement ses lèvres.

– Parce que Ben a déjà été marié, il y a très longtemps. Sa femme est morte accidentellement – je ne sais pas comment – et il n'a jamais réussi à surmonter cette épreuve.

Patsy ouvrit des yeux tout ronds.

– Tu veux dire qu'il est encore amoureux d'elle ?

– A ce qu'il me semble. Mais attention, ce que je te raconte là est basé sur mes propres déductions et, à partir du peu que j'en sais. Et je n'ai rien d'une psychanalyste.

– Je t'écoute...

– Il a terriblement souffert à la mort de sa femme. En apparence, il a surmonté l'amertume et la douleur, mais il est bien décidé à ne plus jamais revivre cela. Autrement dit, il a décidé de faire une croix sur l'amour. La femme qui a envie de nouer une relation avec lui doit le comprendre. Et l'admettre.

– Et que veux-tu, *toi* ?

La question ricocha si vite qu'Abby dut batailler pour changer de cap. Il ne s'agissait plus de Ben, mais d'elle, à présent.

– A vrai dire, je ne sais pas trop, avoua-t-elle en toute honnêteté. Il est exact que je ressens... un sentiment pour lui.

– En es-tu amoureuse ? insista Patsy, gentiment.

– Là, tu pousses, Patsy. Je le connais depuis moins d'une semaine !

– Et alors, où est le problème ? Bud et moi, on est bien tombés amoureux dès le premier regard !

– A propos de mec...

Abby était sur le point d'aborder un autre sujet – celui d'un homme entrevu dans l'ombre du pavillon de chasse – lorsqu'on frappa à la porte.

Patsy sauta immédiatement sur la diversion.

– J'y vais. Toi, tu ne bouges pas.

Avant même qu'Abby ait eu le temps de remuer un orteil, la jeune femme avait atteint la porte et l'ouvrait toute grande. Abby se perdit en conjectures. Son amie s'était-elle précipitée dans l'espoir de voir Ben derrière cette porte ?... Ou était-elle soulagée d'échapper à certaines questions embarrassantes ? Quoi qu'il en soit, c'était le service d'étage, autrement dit la fille des

aubergistes, avec un plateau bien plus chargé de vic-
tuailles qu'Abby n'en avait commandé. Œufs sur le
plat, pommes de terre sautées, jus de fruits, toasts, muffins, croissants, plus deux grands pichets de thé et de
café. Katherine Blayne insista pour tout leur laisser.

— Prenez ce qui vous fait envie, lança la jeune femme
avec un immense sourire. Et si vous désirez quoi que
ce soit d'autre...

A peine la porte refermée, Abby et Patsy se regardèrent en riant.

— J'espère que tu as prévu de me donner un coup de
main ! s'esclaffa Abby en détaillant le contenu du plateau qui trônait fièrement au milieu de son lit.

— Ben euh... j'ai déjà déjeuné...

— Eh bien, tu recommences. Allez, viens.

Elle jeta un regard en coin vers son amie.

— Si tu m'aides à avaler tout ça, je te promets de ne
te poser *aucune* question jusqu'à ce que... qu'on soit
complètement rassasiées.

En fait, Patsy se contenta d'un croissant avec son
café. Tout en faisant honneur au petit déjeuner, les
deux jeunes femmes papotèrent gaiement. Patsy avait
prévu de passer l'après-midi à dessiner, elle exposa
avec enthousiasme ses idées à son amie. Cependant,
une fois le thé et le café avalés, et comme promis, Abby
revint à ses moutons. Ou plutôt à une image qui lui
trottait dans la tête.

— Qui était-ce, Patsy... cet homme, au pavillon de
chasse ? Là-bas, tu m'as paru bien excitée... en aidant
au service et tout. Et puis, au moment de partir, je t'ai
vue avec lui...

— Ah bon !

— Oui, m'dame.

Quelque peu gênée, Patsy sourit.

– J'espérais bien être passée inaperçue.

– Eh bien, c'est raté, ma vieille. Mais je ne crois pas que les autres vous ont vus. Qui était-ce ?

– Il... il travaille à la cuisine, là-bas.

– Et vous avez juste...

Abby fit un moulinet de la main.

– ... accroché, comme ça ?

Patsy haussa les épaules et opina, lèvres serrées.

– Et Bud, dans tout ça ? laissa tomber Abby en choisissant ses mots avec la précision d'un funambule, hésitant entre curiosité et accusation. Ça ne le mettrait pas en colère, de découvrir que tu t'es offert du bon temps avec un autre homme ?

Une bonne dose d'amour illumina le sourire penaud de Patsy.

– S'il apprenait que je suis sortie avec un autre type, il serait furax ! Il est vachement possessif !

– C'est ce que j'avais cru comprendre.

Abby se rappelait parfaitement la première fois où elles en avaient discuté. Mais, à l'époque, Patsy lui avait fait cette confidence pour expliquer que Bud ne prenait pas très bien leur séparation.

– Qu'as-tu *fait*, avec cet homme ? demanda-t-elle d'une voix inquiète.

Le visage de Patsy se rembrunit. Apparemment déchirée, elle se releva et fit quelques pas dans la pièce. Puis, sans se retourner, elle répondit d'une voix calme :

– Certaines règles sont faites pour être transgressées.

– Je n'en doute pas, rétorqua gentiment Abby. Mais n'as-tu pas l'impression de jouer avec le feu ?

– Si.

– Tu es amoureuse de Bud, non ?

– Oh, oui !

– Est-ce que cela ne te dérange pas de... de lui cacher ce genre de truc ?

Une expression énigmatique se peignit sur le visage de la jeune femme.

– Si, ça me dérange... d'une manière dont je ne peux pas te parler. Et *ça aussi*, ça me dérange. La seule chose que je puisse te dire, ajouta-t-elle en revenant lentement vers elle, c'est que l'amour présente parfois divers visages. Tiens, par exemple, prends votre cas, à Ben et à toi...

– Il s'agit de *toi*.

– Je ne détourne pas la conversation, rétorqua Patsy avec un sourire étrangement poignant. Je crois que tu es en train de tomber amoureuse de Ben, et si tu l'es réellement...

Elle haussa la voix et esquissa un geste pour l'arrêter en voyant Abby ouvrir la bouche, prête à lui assener un démenti formel.

– Je crois que tu devrais envisager de suivre ses règles à lui.

Ahurie par la simplicité de son raisonnement, Abby referma la bouche. Puis, cherchant bien futilement du secours au fond de sa tasse de thé, elle en fit tournoyer les dernières gouttes et les avala.

– Cela signifie... que je devrais accepter de coucher avec lui ?

Sa jeune amie rougit, confuse de s'être montrée aussi directe.

– Oui, murmura-t-elle. Si... si tu l'aimes.

– Mais je ne *l'aime* pas, Patsy ! Du moins je ne le crois pas.

Elle ajouta d'une voix étranglée :

– Il est si difficile de voir clair dans ses propres sentiments en des circonstances aussi dingues ! Notre situation actuelle est tellement irréelle.

– L'est-elle vraiment ? rétorqua Patsy, solennellement. Est-ce que c'est irréel ? Ou simplement différent ? Après tout, il est difficile de prévoir ce que l'avenir nous réserve. Facilité d'adaptation. Tel est le nom du jeu que nous jouons en ce moment. Mais l'amour, lui, est bien une chose éternelle. Quelques formes que puissent en prendre les règles.

– Et tu crois que tu vas continuer à aimer Bud, et que lui aussi t'aimera toujours malgré cet autre... type ?

– Mais cela n'a rien à voir ! Ce que tu as vu hier... ne prête aucunement à conséquences.

Soudain gênée, Patsy reprit plus doucement :

– Et puis il y a autre chose. Dans la vie, nous sommes régulièrement soumis à des tests et à n'importe quel moment. En ce qui nous concerne, Bud et moi, ces trois semaines servent de test à la solidité de notre amour.

Elle fit brusquement face à Abby.

– Peut-être est-ce ce qui se passe pour Ben et toi.

– Mais en ce qui nous concerne, c'est totalement différent, Patsy. Nous venons tout juste de nous rencontrer. Et nous *ne sommes pas* amoureux !

Mais Patsy n'était nullement disposée à admettre ses objections.

– Les prémices sont là, insista-t-elle. Je peux les distinguer dans tes yeux à chaque fois que je prononce son prénom.

La tête penchée sur le côté, elle fronça les sourcils, pensive.

– Tu sais, même si Ben a édifié une muraille autour de lui, plus exactement en dépit d'elle, il peut parfaitement changer d'avis... surtout si tu le travailles de

162

l'intérieur. Laisse tomber quelques-uns de tes princi-
pes. Dépose les armes. Accepte ce qu'il t'offre, et fais
en sorte qu'il ne puisse plus se passer de toi. Qui sait,
ajouta-t-elle, tentatrice, le jeu peut en valoir la chandelle !

Si Abby avait espéré oublier les recommandations
exprimées par Patsy, elle en fut pour ses frais. Car elles
la hantèrent des jours durant. Ces mots étaient por-
teurs d'espoir, si mince soit-il. Et c'est à cet espoir
qu'elle se raccrocha, justement. Contre toute raison.

Elle ne vit Ben qu'à l'heure du dîner, ce dimanche-là.
Un Ben des plus charmants. Encore que. Presque détaché. Il arborait une expression calme, parfaitement
contrôlée. Il semblait, en apparence, ne pas réagir à sa
présence. Comme elle semblait insensible à la sienne.
Si elle n'avait su à quoi s'en tenir, Abby aurait juré
qu'il avait passé la journée du dimanche à ériger une
muraille d'indifférence autour de lui. Il donnait l'impression d'être désormais totalement immunisé contre
elle.

Poli, il s'enquit de sa journée et lui brossa un tableau
de la sienne. Tous deux s'étaient reposés. Ils avaient
lu, écrit, dormi. Certains d'entre eux avaient assisté à
une séance privée de cinéma. A l'instar d'Abby, Ben
avait décliné la proposition. Sean avait téléphoné.
Alexandra également. La routine, quoi.

Et toujours le même dilemme. Abby n'arrivait plus
à en détourner ses pensées. Sans décider, pour autant,
de quel côté penchait la balance. Je l'aime. Je ne l'aime
pas. Je l'aime. Je ne l'aime pas. Oh, bien sûr, le bon
sens s'évertuait à lui seriner qu'elle ne pouvait pas être
en train de tomber amoureuse de cet homme ! C'était

impossible. Oui, mais alors, pourquoi son cœur entamait-il une rumba endiablée à chaque fois qu'elle pensait à Ben ?

Elle en vint à attendre impatiemment le lundi matin. La reprise du procès. Là, elle pourrait enfin se concentrer sur un autre sujet. Bref, échapper à ce bourbier mental. Mais, dès que les juges furent installés et que le ministère public fut en place, elle commença à en douter. C'était au tour de Greta Robinson d'être appelée à la barre pour témoigner. Commença alors un récit chargé d'émotion, récit qui allait se dérouler trois jours durant.

Au fur et à mesure des questions qui lui furent posées, elle relata en détail les circonstances de sa rencontre avec Derek Bradley, trois ans plus tôt. L'évolution de leur relation. Leur décision de partager le même appartement. Elle évoqua son passé et décrivit le genre d'existence qu'elle avait menée avec lui l'année où ils avaient vécu ensemble.

Elle commença à perdre son sang-froid en expliquant qu'elle avait cru être amoureuse de Bradley mais s'était ressaisie devant la foule de promesses faites et non tenues. Dont celle, et non des moindres, de l'épouser. Visiblement dans tous ses états, elle relata la lente montée d'une extrême tension entre les deux amants. Elle dut maintes fois avaler une gorgée d'eau pour achever la litanie des différends et des disputes qui avaient déterminé sa décision de le quitter. Quinze jours avant le rapt présumé.

Quinze jours qui n'avaient pas été de tout repos. Greta Robinson affirma que l'accusé n'avait pas cessé de lui téléphoner. De la harceler, de la supplier sans cesse de revenir vivre avec lui. Blessée au plus profond d'elle-même, elle l'avait repoussé avec véhémence, refusant également de le revoir.

Devant son extrême angoisse, l'avocat général prit moult précautions pour la guider au cours de sa narration relatant la fameuse journée où Derek Bradley l'avait fait monter de force dans sa voiture pour l'entraîner dans ce chalet isolé.

L'épreuve était tout aussi difficile pour Abby. Mains crispées, elle écouta la jeune femme faire un récit détaillé de ce qu'elle avait dû supporter. Les journées interminables, attachée sur un lit à subir les pérorisons de son ravisseur. A se contenter de quelques légumes rabougris pour toute nourriture alors que lui s'empiffrait. A supporter la solitude des journées entières, ligotée, enfermée, désespérée, terrifiée. Les menaces. Les coups. Elle en était même venue à craindre pour sa vie.

Que voulait donc Derek Bradley ? Une soumission entière et complète à tous ses désirs.

Abby était littéralement happée par la déposition de la jeune femme. A tel point que, lorsque Ben posa une main chaude sur la sienne, qui était glacée, elle sursauta.

— Ne t'emballe pas, murmura-t-il avec douceur en jetant un coup d'œil vers les juges qui s'entretenaient en aparté. Contente-toi de te concentrer sur les faits. Et n'oublie surtout pas que... la partie civile compte bien tirer bénéfice de tes réactions émotionnelles.

— Mais cette pauvre femme est complètement traumatisée, Ben ! Comment ne pas croire ce qu'elle raconte ?

— Je n'ai pas dit qu'elle mentait. Mais prudence, il est également possible qu'elle joue la comédie. A notre profit.

– C'est un point de vue épouvantablement cynique.

– Non. Réaliste. Ne perds pas cela de vue.

Blessée par son manque de cœur apparent, Abby se détourna de Ben. Mais elle ne put s'empêcher de réfléchir à ce qu'il venait de lui glisser. Et fut bien obligée d'admettre, quoique à contrecœur, qu'il n'avait probablement pas tort. En fait, plus elle y songeait, plus ses propres réactions la consternaient. Chacune des parties en présence devait s'employer à convaincre le jury de sa bonne foi, c'était évident ! Et, pour ce faire, quelle meilleure arme qu'une peinture dramatisée des faits, une description propre à tirer des sanglots à une moissonneuse-batteuse ?

Greta Robinson quitta la barre des témoins fort tard dans l'après-midi du mercredi. Sa version des faits semblait lui avoir acquis la sympathie du jury. Il suffisait d'observer leurs mines éplorées et leur désarroi manifeste. Point n'était besoin de mots.

La défense ne négligea aucun détail au cours du contre-interrogatoire. Une question cruciale après l'autre, elle essaya de dépeindre le témoin comme une habituée des histoires d'amour qui tournent mal. Mais en ce qui concernait Abby, cette tactique ne fit pas long feu. Peut-être parce que cette même défense ne put prouver formellement que la victime s'était montrée particulièrement insupportable, ou inutilement provocante. Peut-être aussi – plus certainement, d'ailleurs – à cause de l'attitude de Greta Robinson. Elle avait supporté, avec autant de dignité que d'humilité, les assauts répétés des défenseurs de Bradley.

Lorsque sa déposition fut terminée, même Ben semblait affecté. Abby mourait d'envie d'en discuter avec lui. Mais elle n'osait pas. Parce qu'elle aurait alors transgressé l'interdiction édictée par le juge. Mais aussi, et surtout, parce qu'elle n'en trouvait pas le courage. La timidité... à moins que ce ne soit de l'incertitude... ou de la peur... lui fit garder ses distances. Elle en fut triste, bien sûr. Et cela ne fit qu'ajouter à son fardeau.

Le jeudi vit défiler une foule de témoins. Les uns après les autres, ils prêtèrent serment, déposèrent et se retirèrent. Un médecin présenta son rapport sur l'état physique de Greta Robinson lorsque la police la lui avait amenée. Un psychiatre décrivit son état mental, et évoqua la thérapie qu'elle avait dû entreprendre à la suite de ces événements. On en arriva alors aux péripéties de l'enquête sur le ravisseur. A l'agent de sécurité de Boston, qui avait aperçu Derek Bradley pénétrant dans un hôtel du centre-ville. A l'avis qu'il avait envoyé à la police du Vermont. A cette même police du Vermont, qui s'était occupée des formalités d'extradition. Puis commença le défilé des témoins à charge. Et les nombreux récits révélateurs de son arrogance, de son insensibilité, voire de sa cruauté.

Fort heureusement pour lui, la Cour déclara la séance close au beau milieu de cette procession pour le moins préjudiciable à l'accusé.

Fort heureusement pour les jurés, le bureau du shérif s'était débrouillé pour leur permettre d'assister à une nouvelle projection de film, dans la soirée. Et cette fois, les quatorze jurés sautèrent sur l'occasion.

Malheureusement pour Abby, c'était un film d'amour fort triste. Du genre à vider une boîte de Kleenex. Ce dont elle n'avait *aucunement* besoin ! Mais bon. Elle n'avait pas franchement le choix. Entre ça et... et broyer du noir toute seule... autant le faire en compagnie.

La salle de projection étant plutôt petite, Abby s'installa dans un fauteuil au milieu de la rangée centrale, alors que la majorité des jurés choisirent une place proche de l'écran. Comme d'après un canevas préétabli, se dit-elle en attendant le début de la séance. Privés de la possibilité de débattre du procès entre eux, les jurés avaient tendance à se replier sur eux-mêmes. La jeune femme avait appris, à la longue, à comprendre ce fonctionnement et à l'admettre. Même à s'y plier. Elle aurait aimé en discuter avec *une* seule personne... mais cela lui était interdit. Pour de multiples raisons.

Lui, il était assis un peu plus loin derrière elle. Ou plutôt vautré au fond de son siège. Perdu dans ses pensées. A quoi pouvait-il bien songer ? Rien, dans son expression, ne permettait de le déceler.

Tout le contraire de Patsy, en qui on lisait à livre ouvert. Manifestement moins déprimée que ses compagnons, elle n'en paraissait que plus enthousiaste. Elle était entrée dans la salle en compagnie d'Abby mais avait choisi un siège presque complètement au fond.

Les lumières s'éteignirent peu à peu. Le film débuta. Et Abby se laissa emporter par l'intrigue. Une histoire d'amour trahi, de danger et de tragédie. Le tout dans un Londres plongé au cœur de la guerre. Une première larme roula sur sa joue lorsque les deux héros, passionnément épris l'un de l'autre, furent séparés. Elle extirpa un second Kleenex de son sac quand les horreurs de la guerre vinrent s'ajouter au drame personnel des deux amoureux. Le bonheur semblait enfin à portée des tourtereaux quand, vlan ! il leur fut une nouvelle fois arraché et de la plus cruelle manière. Là,

168

Abby triturait son troisième mouchoir. C'est alors qu'elle perçut un mouvement à côté d'elle, et soudain un bras réconfortant entoura ses épaules.

Instinctivement, elle essaya de lui échapper. Mais Ben la maintint fermement contre lui. D'une main, il nicha sa tête contre son épaule. D'un doigt, il essuya tendrement les larmes sur sa joue.

– Je dois avoir l'air bête, murmura-t-elle en reniflant.

– Mais non, répliqua-t-il très doucement.

Puis il se tut. Elle fit de même. Quelle que soit la raison pour laquelle il était venu s'installer à côté d'elle, elle lui était très égoïstement reconnaissante de son geste. Nulle promesse, nulle fin aussi heureuse que fictive sur l'écran n'aurait pu égaler la paix qui l'avait envahie.

Ce bras puissant autour d'elle la protégeait. La chaleur du corps contre le sien la réchauffait. Il lui devenait difficile de se concentrer sur le film. Alors elle ferma les yeux et savoura la présence de Ben. Comme si l'obscurité de la salle l'autorisait à s'abandonner. Et sans aucun remords.

La joue de Ben glissa contre ses cheveux, sa bouche effleura son front. Alors elle accepta de se rendre à l'inévitable ardeur de leur désir. Dans l'étreinte du bras autour d'elle. Dans les doigts qui suivaient la ligne de son menton. Qui l'obligeaient à relever la tête.

– Abby... murmura-t-il avant de l'embrasser.

D'un baiser au moins aussi brûlant que le désir de la jeune femme. Elle vint à sa rencontre à mi-chemin de la zone de sécurité qu'ils s'étaient aménagée. Car ici, dans l'obscurité de cette salle de cinéma, il n'était question ni d'amour, ni de promesses, ni de raison, ni d'impulsion. Uniquement de deux êtres incroyablement attirés l'un par l'autre, qui grappillaient un peu de bonheur avant d'être à nouveau séparés.

– Si seulement nous pouvions rester toujours ainsi, souffla Ben contre son oreille.

Trop chavirée pour répondre, Abby parsema doucement de baisers l'ovale de son visage. Avant de remonter vers sa joue. Et de rencontrer sa bouche pour un duel passionné. Qui les laissa tous deux pantelants.

– Oh !... ma douce...

Il plongea ses doigts dans la masse de sa chevelure, puis les referma sur son oreille. Ses lèvres exploraient chaque pouce de son visage. Lorsqu'elle sourit, il traça tendrement les contours de ses lèvres avec sa langue. Puis la replongea dans sa bouche, si avide et si chaude. Brusquement il se redressa, son cœur battait la chamade sous la main de la jeune femme.

– Il serait plus raisonnable de regarder le film, chuchota-t-il.

L'étreignant toujours, il fit pivoter sa tête en direction de l'écran. Obéissante, Abby obtempéra. Se concentra sur le film une bonne minute. Avant de s'en détacher à nouveau. Une main caressait tendrement son épaule. Elle la porta à ses lèvres et en embrassa les doigts, longs et fins, un par un. Lorsqu'elle les abandonna, ils retombèrent mollement sur la douce rondeur de son sein.

Le stoïcisme de Ben avait des limites. Il renonça à focaliser son attention sur l'écran – ou plutôt à essayer –, se pencha vers Abby, l'attira tout contre lui, et l'embrassa passionnément. Il caressa la ligne délicate de son cou puis laissa sa main vagabonder plus bas. Jusqu'à un sein.

Ce fut au tour d'Abby de gémir, sous la caresse qui frôlait sa poitrine gonflée. Qui en agaçait les mame-

170

lons. Un éclair de feu fusa en ligne droite des pointes érigées jusqu'au bas des reins. Sans aucun assouvissement possible. Frustrée, la jeune femme, ses deux mains plaquées contre lui, tenta de le repousser avec l'espoir d'atténuer la douce torture.

– Tu as raison, murmura-t-elle. Nous ferions *mieux* de regarder le film.

Elle tremblait de tout son corps.

Ben tremblait de tout son corps.

Il se redressa avec un soupir étouffé.

– Qu'est-ce qui se passe ?

– Chhhhtt...

Un personnage inconnu traversait l'écran.

– Allons bon, qui c'est, celui-là ?

– Comment veux-tu que je le sache ? J'en ai manqué autant que toi, je te signale !

Elle n'arrivait toujours pas à se concentrer, d'ailleurs. Pas avec sa main posée sur cette cuisse dure et musclée. De ses doigts, lentement, elle entreprit une exploration subtile.

– Qu'est-ce que tu fabriques ? grommela Ben tout contre son oreille.

– Chhhhtt !

Heureusement que les autres étaient trop loin pour entendre ! Enfin, à part Patsy. Mais *elle*, elle n'y verrait certainement aucune objection !

– Abby, je ne suis fait que de chair et de sang... la prévint Ben.

De chair et de sang... mais aussi de muscles.

– Je sais.

– Pas de bois, Abby !

– Chhhtt !

Ses doigts glissèrent à l'intérieur d'une cuisse gainée de jean. Laquelle était notablement contractée. C'est le moment que choisit Ben pour plaquer une main des plus fermes sur la sienne. Et faire ainsi cesser son petit jeu.

Nul mot ne fut échangé. Ben attrapa sa main et la maintint fermement sur l'accoudoir. Plus de baisers. Plus de caresses. Rien. Mais ce n'est pas pour autant qu'Abby fut attentive au film.

Non. Elle rêvassait. Que c'était bon, de retrouver la chaleur de ses bras. Qu'il était réconfortant, de sentir la ferme pression de cette main sur la sienne. Qu'il était excitant de le taquiner avec ses doigts... même si c'était la première fois qu'elle se permettait une telle privauté ! Petit jeu qui lui avait permis de faire une constatation. Dont elle était très fière. Elle avait exacerbé son désir. Tout autant qu'il le faisait pour elle. Ses attouchements avaient atteint leur but : une réponse aussi immédiate que visible donnée par une partie du corps de Ben.

Bon, c'était bien beau, mais où cela les menait-il ? Leur situation précaire lui revint peu à peu à l'esprit. Et calma son trouble. Plus le chant des violons accompagnant la fin triomphale du film s'amplifiait, plus Abby pataugeait lamentablement. A la fin du générique, lorsque les lumières se rallumèrent progressivement, Ben lâcha sa main. Et disparut. Ils avaient quitté leur no man's land.

Peu désireuse d'avoir à constater qu'il s'était ressaisi, Abby se garda bien de regarder Ben lorsqu'il se leva. Et elle découvrit Patsy. Patsy et... et... un membre du service d'ordre ? *Un membre du service d'ordre ?* Assis l'un à côté de l'autre, ils chuchotaient. Leur intimité était manifeste. Sans compter qu'ils semblaient aussi indifférents au dénouement du film qu'elle-même l'avait été. L'homme en uniforme se pencha une dernière fois sur Patsy, puis se glissa hors de son siège et disparut dans le vestibule. Patsy le suivit des yeux.

Qu'est-ce qu'elle pouvait bien fabriquer ? ne put-elle s'empêcher de s'inquiéter. Au pavillon de chasse, un employé... et maintenant un garde, au cinéma ? Etait-ce aussi innocent que le prétendait la jeune femme... aussi inoffensif ? Ou avait-elle un gros, très gros problème ?

Bon, de toute façon, autant se concentrer sur le sien, de problème. Bien décidée à ne plus jeter un regard à Ben, elle se dirigea vers la jeune femme, et c'est alors qu'elle réalisa que Ben avait pris la direction opposée... Et réellement disparu. Il se débrouilla même pour ne pas rentrer par le même autobus qu'elle. Lui aussi avait dû décider qu'il valait mieux interrompre les choses séance tenante, pensa-t-elle tristement. Mais... était-ce réellement ce qu'il désirait ?

Pendant le court trajet de retour, elle ne put s'empêcher de réentendre les mots qu'il lui avait chuchotés : « Si seulement nous pouvions rester toujours ainsi »... Mais quand il les avait prononcés, elle était trop émue par sa présence – si proche – pour y avoir vraiment prêté attention. Oui, mais à présent, elle avait les idées claires.

« Si seulement nous pouvions rester toujours ainsi »... Sa voix était indéniablement triste. D'une tristesse qui n'avait rien à voir avec le simple besoin physique. Elle en était absolument certaine. Il était déchiré, tout simplement ! Autrement dit, il n'était plus capable d'ériger une muraille pour se dissimuler ses sentiments ! Ce rempart avait très certainement fonctionné à merveille par le passé, mais à présent... à présent... il était en train d'escalader le garde-fou. Il lui avait offert son réconfort. Tout en sachant parfaitement qu'il ne trouverait aucun assouvissement physique au milieu d'une salle de cinéma... si proches qu'ils puissent être l'un de l'autre. Il avait voulu se rapprocher d'elle. Ce n'était pas plus compliqué que cela...

Pas plus compliqué, pas moins gratifiant, pas moins... inconfortable. Car qu'en était-il de ses sentiments, à elle ? Ah ! il lui était facile de comprendre les réactions de Ben. Mais analyser les siennes était une autre paire de manches. *Etait-elle* amoureuse de cet homme ?

— Tu es bien calme, murmura Patsy lorsqu'elles arrivèrent en vue de l'auberge. Serais-tu... en colère contre moi ?

— Contre toi ?

Il lui fallut une bonne minute pour comprendre ce que son amie entendait par là.

— Oh, ça ! Non, pas du tout. Ce n'est pas à moi de te faire des remontrances. Je ne suis pas tout à fait... certaine d'être d'accord avec toi, c'est tout.

— J'ai vu Ben venir s'asseoir à côté de toi.

Elles gravirent les marches du perron d'un pas alerte.

— Mais dis-moi, comment as-tu trouvé le temps de t'en rendre compte ?

Patsy ignora le sarcasme bon enfant.

— Il refoule ses sentiments, Abby. Et tu le sais, pas vrai ?

— Je le crois également. Mon souhait le plus cher est qu'il... veuille bien accepter d'en parler avec moi.

Elles pénétrèrent dans le salon et s'installèrent dans un coin tranquille, histoire de discuter loin des oreilles indiscrètes. Toujours aucune trace de Ben.

— Lui as-tu parlé de tes *propres* sentiments ?

– Bien sûr que non ! Je ne suis même pas sûre de ce que j'éprouve !

– Bon... eh bien, apparemment, il souffre de la même maladie ! Comment peux-tu attendre de *lui* qu'il s'abandonne à toi, s'il ressent des émotions qu'il ne comprend pas ? Qu'il ne peut évidemment pas comprendre ?

– Je crois que tu as raison, soupira Abby. Nous sommes dans une situation tellement délicate... Et ce procès qui prend de la vitesse...

De la vitesse, il en prit de plus en plus. La session du vendredi vit se succéder à la barre une demi-douzaine de témoins supplémentaires. Tous désireux d'attester de la causticité caractéristique de Derek Bradley, de sa facilité pour le moins inquiétante à se montrer charmeur quand cela s'avérait nécessaire et de ses sombres propensions à la vengeance. Le défilé se prolongea le matin suivant. Témoin après témoin, chacun brossait les grandes lignes d'un caractère fondamentalement mesquin. Il semblait bien, à en croire cette collection de dépositions, que Derek Bradley était un être essentiellement cruel.

Un peu avant midi, ce samedi matin, la partie civile termina sa plaidoirie.

Si seulement Abby avait pu faire de même... mais non. Rien n'était résolu. Elle n'en savait pas plus long sur ses sentiments que la veille au soir, dans la salle de cinéma.

Ben Wyeth, lui, par contre, semblait aussi déterminé que Derek Bradley l'avait été, selon le procureur. Il ne l'avait plus approchée. Du moins personnellement. Et ne semblait pas – non plus – particulièrement affecté par leur proximité dans le prétoire. En d'autres termes, elle semblait désormais ne représenter pour lui qu'un juré parmi les autres.

Elle en vint tout naturellement à se demander si elle n'avait pas rêvé l'émotion dans sa voix, le soir précédent. La solitude... n'était-ce pas ce qu'*elle* avait voulu entendre ? Mais... l'avait-elle *réellement* décelée dans son intonation ?

Elle avait besoin, décida-t-elle, de se retrouver seule avec lui. De lui parler. D'apprendre à mieux le connaître. Ah ! si seulement ils n'étaient pas membres de ce maudit jury, ils auraient pu partir se balader. N'importe où. Toute une journée. Oui, mais s'ils n'avaient pas été membres de ce même jury, ils ne se seraient jamais rencontrés ! Pour la première fois, elle prit réellement conscience des limites tracées par les circonstances.

Le temps passé ensemble relevait de leur seule volonté. Et le temps passé seuls relevait du luxe. Courir ensemble chaque matin ne leur avait rien apporté. A peine plus, le fait de dîner ensemble – *en masse* [1] – dans certains des restaurants réputés de la région. Même le cinéma ne leur avait offert qu'un intermède douteux.

Bref, lorsqu'elle apprit qu'il se préparait une escalade en montagne pour le dimanche suivant, Abby décida de passer à l'offensive.

1. En français dans le texte. (*N.d.T.*)

7

L'aube de ce dimanche matin, sombre et brumeuse, ne doucha en rien l'enthousiasme des six candidats à l'expédition. Ils avaient pour prénom Abby, Patsy, Brian, Richard, Philip et, bien entendu, Ben. Et pour escorte officielle Ray. Un montagnard averti avait été recruté pour leur servir de guide.

Chaudement vêtue d'un jean et d'une veste molletonnée, Abby fut parmi les premiers arrivés à la salle à manger. Une Patsy manifestement aussi excitée qu'elle la rejoignit peu de temps après. Mis à part le fait d'avoir l'opportunité de profiter de la présence de Ben, Abby se régalait à l'idée de passer toute une journée dans la nature. Et elle comptait sur l'épuisement physique qui en découlerait pour lui procurer enfin une bonne nuit de sommeil.

La troupe quitta l'auberge dès le petit déjeuner avalé, chacun lesté d'un sac à dos consciencieusement rempli de nourriture par les Abbott. Leur destination se trouvait à une heure de là, vers le nord. Une montagne choisie autant pour sa facilité d'escalade que pour son isolement. Relativement peu fréquentée par les randonneurs, elle convenait parfaitement aux visées du shérif.

En compagnie de si peu de jurés et d'une Patsy qui s'était placée en tête de colonne – au côté du décidément jeune et beau guide de montagne –, Abby était certaine de se retrouver avec Ben à un moment ou à un autre. Lorsqu'il vint délibérément se placer sur sa droite, elle sut que sa journée était tracée.

– Tu as l'air ravi, constata-t-il en lui lançant un coup d'œil amusé.

– Je le suis. C'est exactement ce dont j'avais besoin. Dans *tous* les sens du terme.

– Tu as déjà fait de l'escalade ?

– Pas du tout. Seulement du ski... et il y a une légère différence entre les deux, plaisanta la jeune femme.

Au fur et à mesure que la colonne des marcheurs s'étirait le long du sentier étroit, elle se sentait de plus en plus libre de le questionner.

– Et toi, tu en as déjà fait ?

– De quoi ? Du ski ou de l'escalade ?

– N'importe.

– Les deux.

Abby éclata de rire.

– Là, tu m'impressionnes ! Quand en trouves-tu le temps ?

– Tu entends par là, répondit-il en baissant la voix, quand quittes-tu suffisamment longtemps ta tour d'ivoire ?

– Je n'ai *pas* dit ça. Mais je présume que tu dois être très occupé. A quoi ressemble ta vie, Ben ?

Il attrapa sa main pour la guider à travers un escarpement rocheux. Les doigts, puissants et chauds, autour des siens lui donnèrent des ailes. Mais, bien trop tôt, ils réintégrèrent le sentier. Et il la relâcha.

– Oh ! elle est fichtrement réglée. Je donne des cours chaque jour. Entre les cours, j'intercale des entretiens avec les élèves et divers rendez-vous. Ensuite, il y a les réunions de professeurs, les réunions de commissions, les réunions de n'importe quoi. Sans oublier les séminaires avancés qui, eux, ont lieu la plupart du temps dans la soirée. Au milieu de tout ce remue-ménage, j'essaie de trouver un peu de temps pour préparer mes cours, lire ou écrire.

Il haussa un sourcil espiègle.

– Une vie bien remplie, comme tu peux le constater. Ce n'est pas exactement ce qu'on peut qualifier de tour d'ivoire.

Il sourit. D'un sourire qui fit fondre la jeune femme.

– Mais j'aime cette existence. Et puis j'ai les dimanches et les vacances pour me consacrer à *toutes* sortes d'autres activités.

– Comme le ski et les randonnées ?

– Comme le ski et les randonnées.

– Est-ce que ces activités-là étaient en tête de la liste des priorités qui t'ont amené dans le Nord ? continuat-elle, soucieuse de ne pas laisser se refermer la vanne de ses confidences.

L'air frais, plus vif à mesure qu'ils progressaient, semblait les avoir libérés de toutes leurs contraintes.

Le regard de Ben la protégeait du froid. Ses yeux étaient plus gris, plus chaleureux que jamais.

– En réalité, elles n'ont été que des considérations secondaires. Je n'avais jamais chaussé une paire de skis... ni pratiqué l'escalade.

Elle se rappela alors qu'il lui avait confié avoir grandi sans beaucoup d'avantages. La pièce du puzzle trouva sa place logique. Et elle n'en respecta que plus cet homme qui, au contraire de ses semblables, n'éprouvait aucune gêne à confesser ce que d'autres auraient ressenti comme un handicap.

– Donc... ? le pressa-t-elle de continuer.

– Je voulais voir d'autres horizons que celui de la ville. Des grands espaces. Une vie plus tranquille.

– Plus tranquille ! A t'entendre, tu es constamment sur la brèche.

Les yeux littéralement scotchés sur le visage de Ben, Abby faillit s'affaler en trébuchant sur une souche. La main de son compagnon se referma instantanément sur son bras.

– Regarde où tu vas, bébé. Le terrain est de plus en plus accidenté.

Il n'y avait pas que le terrain, qui était accidenté ! se dit-elle ironiquement. Elle décida de poursuivre plus avant ses investigations.

– Est-ce qu'il ne serait pas plus facile pour toi de vivre sur le campus ?

Mais, la question à peine posée, elle réalisa soudain que s'il avait habité sur le campus, il n'aurait pas été un résident de New Hampshire. Donc ils ne se seraient jamais rencontrés.

– En fait, lorsque j'ai débarqué ici, j'ai loué pendant quelques mois un appartement sur le campus. Et puis je me suis rendu compte que j'avais besoin de prendre quelques distances. Là-bas, on finit par avoir en permanence sa porte ouverte, et un perpétuel va-et-vient dans sa maison. J'ai besoin d'intimité... ne serait-ce que pour penser.

– Tout ça m'a l'air bien ésotérique, ironisa-t-elle en lui décochant un regard moqueur. Quelle sorte de pensées mystérieuses peuvent bien t'agiter ?

– Rien de bien renversant, répondit-il tranquillement.

Son expression s'assombrit et Abby eut alors peur de le voir se perdre dans ces fameuses pensées. Il était terriblement important pour elle de garder le contact avec lui.

Cette fois, elle vit la racine avant de trébucher. Et tomba de tout son poids. Ben la releva sans effort apparent.

– Ça va ?

Apparemment inquiet, il inspecta les paumes de ses mains.

– Tu n'es pas blessée. Tu as mal ?

D'un geste tendre, il débarrassa ses mains de la terre qui les maculait.

– Non, ça va. Je me sens réellement stupide.

– Tu n'es pas stupide. Tu étais tout simplement perdue dans tes pensées.

– Tout va bien, vous deux ? s'inquiéta Ray en les rejoignant.

Ben expliqua :

– Tout va bien. Abby a fait un faux pas... mais elle survivra.

– Johannsen a une trousse d'urgence dans son sac.

Johannsen était leur guide.

– Dois-je l'appeler ?

Autant Abby était heureuse de sentir les mains de Ben serrer tendrement les siennes, autant elle se refusait à déranger ses compagnons.

– Non, merci, Ray. Ça va très bien, vraiment. Constatez par vous-même. Je n'ai que quelques égratignures.

Levant les mains, elle les soumit à son inspection puis les fourra dans les poches de sa veste. Comme pour préserver l'empreinte encore chaude des doigts de Ben.

– As-tu froid ?

181

Ce diable d'homme avait encore dû intercepter ses pensées ! Il la dévisageait, anxieux.

— Pas du tout, répondit-elle en souriant. Mais si nous restons immobiles, cela ne va pas tarder.

— Vous avez raison sur toute la ligne, acquiesça Ray en les incitant à avancer. Allons-y.

Enhardie par la présence d'un chaperon – à moins que ce ne soit par esprit de provocation –, Abby glissa son bras sous celui de Ben, se pencha vers lui et lui glissa à mi-voix, mais suffisamment fort pour que Ray en profite :

— Il est préférable de faire ce qu'il dit. C'est lui qui détient le pistolet.

Un sourire pincé étira les lèvres du garde.

— Où crois-tu qu'ils nous conduisent ?

Ben leva les yeux vers le sommet.

— Il semblerait qu'ils nous emmènent tout en haut de la montagne. Son complice doit nous y attendre, ajouta-t-il, entrant de bon cœur dans son jeu.

Ils entamèrent alors un raidillon. N'eût été la présence du garde à quelques pas derrière eux, ils auraient ressemblé à un couple d'amoureux en balade.

— Que crois-tu qu'ils veulent nous faire ? plaisanta Abby.

— Sans aucun doute attendre le crépuscule pour nous fusiller.

Il baissa la voix.

— On pourrait essayer de leur échapper.

— Des clous ! Je te parie qu'ils ont placé des espions dans tous les bois alentour.

— Oui. Tu as probablement raison... Et si nous nous séparions ? De cette façon, ils ne sauraient plus où donner de la tête.

— Oui, et l'un d'entre nous pourrait bien se perdre.

Ben lui décocha un regard aussi sceptique que moqueur.

– Toi ? Te perdre ? Je parie que tu saurais retrouver ton chemin dans un champ de maïs les yeux fermés.

– Donc, j'en déduis que c'est *toi* qui n'as aucun sens de l'orientation ?

– Chhuttt ! Personne n'est censé être au courant.

– Attends, tu es vraiment sérieux ?

– J'en ai bien peur.

– Non, c'est vrai, Ben ?

Elle le dévisagea, l'air incrédule. Il paraissait des plus sincères.

– Oui, c'est même la stricte, l'absolue vérité, Abby.

Une fois de plus, nulle gêne ne transparut dans son aveu. Cet homme savait reconnaître ses limites. Et les accepter. L'admiration que lui portait Abby s'en trouva renforcée.

– Les seules fois où j'arrive à bon port, c'est lorsque je connais le chemin par cœur, ajouta-t-il à voix plus basse. Par contre, j'ai le chic pour me paumer dans les coins où je vais pour la première fois. Oh, bien sûr, si j'avais en permanence à mon bras une jolie femme, dotée d'un sens infaillible de l'orientation...

Evidemment. *Ça*, c'était l'idéal. Idée aussi tentante qu'improbable. Bon, mieux valait revenir à la réalité. Mais un rapide coup d'œil par-dessus son épaule lui signala que Ray s'était à nouveau éloigné. Par respect pour eux ? Les autres avançaient loin devant. L'heure était enfin venue d'un tête-à-tête avec Ben.

– As-tu tiré des plans pour le futur ?

A peine eut-elle formulé sa question qu'elle réalisa qu'il risquait de se méprendre. Et de s'imaginer qu'elle s'impliquait dans ce futur. Elle s'empressa de rectifier :

– Enfin, je veux dire... vas-tu rester à l'université... ou as-tu d'autres projets ?

– Comme... ?

Elle haussa les épaules.

– Comme... je ne sais pas, moi. Enseigner ailleurs, ou te consacrer à plein temps à l'écriture, ou encore te lancer dans la politique. Peut-être aimerais-tu te présenter aux élections ?

– Moi ?

Il gloussa.

– Ça ne risque pas !

– Et pourquoi pas ?

Elle aurait voté pour lui n'importe où, n'importe quand.

Le sentier se fit alors tortueux et trop étroit pour deux. Ben la fit passer devant lui. Et la jeune femme dut s'armer de patience pour entendre sa réponse. Quelques mètres plus loin, ils purent marcher à nouveau de front.

– Pour les mêmes raisons qui m'ont fait choisir d'habiter hors du campus. La solitude. Je ne me sens pas capable d'assumer les exigences d'une circonscription. J'exige déjà bien trop de moi-même.

– Quoi, par exemple ?

Il fixa d'un air concentré le sentier escarpé.

– Tout ce que je fais, je veux le faire bien. Comme professeur, j'actualise constamment mes cours. En tant que conseiller d'éducation, je m'intéresse activement à mes étudiants. Et l'écrivain que je suis fait autant de brouillons qu'il est nécessaire pour rédiger le meilleur manuscrit possible.

– Et qu'en est-il de *toi* ? lança-t-elle impulsivement. Qu'en est-il de ta vie privée ?

184

De toute façon, le mal était fait. Alors autant continuer.

– Comment cela ? demanda-t-il d'un ton détaché.

– Quelles exigences t'imposes-tu dans *ce* domaine ?

Une légère brume commençait à descendre sur la montagne, détrempant le feuillage des arbres et refroidissant la terre. Soudain frigorifiée, Abby remonta la fermeture Eclair de sa veste jusqu'au menton. Ben en profita pour changer de sujet.

– Tu as froid ?

– Oh oui ! J'aurais dû mettre des bottes.

Ses tennis, humides, ne la protégeaient plus guère de la chute brutale de la température.

– Peut-être devrions-nous faire demi-tour.

– Parce que j'ai froid ? Ne sois pas ridicule ! Continuons à marcher, ça ira mieux.

Ils marchèrent donc. Deux heures durant, ils gravirent péniblement la côte en essayant de se persuader des mérites respectifs de l'exercice, de l'air frais et de l'ascension-d'une-montagne-puisque-la-montagne-était-là. Si Ben ne se confia pas plus, il n'en fut pas moins un compagnon des plus agréable, prompt à la câliner gentiment dès qu'elle était sur le point de se décourager.

Peu après midi, ils rejoignirent le reste de la troupe au sommet de la montagne. Pelée, la montagne. Mais elle ne manquait pas de charme malgré le crachin persistant. Abby n'était visiblement pas la seule à se geler. Richard et Philip s'étaient relayés dans les lamentations, ne réussissant qu'à énerver Brian. Moralité : tous trois étaient à cran.

Patsy, quant à elle, avait escaladé la montagne sans efforts apparents. Mais il fallait avouer qu'elle était équipée pour. Non seulement elle portait des caleçons longs – ainsi qu'elle le confia à Abby – mais elle avait chaussé des bottes étanches et revêtu une parka imperméable. En chemin, un bonnet de laine épaisse et une paire de gants étaient apparus à point nommé pour réchauffer tête et doigts.

Ray, en loyal cerbère qu'il était, prit les choses en main, estimant que cela faisait partie de son travail. Il ignora l'humidité, éluda les récriminations et puisa quelque réconfort en constatant que nul ne s'était montré aussi fou qu'eux. L'endroit était désert.

Quant à leur guide... force fut à Abby de constater que Patsy – toute inconstance mise à part – avait plutôt bon goût. L'homme était non seulement agréable à regarder, mais débrouillard – à voir son habileté à dénicher un coin agréable pour déjeuner. De plus, s'il s'était pris d'amitié pour Patsy, il n'en arborait pas moins vis-à-vis d'Abby une attitude des plus protectrices. Elle en vint à compter sur son bon sens *à lui*. Car, vu les événements des derniers jours, Patsy n'en possédait pas une once.

Mais la plus grande source de fierté d'Abby restait néanmoins Ben. Jamais il ne se départit de son calme, même lorsque les choses allèrent de mal en pis. Le crachin devint hallebardes glacées ? Il repéra immédiatement une grotte où tous purent s'abriter. La température chuta brutalement ? Il entraîna Peter dans les bois pour ramasser du bois mort et alluma un feu. Les récriminations de Philip reprirent de plus belle ? Brian les contra avec une violence tout aussi rare qu'inutile ? Il négocia sur-le-champ un cessez-le-feu.

Enfin, reposés, rassasiés, provisoirement réchauffés, ils rassemblèrent les restes du pique-nique, les fourrèrent dans les sacs à dos et se préparèrent à entamer la descente.

Elle aurait dû être facile, cette descente, la gravité aidant. Patsy et le guide prirent la tête de la petite cohorte. Abby et Ben gardèrent un œil sur Brian tandis que Ray, à l'arrière-garde, méritait amplement son salaire en chouchoutant Richard et Philip.

Elle aurait dû être facile... mais elle ne le fut pas. Les muscles, soumis à rude épreuve pendant l'ascension, renâclaient à chacun de leurs pas. Leurs vêtements, pourtant séchés devant le feu, étaient trois fois plus humides qu'avant. Le moral des troupes au plus bas, la conversation s'en ressentait. Tous n'avaient qu'une idée en tête : rentrer à l'auberge.

Puis Brian bascula. Brian, lui... Brian, qui, chaque matin, courait comme s'il devait disputer les prochains jeux Olympiques... Brian, qui se vantait d'être le seul véritable athlète parmi eux... Brian avait répété toute la journée à Philip et à Richard qu'ils étaient trop mous, ni assez musclés ni assez entraînés, bref hors d'état d'escalader la montagne.

Ce fut si rapide qu'Abby dut, par la suite, fouiller dans sa mémoire pour consigner l'événement. Il marchait à quelques mètres devant elle. Elle le revit avançant vers le bord du chemin pour regarder un arbuste. Puis soudain disparaître. Son hurlement lui donna la chair de poule. Quelques secondes plus tard, elle se retrouva à genoux en train de scruter le trou au fond duquel il avait disparu. La poigne furieuse de Ben la tira illico – et sans ménagement – vers l'arrière.

– Ote-toi de là, Abby ! Tu tiens vraiment à faire le plongeon, toi aussi ?

– Il est là en bas, Ben...

– Je sais ! grinça-t-il.

Il chercha un endroit où le sol serait plus stable, puis s'allongea sur le ventre et se pencha au-dessus de la crevasse pour essayer d'apercevoir Brian. Prise d'une subite impulsion, Abby l'imita.

– Abby...

– Je le vois ! cria-t-elle sans tenir compte des avertissements de Ben. Il bouge !

Brian remuait, en effet. Et s'il paraissait totalement ahuri par sa chute, il ne semblait pas sérieusement blessé. Allongé, ou plutôt vautré sur une déclivité herbeuse, il gisait à quelque douze mètres plus bas. C'était un miracle qu'il ne soit pas tombé au fond du ravin, lequel était couvert de rochers.

– Brian ! hurla Ben, mains en coupe autour de la bouche.

C'est alors que Ray déboula en courant, bientôt rejoint par Richard et Philip. Saisissant la situation d'un coup d'œil il se jeta sur l'herbe à côté d'Abby.

– Brian ! héla encore Ben.

Pas de réponse. L'homme étendu plus bas se contenta de bouger précautionneusement un à un chacun de ses membres. Mais, lorsque Ben hurla son nom pour la troisième fois, il releva la tête.

– Hou, hou...

– Tout va bien ?

– Ouais.

– Rien de cassé ?

– Non, je ne crois pas.

Il paraissait plus choqué que mal en point.

– Vous en êtes certain ?

Brian étira délicatement bras et jambes, puis il se redressa lentement en position assise. Bon signe !

– Oui.

L'écœurement perçait dans sa voix. Il était visiblement humilié. S'aidant des genoux et des mains, il se remit péniblement debout. Mais ses chaussures de marche furent à peu près aussi efficaces dans la boue que celles d'Abby l'avaient été contre l'humidité. Le premier pas qu'il esquissa pour remonter le fit reculer d'un bon mètre. Le second fut pire encore.

Le cœur battant, les cinq personnes allongées plus haut gardaient les yeux rivés sur la silhouette solitaire. Lorsque Brian essaya de ramper à quatre pattes dans la boue, cinq prières silencieuses l'accompagnèrent. Peine perdue. Il ne trouvait aucune aspérité à laquelle se raccrocher. Les parois herbues du ravin, détrempées par le déluge, offraient à peu près autant de prises qu'un glacier à soixante-dix degrés.

— Et merde ! jura Ray entre ses dents, avant de hurler : Essayez encore !

Inutile. Opinion confirmée par Johannsen qui, alerté par les cris, venait de les rejoindre. Il ordonna rapidement à Brian de ne plus s'agiter et tourna un visage mécontent vers Ray.

— S'il s'agite encore, il court le danger de tomber encore plus bas. Et s'il heurte les rochers, il risque de se blesser sérieusement. Ma corde est trop courte pour parvenir jusqu'à lui, et il ne pourra pas remonter sans aide.

Il hocha la tête, l'air inquiet.

— Je vais descendre au village pour chercher du secours.

— Et par le fond du ravin ? interrogea Ben. S'il essaie de ramper jusque-là, n'arrivera-t-il pas à trouver un passage ?

Le guide soupira.

— Pas sur de l'ardoise. C'est même pire que sur l'herbe, avec cette flotte qui n'arrête pas de tomber.

— Et il n'y a pas d'autre issue ? questionna Abby.

Peter expliqua :

– Constatez par vous-même. Trois parois sur trois côtés, et le quatrième côté donne à pic sur la vallée. Le ravin est bordé par deux autres ravins. Non. La seule possibilité est d'essayer de le remonter jusqu'à nous.

Ray jura de nouveau, consulta sa montre et se renfrogna.

– Nous n'en sommes qu'à la moitié du chemin. Il faut au bas mot compter quatre heures pour faire l'aller et retour.

– Peut-être, mais nous n'avons pas le choix, rétorqua le guide. Plus tôt nous partirons, mieux cela vaudra.

L'excursion étant sous la responsabilité de Ray, il lui revenait donc de prendre la décision finale. Il fit une grimace et hocha la tête.

– Vous avez raison.

Il se grattait le cuir chevelu tout en essayant d'élaborer la logistique d'un plan de sauvetage. Ben vint à sa rescousse.

– J'attends ici. Vous, vous allez avec les autres.

– Non !

Tous les yeux se tournèrent vers Abby.

– Je reste aussi.

Aussi ferme que fut son ton, celui de Ben lui en remontra en vigueur.

– Certainement pas ! Tu es trempée et tu trembles de froid. Il n'est absolument pas nécessaire de t'exposer aux intempéries quatre heures de plus.

– Je reste.

– Ben a raison, Abby, commença Ray.

Mais quand on parle à une tête de mule...

– Je reste, point à la ligne. Vous avez vu le nombre d'arbres, par ici ? Ils feront de parfaits abris. Et puis vous n'aurez qu'à nous rapporter des vêtements chauds et secs.

– De plus, elle est infirmière ! s'exclama une voix venue de nulle part.

Patsy se matérialisa juste derrière Peter.

– Il serait plus judicieux qu'elle reste ici au cas où.

Abby lui décocha un sourire empli de gratitude.

– C'est vrai ! s'exclama-t-elle, soudain oublieuse des vrais motifs de sa décision.

Se retrouver seule avec Ben.

– Vous êtes sûre ? s'inquiéta Ray.

– Elle vous accompagne ! éructa Ben, les yeux de la même teinte que le ciel menaçant.

Ray dévisagea pensivement chaque membre du petit groupe tour à tour.

– Elle a peut-être raison, après tout. Il vaut probablement mieux attendre à deux. De plus, c'est une infirmière...

– Hou hou...

La voix qui s'élevait du fond du ravin les ramena à leurs préoccupations.

Ben s'agenouilla et, penché sur le bord, expliqua :

– On va chercher de l'aide, Brian. Ça va ?

– Ouais. Je me demandais juste si vous aviez décidé de me laisser agoniser là-dedans.

Ben gloussa.

– Pas vraiment, hurla-t-il. Les autres vont descendre chercher du secours. Moi, je reste ici... avec Abby...

Gagné ! Même s'il avait lancé la dernière précision à contrecœur. Quelques instants plus tard, Abby et Ben se retrouvèrent seuls.

Alors, seulement alors, il lui fit face, mains sur les hanches.

– C'est complètement crétin, Abby ! Tu sais très bien que tu vas finir par mourir de froid !

– Et pas toi, rétorqua-t-elle en enfilant le bonnet et les moufles que Patsy lui avait laissés. Pourquoi diable est-ce pire pour moi que pour toi ?

– Je suis un homme. Donc plus solide. Je peux résister au froid plus facilement que toi. Et, en dépit de tout ce que tu pourras inventer, il n'était pas nécessaire de se morfondre à deux.

Il poussa un énorme soupir.

– Tu aurais dû rester avec eux, Abby.

– Trop tard, chantonna-t-elle.

Puis elle examina les alentours en quête d'un abri. Abri qui lui apparut sous la forme d'un sapin immense, au feuillage dense et au tronc vigoureux, juste en face de l'endroit où Brian était tombé. Sous ses branches, ils seraient relativement abrités de la pluie.

Ben hurla quelques mots d'encouragement en direction de Brian avant de la rejoindre.

– Pourquoi tout cela me semble-t-il familier ? murmura-t-il.

Il était toujours de mauvais poil. Elle le devinait à sa voix.

L'autre soir, ils avaient bavardé. Puis s'étaient disputés. Peut-être en irait-il différemment, aujourd'hui.

– Comment va Brian ?

– Il va. La seule chose qu'il ait de cassé est son ego. Il faut reconnaître que ça ne va pas franchement arranger son image...

Il se tut. Seul le crépitement de la pluie rompait le silence. Abby frissonna.

– Tu as froid ?

– Non. Je songeais à ce pauvre Brian. Il n'a rien pour s'abriter, en bas. Crois-tu qu'il est en danger ?

– Non. Pas tant qu'il évite de bouger. Il est sacrément robuste.

Il mit ses mains en porte-voix.

– Toujours là, Brian ?

– Toujours là, répondit la voix de la défaite, loin sous le talus.

– Pauvre type, murmura Abby. Il doit se sentir terriblement mal, coincé au fond de ce trou.

Ben gloussa.

– J'en sais quelque chose.

– Vraiment ?

– Oui.

– Eh bien alors... raconte !

Il passa une main dans ses cheveux trempés.

– Je ne crois pas qu'il soit utile de te raconter cette histoire. Ça pourrait nuire à *mon* image.

– Allez, Ben ! Je sais déjà que tu serais incapable de retrouver ton chemin dans un champ de maïs les yeux bandés. Que pourrais-tu me confesser de pire ?

– Le ski ?

– Ah, ah... je croyais que tu avais *appris* à en faire.

– Je sais skier *maintenant*. Mais quand j'ai emménagé dans le coin, j'en ai vu des vertes et des pas mûres. Après une semaine de leçons, j'ai cru pouvoir me débrouiller tout seul. Donc un après-midi, je décide d'essayer une nouvelle piste...

La voix d'Abby se fit murmure.

– Qu'est-il arrivé ?

– Oh ! je me suis dépatouillé comme un chef sur le téléski. Mais j'avais signé là ma seule et unique réussite de la journée. En haut, j'ai pris la mauvaise direction. Et j'ai atterri sur une piste noire.

Elle fit la grimace.

– Qu'as-tu fait, alors ?

La seule conduite à tenir dans ces cas-là, du moins

la plus sensée, était de déchausser et de descendre la pente sur les fesses. Mais elle avait comme l'impression qu'il avait choisi une autre solution.

— Je... j'ai dévalé la pente... de plus d'une manière.

— Tu es tombé ?

Il opina du chef, les commissures de ses lèvres s'incurvèrent.

— Me suis cassé la jambe à deux endroits différents. Eh, te marre pas, c'était pas drôle. J'ai dû attendre allongé sur cette foutue piste la patrouille de secours... en regardant de fabuleux skieurs dévaler la pente les doigts dans le nez.

Abby lança la première réflexion qui lui vint à l'esprit.

— Au moins tu n'étais pas avec ta petite amie !

Il grimaça.

— Tu... si ?

Il acquiesça d'un signe de tête.

— Oh non...

Elle ne put résister plus longtemps à son envie de rire. Avant de s'en excuser.

— Je suis désolée, Ben. Ça *a dû* être épouvantable.

Mais, loin de paraître vexé, il semblait fasciné par la manière dont ses yeux se fronçaient quand elle riait.

— Ça l'a été, répondit-il distraitement. Mais... et toi, alors ? Je viens de confesser mes faiblesses. Qu'en est-il des tiennes ?

Cette fois-ci, ce fut son nez qui se plissa.

— Oh ! rien que de très normal. J'oublie toujours de vérifier le niveau d'huile de ma voiture. Je ne presse jamais le tube de dentifrice par le bas. Et si tu t'avisais de m'offrir un bouquet de fleurs, je te le rendrais immédiatement.

— Ah bon ? Explique-moi un peu pourquoi tu ferais une chose pareille ?

– Parce que je suis une nullité ambulante en matière d'arrangements floraux, voilà pourquoi ! N'importe quel mec désireux de me mettre en difficulté peut y arriver en m'apportant un bouquet de fleurs.

Elle ajouta :

– Mais je ne suis pas du genre à pardonner facilement. Et tu ferais bien de t'en souvenir !

Ben sourit.

– Je vais essayer.

Il reporta son attention vers le trou où était tombé Brian et hurla :

– Vous tenez le coup, mon vieux ?

– Je tiens le coup...

Abby farfouilla sous la manche de sa veste pour consulter sa montre. Elle frissonna.

– On n'est pas encore rentrés...

– Tu as froid ?

– Non, je n'ai pas froid ! Arrête de me répéter ça !

Ce fut alors qu'elle rencontra son regard. Des plus malicieux.

– Attends un peu. Est-ce que *toi*, tu n'aurais pas envie de me voir grelotter ?

– Bien sûr que non !... Enfin, pas vraiment... Oh, et merde !

Il l'attira contre lui.

– Viens ici. *Moi*, je suis gelé. Réchauffe-moi.

Il n'était pas gelé du tout, découvrit-elle avec ravissement lorsqu'il dégrafa leurs deux vestes et la serra contre lui. La chaleur de son corps remplaçait avantageusement le feu qui leur manquait. D'être ainsi blottis l'un contre l'autre leur procura un extraordinaire rempart contre les éléments. Heureuse du silence qui s'était installé, Abby savoura la sensation de se sentir en sécurité contre la poitrine de Ben, de sentir ses bras rassurants autour d'elle.

La fatigue de la journée commençait à se faire sentir.

– Je suis tellement crevée, murmura-t-elle, que j'ai l'impression d'être ivre.

– Alors repose-toi, chuchota-t-il.

Il resserra son étreinte et s'adossa plus confortablement contre le tronc du sapin.

Abby dut s'assoupir. Car elle reprit conscience en sursautant quand Ben appela une nouvelle fois Brian.

– Je suis navré. Mais je dois le rassurer en lui prouvant que nous sommes toujours là.

– Non. C'est moi qui suis désolée. Je n'aurais pas dû m'endormir.

– Tu es épuisée. Tu n'as pas bien dormi, toutes ces nuits ?

Ses lèvres, si chaudes contre son front, lui rappelèrent immédiatement *pourquoi* elle avait autant de sommeil en retard.

– Mmmm... comme ci comme ça.

– Ce doit être un truc qu'on a mangé tous les deux. A moins que ça ne vienne des lits.

– J'en doute.

Ce n'était certainement pas les lits. Ou alors... les lits vides.

– Ou le bruit.

Elle frotta délibérément – ou presque – sa joue contre sa poitrine.

– Pas vraiment.

Passé 22 heures, l'auberge était aussi silencieuse qu'une tombe.

– Ne me dis pas que tu es aussi frustrée que moi, grommela-t-il, mi-joueur, mi-sérieux.

Abby se garda bien de le lui confirmer. Et pourtant c'était la vérité. Combien de nuits avait-elle passées, à se retourner dans son lit et à penser à lui !

– Je crois qu'Alexandra te manque, le taquina-t-elle.

– Autant que Sean te manque ?

– *Touché*[1] !

Ainsi se poursuivit leur badinage. Ben appelait Brian à intervalles réguliers. Tout aussi régulièrement, il retournait au bord du trou pour vérifier si tout allait bien. Chaque fois il revenait vers Abby encore plus trempé. Mais les vêtements de la jeune femme ne craignaient plus grand-chose.

Echoué sur son coin d'herbe, Brian n'alla nulle part. Et la pluie continua, encore et toujours. Bien qu'il fît plus doux qu'au sommet de la montagne, l'air fraîchissait au fur et à mesure que l'heure avançait. Tout au plaisir d'être pelotonnée contre Ben, Abby en oubliait presque ses jambes frigorifiées et ses pieds gourds.

A mesure que passaient les heures – une, puis deux, puis trois – et que le temps se dégradait, ils restèrent de plus en plus souvent au bord du ravin. Etendus sur le sol, ils faisaient l'impossible pour soutenir le moral de Brian. Et le leur, par la même occasion. Ben raconta les aventures qui lui étaient arrivées sur le campus. Abby, faisant de même, leur narra des anecdotes survenues en salle d'examen.

La tombée du jour fit monter la tension. Tout en s'efforçant de cacher son inquiétude, Ben jetait de fréquents coups d'œil à sa montre lorsqu'il croyait qu'Abby ne le regardait pas. Mais n'avait-elle pas commencé à penser la même chose que lui ? A réaliser que la température allait bientôt dégringoler ? Combien plus difficile s'avérerait alors le sauvetage de Brian ! Combien plus ardue serait la descente de la montagne ! Ne commençait-elle pas à claquer des dents, tout en se demandant si ses orteils n'allaient pas bientôt se déta-

1. En français dans le texte. (*N.d.T.*)

cher de ses pieds ? N'avait-elle pas commencé à craindre pour Brian, bien plus exposé qu'eux à l'hostilité des éléments ?

Lorsque Ben la reprit dans ses bras, elle put mesurer son inquiétude. Lorsqu'il passa ses doigts dans les mèches trempées qui dépassaient de son bonnet, elle sut son anxiété. Quand il remâcha ses regrets d'avoir accepté qu'elle reste avec lui, elle ne put qu'entendre sa colère.

Brutalement, la nuit tomba. Et les secours arrivèrent. Le sauvetage fut effectivement plus difficile que prévu. Mais, grâce aux projecteurs et aux câbles apportés par les nouveaux arrivants, il fut mené à bien. Tous célébrèrent l'événement à longues gorgées de café-cognac bien chaud avant d'entreprendre le chemin de retour.

Lorsque enfin Abby s'écroula dans son lit, un peu avant minuit, elle était littéralement glacée. Ni un bain brûlant ni le souvenir de la chaleur du corps de Ben ne parvinrent à la réchauffer. Lorsqu'il frappa à sa porte, l'ouvrit tranquillement et vint s'asseoir à côté d'elle, elle était bien trop occupée à essayer de contrôler ses tremblements incoercibles pour s'interroger sur le pourquoi de sa présence.

– Comment te sens-tu ? s'inquiéta-t-il tendrement.

– Congelée.

Elle s'enfouit davantage sous la couette.

Il passa une main très douce sur sa joue.

– Tu as chaud.

– Je suis *congelée*.

– Je veux dire chaud *chaud*. Comme si tu avais de la fièvre.

– Mais non.

– As-tu pris quelque chose ?

– Non.

– Prévoyante... pour une infirmière ! railla-t-il, sarcastique.

Il se leva et se dirigea vers la salle de bains.

– As-tu de l'aspirine ?

– Non.

Il s'arrêta net. Et fit demi-tour.

– J'en ai, moi. Je vais t'en chercher.

Quelques secondes plus tard, il lui présentait un verre d'eau et la sommait d'avaler les deux cachets blancs.

– Voilà qui est mieux. Veux-tu que j'aille te chercher une boisson... du lait chaud... un cognac ?

– Je ne peux plus rien avaler, merci.

Les Abbott l'avaient littéralement gavée, au retour. A tel point qu'elle était au bord de l'écœurement.

– Je vais essayer de dormir, tout simplement.

– Tu es certaine qu'il n'y a rien que je puisse faire ?

Elle réussit à lui décocher un faible sourire.

– Qu'est-ce qui se passe, Ben ? Tu te sens coupable ?

– Bon sang, oui ! Tu n'aurais jamais dû rester avec moi ! Je le savais dès le départ ! Maintenant tu es malade, et comme l'Etat ne nous accorde pas de congé maladie...

Il en avait dit plus que prévu. Et Abby ouvrit tout grands des yeux effarés.

– Je vais être remerciée ! s'écria-t-elle.

– Exact.

Quoi, elle aurait fait tout cela en vain ? Jamais !

– Je me porterai comme une fleur, demain matin, déclara-t-elle. Tu verras.

En fait, elle ne se portait pas exactement comme un charme... sans être tout à fait malade. Bon, elle était plus pâle que d'habitude ? Son blush y remédierait. Ses jambes étaient douloureuses ? Pas de problème, puisqu'elle était assise la plupart du temps. Ses joues étaient brûlantes ? Personne ne le remarquerait. Enfin, personne... excepté Ben.

Il passa la tête dans sa chambre avant de descendre courir, lui jeta un coup d'œil et s'en fut quérir quelques comprimés d'aspirine en lui interdisant de bouger jusqu'à son retour. Ordre auquel elle se plia de bonne grâce. De toute façon, elle avait renoncé à courir à l'instant même où le téléphone l'avait tirée d'un sommeil fiévreux, à 6 heures. Si elle voulait arriver à fonctionner normalement, il lui fallait absolument se reposer une heure de plus.

Et, aujourd'hui, il était vraiment impératif qu'elle soit en état de marche. En effet, la défense ouvrit les débats sur une déclaration fracassante. Derek Bradley devait reconnaître qu'il avait bien enlevé Greta Robinson et l'avait séquestrée, ainsi que le proclamait la partie civile. Toutefois, il persistait à plaider non coupable. Et la défense avait bien l'intention de démontrer qu'il avait été la proie d'un accès de folie passagère. Obsédé par sa passion, Derek Bradley avait – selon son avocat – cédé à une impulsion irrésistible en enlevant Greta Robinson.

Derek Bradley passa le plus clair de la semaine à la barre des témoins. Plus les jours s'écoulaient, plus la tension montait dans le prétoire. Une impulsion irrésistible. Un bataillon de psychologues, issus des hôpitaux les plus prestigieux du pays soutinrent la thèse selon laquelle Derek Bradley avait été obligé de céder à une pulsion brutale provoquée par la puissance de son amour. Le vendredi soir, la plaidoirie de la défense terminée, Abby nageait dans la plus grande confusion.

Leur aventure montagnarde reléguée à l'état de souvenir, elle se concentrait entièrement sur les témoignages. Essayait de les décrypter. Mais à force, les lignes en devenaient floues. Les images confuses. Et elle restait éveillée une bonne partie de la nuit, à ruminer.

Une impulsion irrésistible. Etait-ce *cela* qu'elle ressentait pour Ben ? Et pourquoi s'abstenait-elle désormais de courir avec lui, chaque matin ? Bien qu'elle en meure d'envie ? Voix de la raison contre voix de l'impulsion ? A l'image de Derek Bradley, dont elle n'arrivait pas à décider s'il était innocent ou coupable, elle ne parvenait pas plus à démêler son propre tourment.

Et elle ne pouvait s'empêcher de supposer que Ben, seul dans sa chambre, endurait les mêmes angoisses. Car lui aussi se montrait de plus en plus troublé au fur et à mesure que s'écoulaient les jours. Son caractère était de moins en moins égal, sa voix de plus en plus dure. Elle découvrait de nouvelles rides, plus profondes et plus marquées, sur son front ainsi qu'aux commissures des lèvres. Désormais, il ne souriait que très rarement.

Désespérée, Abby voyait le temps filer à une vitesse incroyable. Lundi et mardi, les témoins de la partie civile défileraient. Puis le juge décréterait la suspension de séance nécessaire aux délibérations du jury. Selon toute vraisemblance, le procès pourrait se terminer jeudi.

Ensuite, que se passerait-il ? Ses yeux se remplissaient de larmes dès qu'elle se posait la question. *Que se passerait-il ?*

– Est-ce que Sean sera là, dimanche ?

Arrachée à ses ruminations, pour le moins moroses, Abby sursauta.

– Je te demande pardon ?

Ben s'était planté devant elle, mains au fond des poches.

– Ma question est : as-tu invité Sean dimanche ?

En raison de la longueur du procès, et de la pression émotionnelle subie par les jurés, le juge avait en effet décrété un droit de visite exceptionnel pour le dimanche après-midi. De deux heures maximum. A l'auberge. Il avait également édicté des règles très précises quant à l'événement. Seuls la famille immédiate ou, dans le cas des célibataires, un ami proche étaient autorisés à venir. Tous se rencontreraient dans le salon, sous la garde d'un détachement supplémentaire de policiers. Lesquels policiers s'assureraient que personne ne discutait du procès ou des débats.

Abby dévisagea Ben.

– Sean ? Ah oui... dimanche.

Il avait l'air si froid, si distant. Elle reprit :

– Oui... Euh, oui. Il doit venir.

– Très bien, grommela-t-il avant de tourner les talons pour repartir dans l'autre sens.

La laissant plus malheureuse que jamais.

Oui, elle inviterait Sean. Ne serait-ce que pour éviter de penser à Ben. Et puis, de toute façon, Alexandra serait certainement de la partie.

S'il fut un après-midi inoubliable, c'était bien celui-là. Plus féminine que jamais, dans une jupe paysanne et un corsage en dentelles, Abby descendit au salon de bonne heure. Elle avait envie de rencontrer les familles de tous ceux qu'elle avait appris à connaître.

Il régnait dans la pièce une atmosphère des plus joyeuses, comparée aux deux semaines et demie écoulées. Tous s'embrassaient comme du bon pain, souriaient ou riaient à gorge déployée, et ce devant un buffet somptueusement garni.

Ignorant consciencieusement son appréhension, Abby allait de groupe en groupe. En fin de compte, peut-être cette ambiance de fête était-elle de bon augure. Elle chercha Ben des yeux. Pas de Ben. Il n'était pas encore arrivé. Autre bon présage ? Il n'avait peut-être pas invité Alexandra, après tout ! Mais alors, pourquoi diable avait-elle invité Sean ? Elle ne tenait pas *spécialement* à le voir...

Patsy, bien entendu, attendait Bud. Radieuse, elle apparut à la porte du salon, main dans la main avec son fondu de ski. Un bien beau fondu. Le souffle coupé, incapable de détacher son regard du jeune homme, Abby se raidit. Il était, sans aucun doute, aussi beau que l'avait prétendu Patsy. Seulement il avait également un air terriblement, mais alors terriblement familier...

Lorsqu'ils s'arrêtèrent devant Abby, Patsy arborait un sourire aussi admiratif que réticent.

– Je n'arrive pas à y croire, murmura Abby en hochant la tête, ahurie.

Son amie lui décocha un clin d'œil.

– Abby, je te présente Bud. Bud, c'est l'amie dont je t'ai parlé.

Bud tendit une main vers elle, un immense sourire sur les lèvres.

– Comment vas-tu, Abby ?

Puis il reprit, feignant la surprise :

– Dis-moi, on ne s'est pas déjà rencontrés quelque part ?

– Ce type est un vrai caméléon, Patsy, lança Abby en riant. Mais est-ce Bud... ou Peter ?

Il lui avait fallu une bonne minute pour le reconnaître, sans son équipement de randonnée. Et, bien sûr, ce fameux soir au pavillon de chasse, et cet autre au cinéma... dont elle n'avait pu distinguer les traits.

– Peter junior, plus connu sous le surnom de Bud, se présenta-t-il.

– Montagnard... policier... cuisinier... tu as tous les talents !

– C'est bien mon opinion ! s'exclama une Patsy rayonnante.

Elle passa un bras autour de la taille de son petit ami et tous deux s'éloignèrent à la recherche d'un coin tranquille.

Cependant, Abby ne s'aperçut pas de leur départ. Sean venait de se matérialiser à l'entrée du salon, flanqué d'une blonde incroyablement attirante. Blonde dont l'identité lui fut confirmée par la soudaine apparition de Ben. C'est à cet instant que l'après-midi commença à se détériorer irrémédiablement.

Abby étreignit Sean. Ou était-ce le contraire ? Ben étreignit Alexandra. Ou était-ce le contraire ? Les présentations furent faites... et ils restèrent là. Tous les quatre. A discuter de l'auberge, du temps qu'il faisait, des couleurs de l'automne et du championnat de base-ball. Ben ne fit rien pour laisser Abby en tête à tête avec Sean. Abby n'avait nulle intention de laisser Ben en compagnie d'Alexandra. Ils furent quatre à se diriger vers le buffet dressé par les Abbott. Ils furent toujours quatre à dévorer de bon appétit les mets succulents. Ils furent encore quatre à saluer les autres convives quand ils s'arrêtaient à leur hauteur.

Abby n'avait aucune idée de ce qu'elle avait bien pu

204

débiter. Encore moins de ce qu'avaient raconté les autres. Une seule chose était claire : le sourire qu'elle avait plaqué sur son visage commençait sérieusement à lui ankyloser les mâchoires... Ou plutôt deux : Ben semblait s'amuser prodigieusement. Elle dut également en admettre une troisième : Alexandra et lui formaient *réellement* un couple magnifique. Et Alexandra ne le quittait pas d'une semelle.

Moralité : elle était à la fois embrouillée, ennuyée, fatiguée et frustrée. Et se sentit soulagée lorsque les policiers passèrent de groupe en groupe pour signifier aux invités la fin de la visite. Sean déposa un baiser léger sur la joue d'Abby. Ben déposa un baiser léger sur la joue d'Alexandra. Sean et Ben se serrèrent la main. Alexandra et Abby échangèrent un au revoir poli. Finalement, et ainsi qu'ils étaient arrivés, Sean et Alexandra repartirent ensemble.

Alors, seulement alors, Abby se tourna vers Ben. Et le regarda.

8

Ben la dévisagea longuement.

– Qu'y a-t-il, Abby ? Où est passé ton sourire ?

– Je me posais la même question à propos du tien, justement ! Pour un type qui ne fait que clamer haut et fort qu'il n'y a rien que de très innocent entre Alexandra et lui, tu as sorti le grand jeu, côté charme !

Sous la poussée d'une crise de jalousie, son pouls s'accéléra brutalement.

– J'étais content de voir Alexandra. Un homme a besoin d'encouragements, de temps à autre, aboya-t-il plus qu'il ne répondit.

Mais Abby, bien trop occupée à se vautrer dans sa douleur, n'y prit pas garde.

– Et tu t'es régalé ! Ou plutôt vous vous êtes régalés, Sean et toi ! Si tu crois que je n'ai pas vu la manière dont *lui* la regardait...

Sa mâchoire se crispa.

– De qui te moques-tu ? Il ne t'a pas lâchée des yeux ! Et ce qu'il avait en tête était plus qu'évident...

La pièce était bien calme, tout à coup. Si les autres faisaient semblant de regarder ailleurs, ils ne perdaient pas une miette dc l'altercation. Brusquement, Ben empoigna Abby par la main.

– Fichons le camp d'ici, grinça-t-il.

Avant que la jeune femme puisse réagir, il l'avait entraînée hors du salon.

Mais lorsqu'elle se reprit enfin, ce fut avec colère.

– Mais que crois-tu être en train de faire ?

Ils étaient arrivés en bas de l'escalier. Ben entama son ascension, la remorquant toujours derrière lui.

– Quelque chose dont j'aurais dû m'occuper depuis fort longtemps, grogna-t-il.

– Ben, tu me fais mal !

Elle tenta de se dégager. Il resserra l'étreinte de ses doigts autour des siens. Avant d'allonger le pas. Elle devait courir pour rester à sa hauteur.

– Ben !

– Il est grand temps de mettre tout cela au clair. Tu as poussé suffisamment loin ton petit jeu !

– Quel petit jeu ? Mais de quoi parles-tu ?

Ils avaient atteint le premier étage. Et Ben ne faisait pas mine de s'arrêter.

– Le petit jeu d'allumeuse auquel tu t'adonnes, Abby. Tu me fais vivre en enfer depuis deux semaines... et j'ai comme dans l'idée que tu as fait de même avec ton Sean.

– Moi, une allumeuse ? Ben !...

Autant s'adresser à un mur. Au deuxième étage, elle fut propulsée le long du couloir. Non, pas jusqu'à la porte de sa chambre, mais jusqu'à celle de sa chambre *à lui*. Il la poussa à l'intérieur, claqua la porte puis la verrouilla. Alors il pivota, s'adossa nonchalamment au chambranle et lentement, très lentement, la détailla longuement. De haut en bas. Point ne fut besoin de préciser à Abby ce que *lui* avait en tête.

– Ben...

Légèrement hors d'haleine après le marathon qu'il lui avait fait mener, elle l'exhorta d'une voix haletante :

– Laisse-moi partir.

– Oh que non, Abby ! L'heure de vérité a désormais sonné.

Elle secoua la tête, faisant voler ses cheveux autour de ses épaules.

– Non. Tu es en rogne. Et tu ne sais plus ce que tu fais.

D'une main, il dénoua paresseusement sa cravate et l'enleva.

– Je sais très exactement ce que je fais... et il est grand temps pour moi de m'y mettre.

La cravate atterrit sur la moquette. Il fit un pas en avant et, d'un coup d'épaule, se débarrassa de sa veste. Qui, elle, s'affala sur le dossier d'une chaise. Abby recula d'un pas.

– Ben, s'il te plaît... on peut parler...

– Non ! C'est déjà fait. Et j'en suis sorti à chaque fois encore plus frustré.

Il entreprit de s'attaquer aux boutons de sa chemise. La bouche d'Abby entreprit de s'assécher aussitôt.

– Frustré ? murmura-t-elle, d'une voix rauque. C'est à cause de ça ? De *ta* frustration ?

– Et pourquoi pas ? Selon toute apparence, je suis le seul à avoir ce genre de problème. Pas toi. Tu te contentes de passer à côté de la vie. Eh bien, Sean ne s'est peut-être pas montré assez viril avec toi, mais je ne suis pas fait de ce bois-là.

Il tira sur les pans de sa chemise, les extirpa hors de la ceinture de son pantalon, et l'ouvrit prestement. Abby cessa de respirer, elle avait l'impression que cette poitrine large et puissante lui intimait de s'approcher. Elle l'avait simplement aperçue, le fameux jour où il était allé nager, au pavillon de chasse. Elle était, à présent, à quelques centimètres d'elle. Légèrement hâlée et recouverte d'une toison fauve qui descendait très bas. Lorsqu'elle serra les poings, ses ongles entrèrent dans ses paumes.

– Tu as tort, se défendit-elle. C'est toi qui m'as repoussée, la nuit où je t'ai demandé...

La chemise de Ben rejoignit sa veste sur la chaise.

– C'était une aberration. Qui ne se reproduira plus. J'en ai assez de te frôler, de te sentir si proche de moi, de te désirer... sans te posséder. Ça suffit.

Ses mains entreprirent de déboucler sa ceinture. Puis s'arrêtèrent. Fascinée, Abby dut faire un effort pour le regarder dans les yeux. Ils brillaient tel de l'argent pur. Un anneau plus foncé cernait les pupilles dilatées.

– Que se passe-t-il, Abby ? ironisa-t-il, un sourire carnassier étirant sa bouche. Plus de contestation ? Pas de prières, aujourd'hui ?

Elle le désirait. Oh oui ! elle le désirait. De toute son âme. Mais pas de cette façon. Lorsqu'elle fila vers la porte, Ben n'eut qu'à étendre un bras et l'enrouler autour de sa taille pour l'arrêter dans son élan. Il l'attira contre lui.

– Oh non ! tu ne vas pas t'enfuir. Tu as peut-être pu esquiver les avances de Sean en acceptant de faire partie de ce jury mais tu ne m'échapperas pas aussi facilement.

– Ben... s'il te plaît...

Sans qu'elle puisse les retenir, ses mains se retrouvèrent plaquées sur la poitrine de Ben. Ces coquines, ou plutôt ces traîtresses étaient torturées par une envie dévorante : explorer le corps tiède et viril. Ses genoux flageolaient, son cœur dansait la sarabande. Etre aussi proche de lui était ce qu'elle désirait le plus... enfin, presque.

– S'il te plaît quoi, mon bébé ? demanda-t-il, un soupçon de cette tendresse, qui la faisait fondre, dans la voix.

Qu'elle adorait. Qu'elle aimait. Oui. Le doute n'existait plus.

– S'il te plaît... pas la colère... murmura-t-elle.

Son corps tout entier semblait renaître à la vie sous les mains qui la caressaient lentement.

– Tout mais pas ça...

Ses doigts se refermèrent sur la toison douce de la poitrine...

Ben perçut tout ce qui se passait en elle. Et sut qu'elle ne le combattrait plus. Lorsqu'il inclina la tête pour l'embrasser, elle lui offrit ses lèvres entrouvertes. Elle lui offrit l'intimité de sa bouche. Elle lui offrit le feu liquide de sa langue. Elle s'offrit tout entière avec une telle confiance que sa colère s'effaça. Lorsque, une éternité plus tard, il détacha ses lèvres des siennes et la regarda, elle reconnut sur son visage cette expression qui l'avait déjà bouleversée.

– Je ne peux rien te promettre...

– Je le sais.

– Tu resteras quand même avec moi ?

Pour toujours... s'il voulait bien d'elle.

– Oui.

Seul un vestige de prudence maintenait ferme le regard de Ben. Sa voix, quant à elle, était lourde. Et basse.

– Alors dis-moi ce que tu veux, Abby. Dis-le-moi maintenant.

Elle aurait dû prendre cette décision bien plus tôt.

211

Dû s'avouer qu'elle l'aimait. Dû l'accepter... même si lui ne le pouvait pas. Cela n'avait vraiment pas d'importance, n'est-ce pas ? Elle allait avoir de si beaux souvenirs à revivre... à chérir...

Lorsqu'elle les posa sur la courbe douce et musclée de ses épaules, ses doigts tremblaient.

– Fais-moi l'amour, Ben, murmura-t-elle. Je veux... je *te* veux...

Elle pressa ses lèvres contre sa poitrine. Yeux fermés, elle savoura son goût et fit courir sa bouche sur la surface mate qui se soulevait par à-coups sous la respiration saccadée de Ben. Ses mains l'explorèrent, avides de connaître chaque centimètre de ce corps ferme.

Avec un grognement étouffé, il releva sa tête et l'embrassa doucement. Cette fois, elle lui rendit son baiser avec ferveur. Elle laissa vagabonder ses mains sur le dos puissant, ravie de sentir la souplesse des muscles sous ses doigts. Mais elle voulait beaucoup plus. Et, lorsque les caresses de Ben se firent pressantes et hardies, elle sut qu'il n'y aurait plus de retour en arrière.

Il dévora sa bouche d'un baiser enivrant. Elle se débrouilla pour atteindre les boutons de son corsage et les détacha. Il chercha lourdement son souffle. Puis ses mains impatientes recouvrirent celles d'Abby. Le chemisier ne tarda pas à rejoindre ses vêtements, quelque part sur la moquette.

– Ahhh... mon bébé... grogna-t-il en l'attirant tout contre lui, ses mains plaquées contre ses reins.

Le corps de la jeune femme était en feu. Et le centre du brasier faisait face à celui de Ben. Collé contre son ventre.

Soudain, il n'y eut plus de temps à perdre. Ben la

débarrassa de son soutien-gorge, avant de s'attaquer à la fermeture de la jupe. Pendant ce temps-là, Abby entreprit de le débarrasser de son pantalon. Saisis de frénésie, ils n'avaient plus qu'une hâte désormais. Se serrer l'un contre l'autre... sans la moindre once de tissu pour les séparer.

Lorsqu'ils furent, enfin, complètement nus, Ben la souleva entre ses bras. Elle nicha sa tête au creux de son épaule et enroula ses bras autour de son cou. Il l'étendit tendrement sur le lit, s'allongea sur elle, et tenant ses mains plaquées sur le couvre-lit, il la contempla.

Et, malgré toutes les mises en garde qu'il lui avait claironnées, ses yeux étaient aussi lumineux qu'aimants. Dans ce regard, elle lut tout, absolument tout ce dont elle avait rêvé. Le moment était venu. Maintenant. Le corps vibrant de bonheur, elle sut que la joie limpide qui l'envahissait relevait de la passion la plus pure. Que ne venait plus entacher un autre monde, celui où doutes, explications et justifications régnaient en maîtres. Que ce à quoi elle s'abandonnait soit sage, juste ou imprudent, elle n'en avait cure. Une seule pensée l'occupait : elle voulait aller jusqu'au bout.

Il se souleva légèrement, et elle se cambra vers lui. Il sourit. Puis lâcha, dans un gémissement :

– Abby... oh, Abby !... j'ai attendu si longtemps...

Ses épaules, si larges, écrasaient les siennes. Ses hanches la pressaient avec ferveur.

– Je sais, murmura-t-elle.

Le contact de sa peau tiède contre la sienne l'affolait.

– Serre-moi, Ben. Serre-moi fort...

Libérant ses mains, il glissa un bras sous elle et la souleva. Puis, la tenant toujours serrée, il s'assit sur ses talons. Comme si là était, de toute éternité, leur place, elle enroula ses jambes autour de ses hanches. Alors il la fit lentement descendre sur lui.

Un long gémissement lui échappa. Jamais encore elle n'avait connu sensation aussi merveilleuse que cette vie chaude et dure en elle.

Ben resserra convulsivement ses bras autour de sa taille.

– Oh, oui ! mon bébé... j'en ai tant rêvé... toutes ces nuits solitaires...

– Ben... oh, Ben ! c'est si bon...

Il émit un grognement sourd, animal, avant de reprendre ses lèvres en un baiser passionné. Un baiser rempli des promesses qu'il n'avait pas formulées. Puis il commença lentement à bouger les hanches. L'intensité du plaisir arracha un cri à Abby. Elle avait toujours aussi peur, mais elle acceptait enfin de déposer les armes.

Son souffle se fit court, désordonné, haletant, des langues de feu la consumaient. Les mains de Ben tenaient fermement ses hanches. Ses bras à elle se nouèrent convulsivement autour de son cou. A chaque poussée, leurs corps se caressaient. Ses seins gonflés, ses mamelons érigés frôlaient la poitrine à la toison voluptueuse. Son ventre se collait au sien. Ses cuisses enserraient ses hanches. Le rythme s'accéléra soudain. Alors Ben, incapable d'attendre plus longtemps, l'allongea sur le lit. Et s'enfonça plus profondément en elle. Encore. Et encore. L'envoyant plus haut à chaque poussée. Elle cria son prénom en approchant des cimes de l'extase. Une extase inouïe. Son corps semblait sur le point d'exploser, son esprit de se désintégrer en atteignant le pays merveilleux du plaisir.

– Tout va bien, mon bébé... haleta-t-il, la voix rauque. Laisse-le venir...

Et il arriva avec tant de force qu'Abby en eut la respiration coupée. Le temps s'arrêta. Puis explosa son plaisir, véritable raz-de-marée qui, de vague en vague, la transporta très loin vers le large. Aveuglée par sa splendeur, elle ne pouvait distinguer les spasmes qui agitaient son corps de ceux qui émanaient de celui de Ben. Parcourue d'infinis frissons, elle lutta pour retrouver son souffle. Incapable de penser, elle ne pouvait que s'accrocher à cet homme qui venait de l'emporter dans un monde de délices.

Puis, inévitablement, la conscience reprit ses droits. Toujours étendu sur elle, Ben posa sa tête au creux de son épaule. Il reprenait graduellement pied dans la réalité, peu à peu le rythme de son cœur s'apaisait.

Abby caressa son dos humide de sueur. Puis glissa une main dans ses cheveux et se serra contre lui. Jamais elle ne s'était sentie aussi comblée. Seules deux choses auraient pu la rendre plus heureuse. Lui avouer son amour... et l'entendre lui proclamer le sien.

Lorsqu'il tourna son visage sur l'oreiller, elle desserra son étreinte. Son front posé contre sa tempe, elle laissa sa tête retomber près de la sienne. Sentant son regard posé sur elle, elle chercha ses yeux.

– Pardonne-moi, mon bébé, je n'ai pas pu attendre plus longtemps. Est-ce que je t'ai fait mal ?

– Bien sûr que non, murmura-t-elle.

Je t'aime.

– Je te désirais tellement.

Il s'allongea à côté d'elle, une jambe possessivement glissée entre les siennes. Il effleura sa joue et repoussa une mèche de cheveux qui masquait ses yeux. Ses gestes étaient infiniment tendres.

– Je ne pensais pas toutes ces choses que je t'ai dites, Abby. J'étais furieux.

– Je sais.

Il l'embrassa, très doucement, et exhala un long soupir. Le silence se fit, tendre épilogue à leur étreinte. Ecoutant son souffle égal, près de son oreille, Abby émit un souhait silencieux. Rester ainsi à jamais. Yeux clos, elle se prélassait dans la félicité la plus absolue.

– Il n'empêche que Sean a l'air d'un type relativement sympa.

La voix de Ben n'était plus que murmure.

– Il l'est... Idem pour Alexandra.

– Je suppose. Je crois que je n'ai pas entendu un seul des mots qu'elle a prononcés.

Abby le gratifia d'un léger coup de coude.

– Mais si. Tu étais gaga devant elle.

– Le mot juste serait plutôt obsédé. Mais pas par elle. J'étais bien trop occupé à me concentrer sur toi... sur toi et Sean.

– Jaloux ?

– En un mot, oui.

– Eh bien... si ça peut te consoler, tu n'étais pas le seul.

– Tu veux dire que Sean l'était aussi ?

– Je veux dire que *moi aussi*, j'étais jalouse. Quant à Sean, il n'a paru rien remarquer d'anormal.

Elle fronça les sourcils.

– En fait, il était ravi de repartir en compagnie d'Alexandra.

Elle le regarda d'un air taquin.

– Est-ce que ça t'ennuie ?

– Au contraire, il est fort bienvenu. Alexandra ne m'intéresse absolument pas.

Donc, pas de fantasme aux yeux verts. Abby, rassurée, essaya d'imaginer Sean et Alexandra ensemble. Elle gloussa.

216

– Ce serait vraiment drôle... s'ils décidaient de se revoir.

– Presque aussi drôle que notre propre rencontre, murmura-t-il.

« Drôle » ne faisait pas partie des mots qui lui venaient à l'esprit quand elle se triturait les méninges pour parvenir à comprendre ce qui lui arrivait. Elle avait surtout trouvé des qualificatifs tels que « bizarre », ou « irréel », ou encore « absurde ». Même maintenant, elle avait du mal à réaliser qu'elle était là, couchée et nue, à côté de Ben. Tomber amoureuse de lui, se donner à lui avec autant d'ardeur défiait le bon sens.

Une caresse chaude et humide entre ses seins la fit sursauter.

– Oh !

Alertée, elle baissa les yeux, la langue de Ben entreprenait sur sa peau chaude un doux périple.

– Qu'est-ce que tu fais ?

– Qu'en penses-tu ?

Il sourit en s'allongeant sur le côté.

– Je... je pensais à quelque chose.

– Ah oui !

Sa main se posa sur sa taille. Puis remonta paresseusement plus haut.

– Mais c'est contraire aux règles.

– Quelles règles ?

– Pas de réflexion en dehors du tribunal.

– Cela ne *fait pas* partie des règles !

– Maintenant, si. Appelons ça la loi Wyeth.

Ses doigts tracèrent lentement le contour d'un sein avant d'en effleurer le mamelon. Effet immédiat. Son bout se raidit.

– Que fais-tu, Ben ? souffla-t-elle d'une voix rauque.

Il suivit attentivement le jeu de ses doigts.

– Je n'ai pas eu l'occasion de vraiment te regarder, tout cela est arrivé si vite.

Ses mains exploraient les courbes de sa taille, de ses hanches. Puis elles glissèrent sur la peau soyeuse de son ventre, et remontèrent vers l'autre sein.

Au grand étonnement d'Abby, la soif qu'elle croyait apaisée ne l'était plus du tout. Une douce chaleur envahit à nouveau son corps frémissant. Lorsqu'il agaça de son pouce un mamelon érigé, elle gémit. Lorsque sa bouche prit la place du pouce, Abby se colla contre lui.

Il avait raison. La loi Wyeth. Pensée interdite. N'être plus que sensations. Jouissance. Amour.

Remontant lentement vers sa gorge, sa bouche déposa sur sa peau un chapelet de baisers brûlants. Ses lèvres goûtèrent ses paupières, ses joues, la tendre courbe de son menton avant de revenir à sa bouche pour un baiser passionné.

Les doigts d'Abby la démangeaient. Après tout, elle non plus n'avait pas eu l'occasion d'explorer son corps. Lorsqu'il releva la tête en poussant un sourd grognement de plaisir, elle pivota vers lui et entreprit de caresser tendrement les mamelons de sa poitrine, provoquant leur érection.

– Qu'est-ce que tu fabriques ? grogna-t-il doucement.

– La même chose que toi. Je veux connaître tout de toi, moi aussi.

– Quoi par exemple ?

– Ce que tu ressens... partout...

Sous sa caresse, la respiration de Ben se fit plus rapide. Mais la jeune femme était bien trop fascinée par la peau douce de ses hanches pour s'y attarder. Ses mains explorèrent sa taille, remontèrent vers l'attache du bras avant de redescendre.

218

– Je ne suis *pas* une allumeuse, souffla-t-elle, en réponse à l'accusation qu'il avait formulée à son encontre. Et je n'avais pas conscience de jouer un jeu.

D'une main légère, elle effleura sa cuisse.

– Peut-être pas, souffla-t-il. Mais si tu ne joues pas maintenant, je veux bien être pendu.

Elle planta son regard dans le sien, soudain sérieuse.

– Ce n'est pas un jeu, Ben.

Je t'aime.

Il redevint lui aussi sérieux. Comme s'il avait entendu les mots qu'elle avait formulés en son for intérieur. Un éclair traversa son regard. S'il avait des pensées à partager, lui aussi choisit de les taire. Seul un juron étouffé trahit son émotion.

– J'en arrive presque à éprouver de la compassion pour Derek Bradley, lança-t-il d'une voix rauque. Si c'est d'aliénation mentale dont nous parlons, il n'est pas le seul à souffrir de cette maladie. Peut-être est-ce contagieux.

– Non.

– Alors comment expliques-tu ce que nous sommes en train de faire ?

Abby dessina un réseau de lignes invisibles, signes d'amour sur son ventre et sa poitrine.

– C'est *toi* qui connais les réponses. Et les règles. A propos, où donc est passée la loi Wyeth ?

– La loi Wyeth...

Il s'éclaircit la gorge et elle fit redescendre sa main le long de son corps.

– Tu as raison. La loi Wyeth.

Puis il prit ses lèvres en un baiser propre à éradiquer toute pensée intruse.

Une fois de plus s'ouvrit le monde des sensations. Un monde brûlant. Un monde de frissons. Les mains de Ben sur ses seins. Sur son ventre. Puis plus bas. Les siennes, à elle, le cherchant. Le caressant. Faisant monter le désir de Ben jusqu'à la frénésie. Ses mains à lui la découvrant, fouillant ses cuisses ouvertes. Son corps à elle, se cabrant sous son assaut. Des émotions. Si fortes qu'elle crut qu'elle allait en mourir.

Il prenait tout son temps. Reculant sans cesse l'instant ultime. Excitant tous ses sens, un peu comme s'il voulait la punir. Lorsque, enfin, il arrondit ses mains autour des fesses et l'attira à lui, elle replongea dans la jouissance exquise que lui seul savait lui offrir.

Anéantis par la force du plaisir, épuisés par l'intensité des émotions qui les avaient submergés, ils s'endormirent dans les bras l'un de l'autre. Se réveillèrent pour sauter à pieds joints sous la douche – ensemble – et s'habillèrent pour dîner. Ils regagnèrent la chambre le dessert à peine avalé, et firent à nouveau l'amour.

Ils ne tentaient plus de réfléchir à ce qui leur arrivait. Non. Ils s'aimaient éperdument, faisant fi de toute logique. Et Abby se laissa emporter, s'abandonna à une pulsion plus puissante que la raison. Le temps de la réflexion viendrait... plus tard.

Le lundi matin, la partie civile entama sa contre-offensive. Elle appela à la barre ses propres experts – des psychiatres – dans le but de réfuter la version de la défense. Et de prouver que Derek Bradley n'avait nullement été sujet à un accès de folie passagère qui l'avait amené à enlever Greta. Les débats prenaient un tel tour que la jeune femme ne savait plus qui elle devait croire.

Elle se rappela le premier jour du procès, au cours duquel la partie civile avait exposé sa version des faits.

Tout alors lui avait semblé si simple. A présent, tout lui posait problème dès qu'elle regardait le prévenu, elle revivait les dépositions des témoins les plus émouvantes. Aussi bien en sa faveur que contre.

Assis dans le box des accusés, l'accusé affichait une parfaite maîtrise de lui, associée à une intense concentration. Mais alors, pourquoi donc n'arrivait-elle pas, *elle*, à se concentrer ? Mais non. Le moindre mouvement qu'il faisait – une jambe, un bras ou une main – la ramenait immanquablement à une autre jambe, longue et nue, enroulée autour des siennes. Un autre bras, puissant et chaud, soutenant sa tête. Une autre main, si incroyablement tendre, qui attisait son désir.

Déchirée, elle avait l'impression d'être fragmentée, en trois parties. Une Abigail Barnes siégeait dans ce tribunal et s'apprêtait à délibérer en compagnie de onze jurés. Une autre Abigail Barnes rentrerait bientôt chez elle et retournerait à son travail et à ses amis. Enfin, une troisième Abigail Barnes passait désormais toutes ses nuits avec Benjamin J. Wyeth.

Nuits glorieuses, nuits de passion au cours desquelles Abby refusait de penser à autre chose qu'à cet homme magnifique avec elle. A côté d'elle. En elle.

Mais la montée de cette tension était également imputable au procès. Les dernières plaidoiries furent prononcées le mercredi matin. Les avocats de la défense récapitulèrent brièvement les faits puis – en une ardente supplique – implorèrent la clémence du jury. Une impulsion irrésistible. Derek Bradley avait agi sous le coup d'une impulsion irrésistible. Il avait perdu tout contrôle sur lui.

Quant à la partie civile, dans un ultime plaidoyer elle tenta de convaincre ce même jury de la justesse de ses positions. Raison. Vilenie. Vengeance. L'enlèvement de

Greta Robinson perpétré par Derek Bradley avait été un acte délibéré et prémédité. Le coupable devait être châtié. La société protégée. La justice rendue.

Ce fut en milieu d'après-midi que le juge remit le sort de l'accusé entre les mains du jury. D'une voix solennelle, il détailla une dernière fois les spécificités de leur fonction et souligna l'importance de l'opinion de chacun des jurés. Son discours était la dernière étape avant les délibérations finales.

Jamais Abby ne s'était sentie aussi sous pression. Maintenant, c'était à eux de décider de la culpabilité... ou de l'innocence du prévenu. Ils avaient entendu les avocats. Ils avaient entendu les témoins. Ils avaient entendu le juge. Ils devaient maintenant, en leur âme et conscience, rendre leurs conclusions.

Son estomac se noua lorsqu'elle vit les huissiers déposer quatorze papiers pliés en quatre dans une urne. Les noms des jurés. Deux allaient être tirés au sort. Les suppléants. Ils seraient isolés des membres du jury pendant la durée des délibérations. Mais ils resteraient sous bonne garde, en cas d'indisponibilité de l'un ou l'autre d'entre eux.

Ben et elle en avaient discuté maintes et maintes fois. Quelle perspective plus épouvantable que celle de se voir écarté des délibérations, après avoir suivi jour après jour tous les débats ? Perspective éclipsée, dans le cas d'Abby, par une crainte encore plus grande. Si elle avait la malchance d'être désignée comme suppléante, alors le temps à passer avec Ben prendrait bel et bien fin... Mais cela n'arriverait pas. Non. Impossible.

Elle retint sa respiration. On venait de procéder au tirage du premier nom. Joan Storrs. Une femme. Bon, les probabilités laissaient espérer que le second serait celui d'un homme. Mais... son pouls s'emballa. Si c'était Ben ?...

L'huissier plongea une nouvelle fois sa main dans l'urne. C'était...

Abigail Barnes ? Etait-ce bien son nom qu'elle venait d'entendre ? Non, elle ne voulait pas être séparée de Ben ! Incrédule, elle resta figée sur son siège jusqu'à ce que la main de Ben, chaude et ferme, se pose sur la sienne. Elle chercha son regard, les yeux emplis de consternation. Lui en était manifestement aussi désolé qu'elle.

Mais un officier de police attendait déjà Abby pour l'emmener hors du prétoire. Resserrant ses doigts autour des siens, Ben esquissa un mouvement imperceptible de la tête en direction de la porte. Puis lâcha sa main.

Si Abby avait atteint le point culminant de son existence entre les bras de cet homme, elle venait également d'en toucher le fond. Elle ne comprit même pas comment elle parvint à se lever et à quitter le banc des jurés. C'était comme si tout ce qu'elle venait de vivre pendant ces trois semaines volait en éclats.

C'est en somnambule qu'elle descendit l'escalier. En somnambule qu'elle entendit la voix de Joan demander où on les emmenait. Retour à l'auberge. Alors que les autres délibéraient dans la salle réservée à cet effet. Alors que Ben délibérait avec les autres. Ben...

Il ne lui restait qu'à attendre, en s'armant de patience, que le jugement soit prononcé. Une heure. Un jour. Deux. Mais une seule pensée l'occupait. Elle allait être séparée de l'homme qu'elle aimait... Elle dut même déménager dans une autre chambre, au rez-de-chaussée de l'auberge. Loin, très loin des jurés. Et de Ben.

Alors, elle revit les trois semaines écoulées. Et entama ses propres délibérations. Trois semaines. Vraiment ? Tant que cela ? Avec le recul, il lui semblait que les jours avaient filé à la vitesse de l'éclair. Oui, mais Ben faisait partie du paysage alors. Tandis que maintenant... chaque minute s'étirait interminablement.

Qu'allait-il se passer ? Oh, certes, elle s'était souvent posé la question, mais pour mieux l'écarter à chaque fois. Plus moyen, à présent. Elle aimait Ben Wyeth comme elle n'avait jamais aimé aucun autre homme... Et ils allaient incessamment reprendre leurs routes respectives. Lui, après tout, n'avait aucune intention de tomber amoureux.

Désespérée, elle consultait constamment sa montre. Combien de temps les délibérations allaient-elles durer ? Quand reviendraient-ils à l'auberge ? Le procès se terminerait-il aujourd'hui ? Demain ?

Le dîner fut des plus tranquilles, en compagnie de Joan et de Grace — laquelle avait remplacé John, eu égard à leur sexe. A peine capable d'aligner trois mots, Abby ne mangea presque rien. Et le peu de paroles qu'elle émit étaient des plus révélatrices quant à ses préoccupations.

— Vont-ils revenir dîner ici ? demanda-t-elle à Grace en prenant soudain conscience du silence qui régnait dans la salle à manger.

— Ils doivent prendre leur repas au tribunal.

— A quelle heure pensez-vous qu'on va les libérer ?

— Entre 21 et 22 heures, probablement.

— Et alors ?

— S'ils ne sont pas parvenus à se mettre d'accord, les délibérations reprendront demain matin.

— Y a-t-il d'autres personnes là-bas... en dehors d'eux ?

– Oui... à distance.

– Et... le verdict, peut-il être prononcé à n'importe quel moment ?

– C'est possible. Mais peu probable.

– Pourquoi ?

– Le procès était long. Les jurés ont une foule de témoignages à se remémorer... à moins qu'ils n'arrivent à prendre une décision dès le premier tour de scrutin.

– Et quand se déroulera-t-il, ce premier tour ?

– C'est peut-être déjà fait.

Si c'était effectivement le cas, il n'y avait pas eu unanimité. La route qui menait à l'auberge restait désespérément vide. L'entrée déserte. Pas la moindre silhouette à l'horizon, personne ne se dépêchait de remballer ses affaires pour retourner enfin chez lui. A la maison.

La maison. Abby tenta de se représenter la sienne. Et ne vit que solitude. Elle essaya de s'imaginer au bureau. Et ne vit que nécessité. Elle fouilla dans sa mémoire pour voir Sean. Et ne vit rien.

La soirée n'en finissait pas. Plus les heures s'égrenaient, plus Abby se sentait devenir enragée. La déception éprouvée au tribunal avait fait long feu, remplacée par un irrémédiable sentiment de perte. De frustration. De colère. De désespoir. Elle avait beau essayer de se faire une raison, elle n'y arrivait pas.

21 heures sonnèrent, puis s'en furent. 22 heures firent de même. Au bord des larmes, la jeune femme se claquemura dans sa chambre. Elle se contentait d'écouter. Les bruits. Tous les bruits, espérant un signe du retour de ses compagnons. De Ben.

Oui, mais isolée comme elle l'était désormais, elle n'entendait absolument rien. Elle entreprit de faire les cent pas pour calmer sa nervosité. Peine perdue. Elle s'étendit sur le lit. Ce fut pire. Elle prit une douche. Et ne put que se remémorer toutes les fois où Ben et elle s'étaient retrouvés ensemble sous le jet d'eau chaude.

Alors, elle attrapa la chemise de nuit délaissée depuis quelque temps, la revêtit, s'effondra sur un fauteuil proche de la fenêtre et fixa le noir profond de la nuit. Il n'y avait absolument rien à voir. Rien qui puisse retenir ses larmes, qui soudain jaillirent, et tracèrent de lents sillons sur ses joues.

C'est bien après minuit qu'un son traversa le mur de son désespoir. Le bruit du bouton de la porte. Son pouls s'accéléra. La porte s'entrebâilla. Et Ben pénétra dans la chambre. L'espace d'une seconde, ils se regardèrent. Puis elle se jeta dans ses bras.

– Oh, Ben !

Ses larmes jaillirent à nouveau, incontrôlables.

Il n'avait pas la voix très ferme lui non plus.

– Je sais, mon bébé. Je sais...

Pressant sa joue ruisselante contre sa poitrine, il enfouit son visage dans sa chevelure.

– Tout va bien... tout va bien.

Ses larmes semblaient ne plus pouvoir se tarir. Elle n'arrivait ni à les arrêter ni à stopper les tremblements qui parcouraient son corps. Ben la souleva et la déposa sur le lit. Il était enfin là, et c'était la seule chose qui comptait.

Puis, lentement, la chaleur dégagée par le corps de Ben, tel un baume, calma son chagrin. Ses sanglots s'espacèrent peu à peu. Alors leurs lèvres se joignirent. En un baiser si passionné qu'il réactiva instantanément la loi Wyeth.

La chemise de nuit, cette intruse, glissa sur le sol. Ben se déshabilla en un tournemain. Alors il vint à elle.

Et magnifia son corps comme lui seul savait le faire. Tout en Abby lui appartenait, et il savoura cette possession. Il n'y eut pas un centimètre carré de sa peau qu'il ne toucha. Des mains. Des lèvres. De la langue.

Elle s'ouvrit à lui, exprimant la force de son amour par un abandon total à sa passion. Sa passion... la sienne, à elle... plus rien ne les séparait. Et lorsque, enfin, il la pénétra, ils ne furent plus qu'un seul et même être. Tel était leur destin. Ne faire qu'un. Seule leur union avait un sens.

Elle s'acheva trop vite. Un peu avant l'aube, Ben se glissa hors du lit. Elle le regarda s'habiller, une peine infinie au fond des yeux. Sans un mot, il la reprit dans ses bras pour un au revoir silencieux. Une dernière – et déchirante – étreinte. Puis il disparut.

Si la veille avait été un cauchemar, la journée se révéla un véritable supplice.

Il semblait à Abby que c'était elle qui attendait d'être jugée. Un verdict tristement couru d'avance. D'accord, Ben était venu jusqu'à elle, mais le fait qu'il veuille apaiser son angoisse ne prouvait rien. Peut-être même avait-il eu, lui aussi, besoin de réconfort. Après tout, *lui seul* supportait le fardeau du jugement à rendre. Pas elle.

C'était une souffrance infinie. Tout était souffrance. Le procès... la perspective de retourner bientôt chez elle... Ben. Surtout Ben. Il ne voulait pas d'amour. Il ne voulait pas de mariage. D'ici peu, elle le perdrait pour toujours.

La matinée passa sur son désespoir silencieux. L'après-midi, elle crut ne plus pouvoir en supporter davantage. Le temps était un couteau qui la fouaillait. Qui tailladait son cœur.

Puis, tard dans l'après-midi, le signal fut enfin donné. Les délibérations du jury étaient terminées. A sa grande surprise, Abby découvrit que les suppléants devaient eux aussi écouter la lecture du verdict.

Le cœur battant la chamade, elle rejoignit Joan et Grace pour un dernier voyage de l'auberge au tribunal. Les jambes en coton, elle gagna le premier étage du palais de justice et passa les immenses portes capitonnées de cuir.

La tension, à son comble dans le prétoire, lui sauta au visage telle une bouffée brûlante. La salle était bourrée à craquer. Tous ceux qui n'avaient pu trouver une place assise s'entassaient le long des murs. Visiblement tendus, tous attendaient l'apparition du jury et des juges.

Abby était installée juste en face des jurés. Elle jeta un coup d'œil au prévenu, dont la pâleur reflétait son intense anxiété. Elle ressentit presque un sentiment de compassion pour lui, à l'idée que son existence était en train de basculer... et probablement pour le pire...

Puis enfin les portes s'ouvrirent et les jurés pénétrèrent un par un dans le prétoire. Tous arboraient un visage grave. Tous avaient le regard fixe. A n'en pas douter, ils venaient eux aussi de traverser des moments difficiles.

Ben affichait un visage impénétrable. Il se tenait excessivement droit. Ses yeux rencontrèrent un instant – un instant seulement – ceux de la jeune femme, et lui lancèrent un message : lui aussi arrivait au bout de l'épreuve. Cœur battant, elle le regarda se diriger vers sa place et s'asseoir parmi ses pairs.

Puis l'huissier frappa sur le gong. Toute la salle se

leva. Les magistrats firent leur entrée. Toute la salle se rassit. Le juge s'adressa aux jurés :

– Avez-vous rendu votre verdict ?

Bernie Langenbach, leur porte-parole, se leva, un papier à la main.

– Oui, Votre Honneur.

– Huissier, veuillez nous en donner lecture.

L'homme en uniforme s'approcha de Bernie, prit la feuille et la déplia. Abby retint sa respiration.

– Le prévenu, Derek Bradley, est déclaré... coupable.

Coupable des deux chefs d'inculpation. Tétanisée, Abby sentit son cœur s'emballer. Aurait-elle voté coupable elle aussi, si elle avait pu participer aux délibérations ? Aurait-elle partagé l'opinion des autres et estimé que Derek Bradley avait en agi en toute connaissance de cause, et non sous l'emprise d'une impulsion irrésistible, comme le prétendaient ses avocats ?

En d'autres temps, la réponse aurait été simple. Les êtres humains sont des créatures douées de raison. Elle l'était. Ben l'était. Oui, mais... n'avaient-ils pas, *eux* aussi, agi sous l'emprise d'une impulsion irrésistible ?

Assommée, elle prit à peine garde au brouhaha qui éclata dans le prétoire. Encore moins au départ des juges. Elle ne réagit que lorsque Grace lui toucha le bras pour l'aviser que les jurés allaient repartir une dernière fois pour l'auberge. D'ailleurs, ils avaient déjà quitté la salle.

Si la jeune femme croyait avoir épuisé sa réserve de larmes la nuit précédente, elle en fut pour ses frais. A son grand dam, ses yeux menaçaient à nouveau de se transformer en torrents, et elle eut besoin de toute sa détermination pour refouler la montée des eaux.

Comme si Grace avait été consciente de sa détresse,

elle la maintenait fermement par le coude. La salle du tribunal semblait s'être transformée en criée. Des spectateurs allaient et venaient à grands pas en échangeant leurs commentaires. A moins qu'ils n'attendent tout simplement que les participants au procès aient quitté les lieux pour partir à leur tour.

– Tenez bon, Abby, lui glissa gentiment Grace au creux de l'oreille. Nous y sommes presque.

Elles atteignirent les portes, et se frayèrent un chemin jusqu'à l'escalier abrupt qui menait à la salle des jurés. Là, Grace disparut comme par enchantement. Et Abby se retrouva seule.

C'était dans cette pièce que tout avait commencé. Ici qu'elle avait vu Ben pour la première fois. Oui, mais à l'époque, elle était sûre d'elle et pleine d'entrain. Alors qu'aujourd'hui elle luttait continuellement contre les larmes.

Où était-il ? Elle détailla le petit groupe des jurés. Ben avait disparu ! Etait-il déjà parti ? *Parti ?*

– Abby !

Soudain, elle entendit un bruit de pas précipités derrière elle, Ben attrapa son bras et lui fit faire volte-face. Le souffle court, le visage tendu, l'air extrêmement sérieux.

– Epouse-moi, Abby. Je viens de voir le juge. Il peut nous marier immédiatement.

Les yeux de la jeune femme s'arrondirent comme des soucoupes. Son cœur se mit à battre la charge des Walkyries. Puis, sans s'accorder ne serait-ce qu'une seconde de réflexion, elle hocha la tête en signe d'acceptation.

9

– En vertu des pouvoirs qui me sont conférés par l'Etat du Vermont, je vous déclare mari et femme.

Theodore Hammond referma lentement son livre, dévisagea Ben et hocha pensivement la tête. Voyant qu'il ne bougeait pas, le magistrat haussa un sourcil avant d'émettre un petit « hum hum ». Toujours aucune réaction. Alors il lança un regard plein d'indulgence au jeune marié puis esquissa un discret signe de tête en direction d'Abby.

– Vous pouvez embrasser la mariée, docteur Wyeth.

Alors, seulement alors, Ben parut revenir à la vie.

– Oh... oui !

Il se retourna vers la jeune femme et posa ses lèvres sur les siennes. Elles semblaient être la seule partie vivante de son corps. Il s'y attarda comme hypnotisé. Abby savoura l'instant. Rien d'autre n'était réel. Seul comptait ce baiser.

Lorsqu'ils se séparèrent, le magistrat leur serra à chacun la main et lança d'une voix admirative :

– Je vous félicite, tous les deux. Je dois avouer que c'est une première, pour moi.

Il ajouta malicieusement :

– C'est une belle histoire à raconter à mes petits-enfants.

Puis, pour la première fois depuis qu'ils le connaissaient, cet homme – vivante illustration de l'expression « sérieux comme un juge de paix » – sourit.

– Je vous souhaite beaucoup de bonheur !

Ils se tenaient dans son bureau, situé juste à côté du prétoire désormais vide. En raison des circonstances – pour le moins exceptionnelles – le magistrat les avait exemptés de la période probatoire habituelle et avait consenti à célébrer leur union sur-le-champ. Patsy et Brian avaient accepté d'être leurs témoins.

Le juge se retira. Brian serra la main de Ben et Patsy sauta au cou de son amie.

– Félicitations, Abby ! Je savais que ça marcherait ! lui chuchota-t-elle gaiement à l'oreille. Soyez heureux !

Abby était dans l'incapacité de s'exprimer. Elle n'avait pas émis un seul mot depuis le « oui » nuptial, et guère plus avant. Tout était arrivé si vite qu'elle en restait sans voix. Mais elle avait une belle lumière dans les yeux lorsqu'elle adressa un immense sourire à la jeune femme. Patsy la serra tendrement contre elle, puis céda la place à Brian.

– Félicitations, Abby. Tu as choisi un homme bien.

Là encore, elle ne put que sourire et hocher la tête. Et elle se sentit soulagée quand le bras de Ben s'enroula autour de sa taille. *Quelqu'un* devait prendre les choses en main. Elle, elle en était bien incapable !

– Allons-y, Abby. On a une tonne de trucs à régler.

Suggestion pour le moins peu romantique. Ni particulièrement réconfortante. Mais pratique. L'autobus n'attendait plus qu'eux pour les conduire une toute dernière fois jusqu'à l'auberge. Les Abbott avaient préparé une réception en leur honneur. Tous sablèrent le champagne au bonheur des jeunes mariés, en dégustant du caviar et du brie. Ensuite on amena un énorme gâteau glacé au chocolat, sur lequel était inscrit « Au revoir à tous ».

Les bagages furent bouclés. Les derniers adieux faits. Puis Abby se retrouva installée sur le siège arrière d'un taxi. Seule avec son mari.

Durant quelques secondes interminables, le chauffeur parut être le seul à être capable de fonctionner normalement. Derrière lui, ses clients semblaient frappés de mutisme.

Ben poussa un profond soupir.

— J'ai du mal à croire que tout cela est terminé, lâcha-t-il enfin.

Sans la regarder.

S'il avait l'air embarrassé, Abby ne l'était pas moins.

— Est-ce que... ça a été dur... pour décider du verdict ?

— Suffisamment éprouvant.

Il n'en dit pas plus. Et n'avait manifestement pas l'intention d'en discuter.

— Où allons-nous, en premier ?... Chez toi ou chez moi ?

Il gardait les yeux obstinément fixés sur le paysage, qui s'obscurcissait de plus en plus à mesure que descendait la nuit.

— Chez moi. Nous allons nous accorder un peu de repos. Nous passerons chez toi demain.

— Le verdict va faire la une de tous les journaux. Je dois donner quelques coups de fil. Peut-être devrais-je... prévoir aussi de retourner travailler demain ?

Alors Ben la regarda. Pour la première fois depuis leur départ.

– Non ! Tu peux prendre quand même une journée de liberté, bon sang ! On vient juste de se marier !

Mariés ? Elle n'arrivait pas encore à y croire. Son cerveau était comme engourdi. Il n'était déjà pas évident de revenir à la normale après une interruption de trois semaines. Mais la normale n'existait plus. Et le monde dans lequel elle retournait n'était plus – mais alors plus du tout – celui qu'elle avait quitté, ça, elle ne parvenait toujours pas à l'appréhender.

– Et *toi*, tu vas prendre ta journée ?

– Je vais essayer.

Elle résolut d'attribuer sa brusquerie à la fatigue.

– Et samedi ?

Il lui avait dit donner des cours ce jour-là. Elle aussi d'ailleurs.

– Si je peux.

Là non plus, il ne promettait rien.

Pas de promesses. Abby détourna les yeux. *Aucune* promesse n'avait été faite... en dépit des vœux prononcés dans le bureau du juge. Ce qu'ils venaient de célébrer n'était rien d'autre que l'assurance de rester ensemble. Pour une raison indéterminée, Ben avait refusé de la voir sortir de sa vie. Comme elle-même ne l'aurait pas supporté. Mais, ainsi qu'il l'avait prévenue, la nuit où ils avaient fait l'amour pour la première fois, il ne lui avait rien promis... Et, à présent, il était là à côté d'elle. Son mari. Un inconnu, dans bien des domaines. Un frisson descendit le long de sa colonne vertébrale.

– Tu... ça va ?

Elle pivota vers lui.

– Oui.

– Tu es toute pâle.

– C'est parce que... euh...

Elle essayait de trouver le mot juste.

– ... la journée a été longue.

On pouvait présenter les choses ainsi. Avec la plus totale élégance. Sans que ce soit tout à fait exact. Mais quoi ? Avait-elle envie de qualifier le jour de son mariage – *le jour de son mariage ?* – de cauchemardesque ? Ou de bizarre ? Ou d'absurde ? Ben semblait suffisamment tendu. Point n'était nécessaire d'en rajouter.

– Que vas-tu dire à Sean ?

Elle tressaillit.

– Que je... j'ai encore besoin d'un jour de repos. Il peut se passer de moi jusqu'à lundi.

– Non, je veux parler de *nous*.

Leurs yeux se rencontrèrent. S'accrochèrent l'un à l'autre. Elle perçut comme de la circonspection dans le regard de Ben. Soucieuse de le rassurer, elle répondit très vite :

– Eh bien, je vais lui annoncer que nous nous sommes mariés.

Si incroyable que cela paraisse, c'était pourtant la réalité. Et Sean, plus que tout autre, devait en être averti le plus rapidement possible. Il avait déjà dû apprendre la fin du procès. Et était très certainement en train d'essayer de la joindre au téléphone.

– Il va peut-être te mener la vie dure.

– Je peux m'en accommoder... et il ne peut plus rien y faire.

Car c'était fait. Elle *était* Mme Benjamin J. Wyeth. Peu à peu, l'énormité de la situation traversa son engourdissement. Et la laissa tout ébaubie.

– Regrettes-tu de m'avoir épousé ? demanda-t-il, d'un ton circonspect.

– Si je regrette ? Absolument pas ! Je...

Elle se rattrapa à temps.

– Je... savais parfaitement à quoi je m'engageais.

A peine, oui... mais c'était secondaire ! Elle l'aimait, et seul cela comptait. Pas le fait qu'elle n'avait *absolument pas* réfléchi avant d'accepter d'être sa femme.

– Est-ce que ta famille va être choquée ?

– Il y a des chances. Ils avaient abandonné tout espoir de me voir convoler.

Il sembla se détendre un peu. Et s'accorda même le luxe d'un demi-sourire.

– Et pourquoi donc ? Tu n'as pas franchement...

Il la parcourut d'un regard appréciateur.

– ... dépassé la limite d'âge.

– Non.

Ses lèvres s'incurvèrent légèrement. Elle se sentait tellement mieux lorsqu'il lui accordait toute son attention !

– J'ai dû batailler ferme quand le sujet était remis sur le tapis.

– Ahhh. Ta mère.

Il se rappelait, à présent. Elle en avait parlé, le soir où ils avaient eu leur première dispute.

Elle acquiesça.

– Oui, ma mère. Une fois le choc passé, je te garantis qu'elle va faire les pieds au mur !... et toi ?

Sa voix prit une inflexion taquine.

– Quelles vont être les réactions, sur le campus, quand ils apprendront que le professeur célibataire ne l'est plus ?

– Oh ! je m'attends à une émeute. Pense un peu, toutes ces étudiantes qui m'attendaient après les cours, pour des entretiens très spéciaux...

– Tu te fous de moi, l'interrompit-elle.

– Eh bien... peut-être pas une émeute, alors.

– Qu'est-ce que c'est que ces *étudiantes* ? Tu ne m'as parlé que d'Alexandra. Qui sont ces *étudiantes* ?

– Jalouse ?

– Oui !

Cet homme, elle l'aimait !

Ben surprit le durcissement imperceptible de son expression. Son sourire s'envola. Et son envie de plaisanter.

– Tu n'as aucune raison d'être jalouse. Aujourd'hui, j'ai également fait le vœu de t'être fidèle. Je le respecterai.

– Je sais, répondit-elle doucement.

Elle le croyait. Il était digne de confiance. Car il était de cette race d'hommes à qui on peut se fier. Quant à s'autoriser à l'aimer... c'était une autre paire de manches.

– Et toi, regrettes-tu quelque chose, Ben ?

Il ne répondit pas immédiatement. Ses yeux se perdirent au loin. Ses mains agrippèrent l'accoudoir. Abby attendait. Enfin, il pivota vers elle. Et la regarda.

– Non, Abby. Je ne regrette rien.

Mais pas un mot de plus. La jeune femme brûlait d'envie de lui demander pourquoi il l'avait épousée. Mais en même temps, elle redoutait sa réponse. Allons, mieux vaut ne pas chatouiller le chat qui dort, se raisonna-t-elle.

La nuit était tombée. Autant dire qu'Abby ne vit pas grand-chose lorsqu'ils arrivèrent dans les faubourgs de Quechee. Suivant les indications de Ben, le taxi délaissa la route principale pour s'engager dans une allée privée avant de s'arrêter au sommet d'une déclivité.

Abby réalisa brutalement que cette maison, devant laquelle ils étaient arrêtés, était également *la sienne*, désormais. Conscient de son appréhension, Ben l'aida à sortir du taxi et prit sa main. Et la garda dans la sienne. Ils se dirigèrent vers le perron.

La pâle clarté argentée de la lune nimbait les contours d'une bâtisse moderne plus large que haute. Au premier abord, et malgré l'obscurité, la maison semblait posséder un caractère aussi net, aussi désinvolte que son propriétaire. Moderne, mais en même temps très style grande école.

– L'as-tu fait construire toi-même ?

Il déverrouilla la porte et lâcha sa main pour lui laisser le passage. Puis il actionna l'interrupteur et la lumière jaillit.

– J'en ai moi-même dessiné les plans. J'avais des idées bien précises sur ce que je souhaitais, et la maison de mes rêves n'existait pas en préfabriqué.

– On comprend tout de suite pourquoi ! s'exclama-t-elle, ravie.

L'entrée donnait directement sur un salon spacieux, semi-circulaire, autour duquel s'articulait le reste de la demeure. Avec la précision d'un guide touristique, Ben lui fit d'abord visiter l'aile gauche, autrement dit la salle à manger, la cuisine et la buanderie avant de l'emmener dans l'aile droite. Là étaient situés les chambres, salles de bains et bureaux. Droit devant eux, d'immenses baies vitrées coulissantes donnaient sur...

– Une terrasse et un jardin, précisa Ben en réponse à son regard interrogateur. Si la belle saison durait plus longtemps, j'aurais fait installer une piscine. C'est toujours possible...

Il secoua lentement la tête, une confusion aussi totale que temporaire s'afficha sur son visage.

– *Tout* est possible...

Sa voix s'érailla brusquement. Il s'empressa d'aller récupérer leurs bagages, restés devant la porte.

– Viens. Je vais te montrer ma... pardon, notre chambre.

Elle lui emboîta le pas. Ils étaient mari et femme. Qui aurait pu prévoir une telle chose ? A part quelques défaillances passagères, il se cantonnait dans une attitude des plus réservées. Abby se sentait mal à l'aise. A les voir ainsi, il semblait impossible qu'ils se soient aimés si fougueusement tout au long des nuits précédentes. Impossible qu'ils aient partagé autant de moments de tendresse et de chaleur.

Ben la fit entrer dans la chambre et déposa leurs sacs sur le lit. Il dégagea une place dans les placards pour qu'elle puisse y mettre les quelques affaires qu'elle avait apportées. Ensuite il déballa ses vêtements. Le rangement terminé, il s'excusa et disparut.

Emotionnellement épuisée, Abby se laissa tomber lourdement sur le lit. C'était la première fois qu'elle se retrouvait seule depuis... depuis ce fameux après-midi, avant l'entrée du jury dans le prétoire. Tant d'événements s'étaient succédé ! Elle en perdait le fil...

Elle était la femme de Ben. *Sa femme !* Il le lui avait demandé... elle avait accepté. Comme ça. C'est tout. En fait, elle aurait dû sauter de joie. N'était-elle pas assurée, à présent, de passer sa vie avec lui ? N'était-ce pas ce dont elle avait rêvé ?

Oui, mais alors, pourquoi cette gêne épouvantable entre eux ? Elle aimait Ben. C'était une évidence. Et elle était certaine que Ben éprouvait des sentiments puissants pour elle. Mais de l'amour ? Il ne s'autoriserait pas à l'aimer. Et non seulement il ne se le permettait pas, mais en plus il paraissait malheureux. Et c'était ce qui la chiffonnait le plus.

Incapable de se détendre malgré son épuisement, elle sauta sur ses pieds et gagna la salle de bains, histoire de se rafraîchir un peu. Si les trois semaines précédentes l'avaient arrachée à sa maison et à South Woodstock, elle n'en était pas moins effrayée par la nouveauté de celle-ci. Elle ouvrit l'armoire à pharmacie pour vérifier son contenu – le peigne de Ben, sa brosse à cheveux, son rasoir, sa crème à raser s'y étalaient. Elle contempla *ses* serviettes de toilette, épaisses et moelleuses. Et examina la grande cabine de douche et l'immense baignoire contiguë. *Laquelle* utilisait-il ? Laquelle utiliserait-il *avec elle* ? *Prendraient-ils* une douche, ou un bain, ensemble comme ils l'avaient si hardiment fait à l'auberge, ou séparément ?

Elle se dirigea vers le lavabo, empoigna sa trousse de maquillage et évalua les dégâts. Le miroir lui renvoya l'image d'une jeune femme dont la pâleur et les yeux cernés trahissaient les bouleversements que venait de subir son existence. Bon, pour les bouleversements, rien à faire. Pour la pâleur, un peu de blush sur les joues. Pour les cernes, un peu de fond de teint sous les yeux. Voilà. Elle avait meilleure allure. Enfin, un peu.

Elle saisit une brosse et entreprit de démêler ses cheveux à grands coups. Et ne s'arrêta que lorsque sa chevelure brilla. Un coup d'œil dans la glace ? Encore meilleure allure.

Alors elle baissa les yeux et réordonna les pans de son chemisier à l'intérieur de sa jupe en lainage. Soie crème et laine vert bouteille. Pas franchement une tenue de mariage... mais cela n'avait vraiment aucune importance. Le résultat était le même.

Pensée qui la ramena illico aux événements de l'après-midi. Et anéantit pratiquement tous ses efforts pour paraître sûre d'elle. Son estomac se noua et ses mains commencèrent à trembler. Était-elle *réellement* mariée à Ben ? Ou plutôt, était-elle réellement *mariée* ? Même dans ses rêves les plus fous, elle n'aurait pu imaginer un tel dénouement en quittant sa maison, trois semaines plus tôt. Mariée ! A Ben !... Bizarre !

Lorsqu'elle se décida à quitter la salle de bains, elle était aussi crispée qu'en y pénétrant. Il lui fallait donner quelques coups de fil. Elle n'avait que trop besoin de toucher la réalité du doigt. Peut-être son mariage prendrait-il enfin un sens si elle partageait la nouvelle avec sa famille, ses proches.

Ben était installé derrière son bureau, à quelques pas de la chambre. Ou plutôt, vautré sur une chaise orientée vers la fenêtre, il était à ce point perdu dans ses pensées qu'il n'entendit pas Abby arriver.

– Ben ? appela-t-elle à mi-voix.

Il tressaillit, puis se redressa.

– Excuse-moi. Tu es là depuis longtemps ?

– Non, non. Je me disais juste... il faudrait peut-être que j'appelle mes amis. Ils risquent de se faire du souci en ne me voyant pas rentrer à la maison.

– Oh... oui, bien sûr. Il y a un téléphone dans le petit bureau. Tu y seras tranquille.

– Par ici ?

Elle pointa son doigt vers la gauche. L'ombre d'un sourire effleura les lèvres de Ben.

– Non, par là.

Il pointa son doigt vers la droite.

– Pardon. Je pense que je vais m'y habituer.

– Tu as tout ton temps.

Tout le temps du monde. Elle était dans sa maison. La maison dans laquelle elle allait vivre désormais. Pensée pour le moins aussi terrifiante que celle d'être la femme de Ben. De ses yeux gris, un instant chaleureux, il captura son regard. Et, à nouveau, elle se sentit fondre. Son mari... elle l'aimait. Si seulement il essayait d'accepter d'en faire autant... Oui, mais il pouvait tout aussi facilement se transformer en glaçon, comme il l'avait déjà fait lorsqu'elle avait employé le mot aimer par inadvertance. Pire, il risquait de se mettre en colère ! Et cela lui briserait le cœur !

Le visage de Ben se rembrunit.

– Tes coups de fil, Abby, rappela-t-il.

Elle exhala un léger soupir avant de détacher les yeux de son visage, murmura un « Oui » étranglé et s'éloigna.

– Dans l'autre sens ! fit remarquer une voix sourde.

Elle s'arrêta brusquement, fit une grimace et demi-tour en même temps.

– A droite.

Elle avait tellement peur de se conduire comme une idiote qu'elle n'osa lever les yeux en passant devant lui. C'est avec le plus grand soulagement qu'elle se laissa tomber sur une chaise et décrocha le téléphone. Le plus grand soulagement... et le plus court aussi.

– Tu es *quoi* ?

– Je suis mariée, maman.

– Mais, Abigail, je croyais que pendant ces trois semaines tu siégeais au tribunal en tant que juré.

– C'est exact. J'ai fait partie d'un jury.

– Alors cet homme était lui aussi juré ? Et vous avez... décidé de vous marier, comme ça ?

Cela paraissait – c'était – si ridiculement impulsif, présenté ainsi...

– Oui, maman.

– Abigail... ?

242

– Trois semaines, c'est long, tu sais, tenta de la raisonner Abby.

La soudaine apparition de Ben ne lui fut d'aucun secours. Bras croisés, il s'appuya nonchalamment au chambranle.

– Ce n'est rien du tout ! Comment peux-tu *raisonnablement* espérer connaître un homme en moins d'un mois ?

– Peut-on *jamais* apprendre à vraiment connaître un homme ?

Du coin de l'œil, elle vit Ben ébaucher un petit sourire narquois et lever un pouce approbateur. Elle venait de marquer un point.

Le silence se prolongea à l'autre bout de la ligne. Quelque part en Illinois. Puis tomba la question inéluctable :

– Qui est-ce ?

– Il te plaira, maman.

– *Qui* est-ce ?

Abby planta son regard dans celui de Ben.

– Il s'appelle Benjamin Wyeth. Il est professeur d'université.

– Un professeur d'université ?

La voix de sa mère s'était adoucie.

– Cela ne me semble pas si mal. Quel âge a-t-il ?

Abby fronça les sourcils. Puis elle implora le secours de Ben en lui répétant silencieusement la question.

– Trente-neuf ans, annonça-t-elle avant de lui lancer, tout aussi silencieusement, un grand merci.

– Aussi vieux que ça ? Il a plus de dix ans de différence avec toi !

– Ça m'est égal, maman.

Elle regarda de nouveau Ben, tâchant de ne pas sourire, cette fois-ci.

– Il est dans une forme exceptionnelle, pour son âge.

Ben leva les yeux au ciel, mais ne put réprimer l'accès de gaieté qui jouait sur ses lèvres. Abby se sentit ragaillardie.

– Mais quand même... dix ans, Abigail ?

– Ne t'inquiète pas. Je sais ce que je fais.

– En es-tu certaine ? L'aimes-tu ?

Abby baissa les yeux vers l'appareil dont elle tortillait nerveusement le cordon.

– Oui.

– Et lui, t'aime-t-il ?

Cela allait venir. Mais, bon sang... un petit mensonge par-ci par-là s'avérait parfois nécessaire.

– Oui.

Pendant le silence qui s'ensuivit, Abby éprouva une certaine culpabilité. Elle était sûre que Ben savait parfaitement quelle question lui avait posée sa mère. Tout comme il avait entendu sa réponse. Et que ce soit pour la tranquillité d'esprit de l'auteur de ses jours semblait dérisoire. Elle ne pouvait se résoudre à lever les yeux sur lui.

La voix à l'autre bout du fil se fit tendre.

– Es-tu heureuse, Abby ? C'est la seule chose que je te souhaite, tu le sais.

Alors les yeux de la jeune femme se remplirent de larmes. Sa gorge se serra. Elle courba un peu plus la tête.

– Je sais, maman. Et... oui, je le suis.

– Alors je suis ravie pour toi, ma doucette. Et je regrette de n'avoir pas pu partager ces moments avec toi.

– C'est arrivé si vite...

– Eh bien, maintenant, il va falloir vous arranger pour faire un saut ici, tous les deux. Et nous organiserons enfin la réception dont je rêve depuis si long-temps !

– Maman... tenta de la taquiner Abby.

Mais elle était encore sous le choc.

– Attends que j'annonce la nouvelle à tes frères ! Tu ne les as pas encore prévenus, j'espère ?

– Non. J'ai commencé par toi.

– Veux-tu que je le fasse ?

– Oh ! ce serait gentil, si cela ne te dérange pas. J'ai tant de coups de fil à donner.

– Bien sûr que non, que ça ne me dérange pas ! Cela fait partie des joies de la maternité. Attends. Quand tu auras des enfants à ton tour, tu comprendras alors ce que je ressens.

Les siens. Ses enfants. Et Ben. Désirait-il des enfants ? Ils n'en avaient jamais parlé ! Il y avait *tant de choses* dont ils n'avaient jamais discuté...

– Tu es toujours là, Abigail ?

– Oui, oui.

– Je t'aime, ma chérie.

– Je t'aime aussi, maman.

– Tu me rappelles bientôt pour me parler un peu plus de ton mari ? Promis ?

– Promis.

– Au fait, tu peux me donner ton nouveau numéro de téléphone ?

– Euh... oui, bien sûr. Tu as de quoi écrire ?

Abby épela soigneusement les chiffres inscrits sur l'appareil et les transmit à sa mère. Puis soudain, le cœur serré, elle eut peur de fondre en larmes.

– Je te rappelle bientôt, maman.

– O.K., ma chérie. Et... félicitations !

– Merci. Au revoir.

Ben se redressa lentement.

– Tout va bien ?

– Très bien. Elle est ravie. J'en étais certaine.

– J'en suis heureux. Pourquoi ne pas lui rendre une petite visite pendant les vacances ?

– Vraiment ?

Le visage d'Abby s'éclaira.

– Bien sûr... tu as l'air surprise. Est-ce que tu as cru que j'avais l'intention de te garder prisonnière dans ma tour de cristal ?

Elle ne perçut pas son humour.

– Je ne sais pas vraiment à quoi m'attendre. Tout va si vite.

Ben traversa la pièce et vint se planter devant elle.

– Je *veux* que tu sois heureuse, Abby. Et tu le sais, n'est-ce pas ?

Elle voulait désespérément le croire.

– Oui.

– Alors, viens.

Il lui tendit la main.

– En ma qualité de mari, je t'informe qu'il est l'heure de passer à table. Et si tu n'as pas faim, moi si.

– Le dîner !

Elle prit la main qu'il lui tendait et se releva.

– J'ai complètement perdu la notion du temps !

Elle téléphonerait plus tard. Car à présent, elle avait des responsabilités envers son mari.

– As-tu des réserves, quelque part ? Je vais te préparer...

Ben entoura d'un bras protecteur les épaules de la jeune femme.

– C'est le jour de notre mariage, Abby. Et nous avons bien mérité le droit de faire des folies. Je t'emmène au restaurant.

– Tu as bien mérité des vacances hors de la cuisine.

Elle ne chercha même pas une réponse pour deux raisons. D'une part, ni elle ni lui n'avaient mis les pieds dans une cuisine depuis trois semaines. Et, d'autre part, elle avait à nouveau la gorge serrée. A cet instant précis, il avait l'air heureux. Si seulement cela pouvait durer...

Mais ça, c'était certainement trop demander. Car il se réfrigérait à vue d'œil. Comme s'il avait voulu contrebalancer son élan de tendresse. Et, au lieu de l'embrasser, ainsi qu'il l'aurait encore fait la veille, il recula d'un pas. Et lançant un « Allons-y » des plus laconiques, il tourna les talons pour aller prendre les clés de sa voiture.

Au restaurant, ils mangèrent et burent leur content. Puis revinrent. Presque en silence. Et le peu de conversation qu'ils échangèrent fut pour le moins guindé. Embarrassé. Si Abby avait espéré pouvoir rendre Ben heureux, elle venait d'essuyer un premier – et retentissant – échec. Il restait distant. Presque absent.

A franchement parler, ce repas de noces augurait mal de l'avenir. Sentiment renforcé par la sonnerie stridente du téléphone au moment même où ils passèrent – séparément – le seuil.

Ben parut ravi de la diversion. Il se précipita pour répondre.

– Allô ?... Lui-même à l'appareil...

Il lança un coup d'œil à Abby.

– Oui, docteur, elle est ici... Je pense, quant à moi, que c'est *son* affaire.

Il s'exprimait d'une voix plate. Absolument, totalement plate.

– Non, ce n'est pas une histoire à dormir debout.

C'est la pure vérité... Non, attendez une minute. Il est pratiquement 23 h 30. Elle vous rappellera demain matin.

– Je ferais mieux de lui parler tout de suite, insista doucement Abby qui venait de le rejoindre.

Ben plaqua le combiné contre sa poitrine.

– En es-tu certaine ? Il est furibard. Je ne veux pas que cela te contrarie.

– J'aurais dû lui téléphoner plus tôt. Je lui dois bien ça.

Elle avança la main, sans lâcher Ben du regard. Il hésita un instant et lui tendit le combiné.

– Sean ?

– Abby ! Mais par tous les diables, que se passe-t-il ? J'ai appris que le verdict avait été rendu en fin d'après-midi et j'ai essayé de te joindre chez toi toute la soirée. Au début, je me suis dit que tu étais en train de fêter ça avec les autres jurés. Et qu'est-ce que j'apprends en écoutant les nouvelles de 23 heures ? Qu'à peine le procès terminé, le juge t'aurait mariée à Wyeth ? Abby... je rêve !

– C'est la vérité, Sean. Je... j'avais prévu de t'appeler plus tôt, mais j'ai... j'ai été totalement débordée.

– Je veux bien le croire !

Ben avait raison. Il *était* furieux. Et – plus certainement – blessé. Quoi de plus naturel ?...

– Sean, s'il te plaît. Essaie de comprendre.

– Trois semaines de merde ! Alors que ça fait *des mois* que je m'acharne !

– C'est tout simplement que ça ne collait pas entre nous. Je te l'ai répété cent fois.

– Et ça colle avec lui ?

– Oui, répondit-elle doucement.

Sean se tut un instant. Puis il jura une nouvelle fois, mais plus calmement.

– Bon sang ! J'ai bien vu qu'il y avait un truc qui n'allait pas avec vous deux, l'autre dimanche. Vous faisiez bien trop attention à ne pas vous regarder. Sans pour autant vous éloigner. Même Alexandra l'a remarqué. Et moi, pauvre crétin, j'ai rigolé quand elle me l'a dit. Vous faisiez partie d'un même jury, point à la ligne !... Bon Dieu !

– Tu n'aurais rien pu faire, Sean. C'est simplement... arrivé.

– Les choses *n'arrivent pas* simplement, Abby. On les *fait arriver*. Personne ne vous a donné l'ordre de vous marier aujourd'hui. Pourquoi l'as-tu *épousé* si vite, nom de Dieu ?

Toujours cette même question. Une question à la réponse tellement évidente. *Parce que je l'aime*. Oui, mais voilà. Debout devant la fenêtre, Ben entendait absolument tout ce qu'elle disait.

– Parce que je le voulais.

– Et tu ne voulais pas m'épouser, moi ?

Je ne t'aimais pas !

– Ce n'est pas aussi simple que ça.

– Tu l'aimes.

– Oui.

– Vas-tu... vas-tu continuer à travailler ici ?

– Bien sûr !

Il s'interrompit à nouveau.

– Il me laissera donc cette petite part de toi ?

– Evidemment ! murmura-t-elle, la gorge serrée. Et ce n'est pas parce que je suis mariée que je t'aime moins, Sean. Cela signifie *seulement* que, dorénavant, tu dois recommencer à sortir, et chercher une personne qui te convienne vraiment. C'est tout.

– Seras-tu heureuse, Abby ?

– Je l'espère, Sean. Je l'espère.

D'abord, Patsy. Puis sa mère. Et enfin Sean. Le bonheur. *La* question essentielle. Celle qui pourtant la blessait.

Sean reprit d'une voix plus calme :

– Eh bien, je te donne ta journée de demain. A moins que tu ne préfères prendre une semaine ?

– Non, non ! Merci !

Ben n'avait absolument pas évoqué une quelconque lune de miel.

– Alors je te vois lundi matin ?

– De bonne heure et de bonne humeur !

– O.K., Abby. Passe un bon week-end. Oh !... et tâche de ne pas t'en faire pour moi. J'ai en réserve une excellente bouteille de whisky hors d'âge.

Il était redevenu celui qu'elle aimait bien. Ne plaisantant qu'à moitié, mais résolument attachant.

– Garde-la pour ton grand jour à toi. Car il viendra.

Il fit semblant de renifler.

– Tiens, je vais peut-être passer un coup de fil à Alexandra. Elle m'a expliqué qu'elle comptait donner une petite fête pour le retour de Ben.

– Quand t'a-t-elle dit cela ?

– Je l'ai appelée une ou deux fois. Nous nous sommes lamentés de concert sur notre triste sort. A présent, nous avons *vraiment* de bonnes raisons de nous plaindre !

Le sourire d'Abby s'évanouit. Ben tout à coup paraissait en colère.

– Alors, appelle-la, Sean, lui conseilla-t-elle rapidement. Ça pourrait se révéler amusant.

– Je vais y songer... A lundi ?

– A lundi.

– Au revoir.

Le clic à l'autre bout de la ligne résonna sinistrement. Abby reposa le combiné sur son support et laissa tomber d'une voix calme :

– Sean dit qu'Alexandra a prévu une fête en ton honneur. Est-ce que... est-ce que tu l'as appelée ?

Mais Ben ne l'écoutait pas.

– C'est fini ?

– Qu... quoi donc ?

– Ton... truc... avec Hennessy. C'est fini, vraiment fini ? Est-ce qu'il a accepté le fait que tu te sois mariée ?

– Bien sûr, qu'il l'a accepté. De toute façon, il n'avait guère le choix. Mais à la vérité, il n'y avait rien entre nous, avant... du moins pas en ce qui me concerne. Je te l'ai déjà dit.

– Je sais.

Il planta ses yeux dans les siens.

– Mais ta voix, à l'instant... semblait presque... pleine de regrets.

– Je suis *réellement* navrée d'avoir blessé Sean. Ce n'était pas dans mes intentions. Mais à propos, qu'en est-il d'Alexandra ? As-tu entendu ce que je...

– Je l'ai appelée pendant que tu rangeais tes affaires.

– Comment a-t-elle réagi ?

– Elle a d'abord été contrariée. Blessée, également. Mais elle s'est inclinée. Elle n'avait pas le choix elle non plus. Pas plus que Sean.

Le sujet était clos. Leur union les avait débarrassés de la présence d'amoureux pour le moins encombrants. Si leur mariage avait réussi une chose, c'était bien celle-là. Qu'allait-il advenir d'eux désormais ?

Ben poussa un soupir en se frottant la nuque.

– Ecoute, je dois prendre quelques notes. Pourquoi

n'en profites-tu pas pour prendre une douche et te mettre au lit ? Je ne serai pas long.

– Des notes pour ton livre ?

– Non. Pour mes cours.

Fin de la conversation. Avant de disparaître dans son bureau, il demanda :

– Penses-tu pouvoir te débrouiller toute seule ?

Abby avait un mal fou à cacher sa déception. Non seulement Ben refusait de parler de son travail, mais il s'apprêtait apparemment à bûcher. Nuit de noces ou pas.

– Ça va aller.

Il lui adressa un signe de tête et tourna les talons. Abby contempla le couloir vide. Il fuyait. Il fuyait, encore et toujours. Il ne souhaitait tout simplement pas s'impliquer. Mais alors, *pourquoi l'avait-il épousée* ?

Aussi souvent que lui revienne cette question, elle ne trouvait aucune réponse. Elle était épuisée. Alors, suivant son conseil, elle prit une douche et se mit au lit.

Son lit... aussi large que celui qu'ils avaient partagé à l'auberge. Mais infiniment plus solitaire pour l'heure. Et son amour, si malmené, n'était pas à proprement parler le compagnon idéal. Elle le voulait, *lui*. Même en cet instant, allongée, seule entre les draps, son corps frémissait à la simple pensée de celui, si ferme et si musclé, de Ben. Elle désirait par-dessus tout une seule chose. Glisser ses doigts dans sa tignasse ébouriffée. Prendre sa tête entre ses mains et l'embrasser. Oui, elle ne voulait rien d'autre que modeler ses épaules de ses mains. Puis ses hanches.

Cette nuit était celle de ses noces... pour le moins aussi étranges que tout le reste. Avait-elle pris la bonne décision, en épousant Ben ? Avait-elle seulement pris une quelconque décision ?...

Elle se retourna sur la droite. Et examina le mur. La fenêtre. Le tableau. Elle se retourna sur la gauche. Et contempla l'immense armoire intégrée. Elle se remit sur le dos. Et étudia le plafond de stuc.

Puis la frustration fut la plus forte. Elle rejeta les couvertures et, pieds nus, enfila le couloir jusqu'au bureau de Ben.

— Ben ?

Il fixait le vide. Sourcils froncés. Les poings serrés l'un contre l'autre.

— Ben ?

Il releva la tête, alarmé. Les traits tendus.

— Pourquoi ne viens-tu pas te coucher ? proposa-t-elle gentiment.

Il la dévisageait comme si elle était une intruse. Si sombrement qu'elle se mit à regretter son impulsion. Elle aurait mieux fait de rester couchée. C'était tellement intolérable d'affronter son regard furieux. Ce regard qui semblait la condamner. Etait-ce une faute si grave que d'être tombée amoureuse de lui ?

Il dut percevoir sa confusion. Car son expression s'adoucit subitement. Il fit le tour du bureau, se planta devant elle, et parcourut, lentement, d'un regard appréciateur, la femme qui était désormais son épouse.

Abby se redressa fièrement. Son cœur martelait sa poitrine. Ben détaillait la ligne élancée de son cou, la courbe douce de ses épaules, puis ses yeux effleurèrent le lacet qui retenait la chemise de nuit, avant de descendre sur les rondeurs fermes de ses seins, son ventre plat et ses hanches délicatement évasées.

Elle avait du mal à empêcher ses genoux de trembler sous la chaleur soudaine de ce regard. Elle savait qu'elle le désirerait toujours aussi fort... mais elle savait autre chose, également. Si son corps était son appât le plus puissant, alors elle allait l'utiliser. Et de toutes les manières possibles.

Les yeux fixés sur le visage de son mari, elle dénoua le lacet de la chemise. Fit lentement glisser la soie fine sur ses épaules. Le cœur battant à tout rompre, elle dégagea ses bras du vêtement et le laissa tomber sur ses hanches. Puis elle retint son souffle et se tortilla légèrement. La chemise de nuit se répandit en corolle autour de ses pieds.

A présent nue, elle attendit sa réaction. La respiration de Ben s'était faite haletante. Son regard affamé. Mais il ne bougea pas.

Alors elle ne put supporter cette attente plus longtemps. Elle s'avança vers lui, posa ses mains à plat sur sa poitrine et les fit remonter lascivement vers son cou.

– J'ai besoin de toi, Ben. J'ai besoin de toi maintenant. S'il te plaît... viens avec moi.

Une seconde encore, une ultime seconde, il combattit son désir. Puis, avec un grognement étouffé, il la prit dans ses bras, la souleva et l'emporta vers la chambre. Sans un mot. Il la déposa sur le lit et se débarrassa de ses vêtements. Il murmura son prénom, avant de prendre ses lèvres... puis les mots furent superflus. Ils se caressèrent doucement, tendrement. Leurs gestes se firent plus pressants. Parvenus au sommet de leur passion, ils s'étreignirent férocement... jusqu'à l'instant où leur extase devint souvenir. Alors, comme à regret, ils revinrent à la réalité.

Et tous les événements de la journée reprirent leurs droits. Quelques minutes plus tard, ils dormaient. Lorsque Abby ouvrit les yeux, le lendemain matin, elle était seule.

Les jours suivants, faits de hauts et de bas, furent épouvantables. Cela commença le vendredi matin par une note laconique qu'elle découvrit, posée sur l'oreiller : *Suis parti travailler. Serai de retour vers 13 heures.* Après leur étreinte passionnée de la nuit, son désappointement n'en fut que plus intense. Mais 13 heures le vit revenir. Il l'emmena chez elle prendre quelques affaires supplémentaires, puis ils firent des courses. Elle puisa un peu d'espérance dans le magnifique anneau d'or qu'il glissa à son doigt, comme dans le fait qu'il choisit le même pour lui. Elle crut mourir en constatant qu'ils marchaient en permanence sur des œufs dès qu'ils étaient ensemble. Elle reprit confiance en constatant avec quelle ardeur il lui fit l'amour, cette nuit-là.

Mais le matin suivant, il était à nouveau parti au campus, sans autre au revoir qu'un deuxième billet sur l'oreiller. Et le seul réconfort d'Abby fut qu'en raison de l'expérience du matin précédent, elle avait décidé d'assurer son cours du samedi matin.

Bref répit à son tourment. Le samedi après-midi et le dimanche, elle aperçut à peine son mari. Il travailla dans son bureau. Elle fit passer le temps en téléphonant à ses amis et en prenant quelques notes. La nuit venue il s'ouvrait à elle, et redevenait l'homme dont elle était tombée si éperdument amoureuse.

En dépit de tous les efforts de la jeune femme pour l'éviter, un schéma d'existence commençait à se dessiner. Le jour durant, Ben restait tendu, distant. Il prêtait à peine attention à sa femme. Bref, il menait visiblement sa vie de la même manière que lorsqu'il était célibataire. Mais, chaque nuit, il venait à elle. Et lui offrait, même si c'était passagèrement, la chaleur dont elle avait tant besoin.

Moralité : les journées étaient pure torture, les nuits un délice sans cesse renouvelé. Le retour d'Abby au travail, le lundi matin, ne fit qu'aggraver son tourment. Car ses collègues voulurent tout savoir de Ben. Qui était-il ? A quoi ressemblait-il ? L'avait-elle *vraiment* rencontré pendant le procès ? Et quand, exactement, étaient-ils tombés amoureux l'un de l'autre ?

Tous semblaient unanimes. Le mariage d'Abby et de Ben était – selon leur dire – l'événement le plus romantique, le plus échevelé survenu dans l'Etat depuis des années. Tout le monde, au bureau, ne parlait plus que de leur histoire. Même Sean, sautant sur l'occasion, se joignit à eux quand ils décidèrent d'inviter la nouvelle mariée à fêter l'événement autour d'un excellent déjeuner.

Et l'intéressée, dans tout ça ? Elle se contentait de sourire, de hocher la tête et d'accepter les félicitations. Le tout avec le plus d'enthousiasme possible. Mais malgré ses efforts pour la cacher, son angoisse finissait immanquablement par reprendre le dessus. Plus d'une fois elle se sentit à deux doigts de craquer.

Littéralement obsédée, elle ne pensait qu'à Ben. Et quand, par bonheur, elle parvenait à le chasser de son esprit, revenait alors la litanie des questions. Ces questions – toujours les mêmes – qu'elle se posait sans désemparer jour après jour. A tel point qu'elle en avait parfois le vertige. Avait-elle eu raison de l'épouser ? Arriverait-elle jamais à le rendre heureux ? Pire, parviendrait-elle un jour à se faire aimer de lui ? Selon toute apparence, le seul plaisir qu'ils partageaient venait des heures les plus noires de la nuit. Ces heures au cours desquelles la raison cédait le pas, et la passion la plus débridée prenait le dessus.

La loi Wyeth... Elle s'était révélée amusante. Jusqu'à

un certain point. Mais à présent, elle la rongeait. Logique opposée à besoin. Raison contre impulsion. D'un côté, le fait que Ben se refusait à l'aimer. De l'autre, le fait – tout aussi indéniable – qu'ils renaissaient chaque nuit dans les bras l'un de l'autre.

Le second week-end fut tout aussi éprouvant que le premier. Alors, la jeune femme commença à désespérer. Ben paraissait plus fatigué, plus tendu que jamais. Quant à elle, elle ne valait guère mieux. Lorsque Patsy appela le lundi matin, pour l'inviter à déjeuner, elle sauta à pieds joints sur l'occasion. Avec son cran et son franc-parler, Patsy saurait lui redonner du courage.

– Souviens-toi, Abby, de ce que je t'ai dit, un jour : il faut savoir transgresser les règles.

– Qu'est-ce que tu entends par là ?

– J'entends par là, lui répondit gentiment son amie, que tu dois réagir. Prendre le taureau par les cornes. Tu laisses se détériorer la situation, tu laisses s'installer un état de fait qui risque de bousiller ton mariage. S'il ne commence pas par te tuer toi. Tu as une mine épouvantable.

– Mais que puis-je faire ? Je surveille le moindre de mes mots, tant j'ai peur de faire un faux pas. Si tu savais comme il a l'air furieux, parfois. J'en viens à me demander si je suis bien celle qu'il lui faut !

– Arrête, Abby ! Tu ne serais un mauvais choix pour personne ! Quant à Ben, tu dois simplement trouver le moyen d'abattre sa maudite muraille. Mais ne perds plus une minute... pour ton propre bien. Promis ?

Mais Patsy eut beau faire, elle ne put secouer l'apathie d'Abby. Paralysée, voilà ce qu'elle était. Elle aimait Ben. Elle le voulait. Et la simple perspective de l'affronter la rendait malade. Peut-être... peut-être devrait-elle laisser passer encore un jour. Ou deux. Voire trois... et les choses s'arrangeraient...

Autant croire au père Noël. Le vendredi matin, lorsque Ben prépara son sac de voyage en lui annonçant très calmement qu'il partait assister à une conférence à New York et ne reviendrait que le lendemain, elle comprit qu'elle devait réagir. Ils étaient mariés depuis quinze jours. S'il avait souhaité sa compagnie, il aurait parfaitement pu lui proposer de venir avec lui. Elle devait regarder la situation en face. Mis à part la passion aveugle qui les emportait nuit après nuit, ils restaient l'un pour l'autre de parfaits étrangers. Et elle ne pouvait plus le supporter.

Elle passa des heures et des heures à rédiger une lettre. Elle écrivit, déchira, recommença. Choisissant ses mots comme si sa vie entière en dépendait... et sa vie entière en dépendait. Car Ben *était* sa vie. Le quitter serait une épreuve insupportable.

10

Cher Ben, commença-t-elle, *je sais que cela peut paraître ridicule de confier au papier ce dont je pourrais t'entretenir de vive voix. Mais tu es parti si rapidement pour New York, ce matin... Et puis je suis lâche. Tu as déjà dû t'en rendre compte.*

Les cinq dernières semaines m'ont semblé totalement irréelles... d'abord le procès, puis notre mariage. Les événements sont arrivés trop vite. J'ai besoin de temps pour mettre de l'ordre dans mes idées.

C'est pourquoi je vais rentrer chez moi pour le week-end. Dans un cadre familier, peut-être parviendrai-je à donner un sens à ma vie... à nos vies.

Si perdue que je me sente, je suis certaine d'une chose, une seule... la puissance de mon amour pour toi. Je t'aime, et je t'ai aimé tout de suite... mais cela, tu le sais, pas vrai ? J'ai vraiment essayé de te comprendre. De comprendre les raisons pour lesquelles tu ne voulais plus aimer ni te remarier. Mais j'ai beau faire, beau me raisonner, je n'arrive plus à supporter ton indifférence. J'ai tellement besoin de toi.

Ces dernières semaines, j'ai vécu en enfer... avec la peur incessante de faire ou dire un mot ou un geste qui provoque ta colère. Je suis tombée amoureuse d'un homme brillant et gai, un être dont le sens de l'humour pouvait m'aider à traverser les pires situations. Où est-il, cet homme, à présent, Ben ? Est-il à ce point malheureux ?

Peut-être as-tu, toi aussi, besoin de temps... pour décider si, oui ou non, tu as bien fait de m'épouser. Nous avons agi avec beaucoup de précipitation.

Je veux te rendre heureux, Ben. Comme je veux l'être aussi. Si ces deux semaines passées ensemble doivent servir de repère, alors je doute que cela soit possible. Au point où nous en sommes arrivés, nous devons absolument prendre le temps de réfléchir, et considérer raisonnablement notre situation. C'est ce que je vais essayer de faire maintenant.

Du plus profond de mon être, je t'aime, Ben. Ne l'oublie pas.

Abby.

Ces mots jetés sur le papier, elle se les répéta encore et encore pendant le trajet jusqu'à South Woodstock. Puis le samedi, en bricolant chez elle. En s'activant au ménage. Etrange, le fait que Ben n'ait jamais évoqué la possibilité de vendre la maison d'Abby. Même pas le jour où ils étaient venus ensemble pour y prendre ses affaires. Peut-être souhaitait-il qu'elle la conserve, comme issue de secours. Ce à quoi aujourd'hui elle servait justement. Bonne chose... mais triste. Avait-il si peu confiance en leur union ?

La tête ailleurs, elle entreprit de trier les vêtements d'été qu'elle avait laissés là. Certains partirent sur la pile à donner. Les autres prirent le chemin de la machine à laver. Puis elle s'attaqua aux placards, négligés depuis des mois. A ceux de la cuisine et aux étagères de la cave. Elle travailla d'arrache-pied toute la journée du samedi, jusqu'à tomber d'épuisement. Puis elle enfila un survêtement, colla les écouteurs de son baladeur sur ses oreilles et décida d'aller courir.

Elle avait à dessein évité de sortir dans la journée pour échapper à la curiosité de ses voisins. Car s'il y avait bien une chose qu'elle voulait absolument éviter, c'était de faire la conversation. Déjà assez dur d'être obligée d'afficher un enthousiasme forcé au boulot... mais ici, elle n'aspirait qu'à la solitude.

La nuit respecta son désir. Elle ne lui posa aucune question, ne lui donna aucun conseil. Elle courut à perdre haleine, cogita de même, et se força à dépasser ses limites. Mais, lorsqu'elle regagna ses pénates, elle n'était pas plus avancée. Nulle part n'apparaissait une solution à la situation inextricable dans laquelle elle se débattait. Ben *devait* avoir lu sa missive, à présent...

Par bonheur, elle était tellement exténuée qu'elle ne put que se déshabiller, se doucher et s'écrouler dans son lit. C'est à 4 heures du matin, quand elle se réveilla, que les larmes jaillirent.

Il n'avait pas appelé. Il était certainement rentré à la maison maintenant... mais il n'avait pas appelé ! Sa lettre était on ne peut plus claire quant à l'endroit où elle s'était réfugiée, et pourtant il n'avait pas appelé !

Les heures passèrent. Ou plutôt s'étirèrent. Vint l'aurore. Entre une crise de larmes et un accès de remords, elle somnolait vaguement. Elle aurait dû attendre. Rester avec lui, à *n'importe quelle* condition, valait mieux que... *ça* ! Mais non... elle serait tout aussi malheureuse là-bas. Il lui *fallait* réagir. Si seulement elle pouvait être certaine d'avoir fait le bon choix...

Dimanche matin... dimanche midi... dimanche

après-midi... dimanche soir. Aucun signe de vie de la part de Ben. Aucune idée lumineuse de la sienne. Elle se retrouvait pour le moins aussi désemparée qu'à la fin du procès. Elle était certaine alors que son histoire avec Ben touchait à sa fin. La touchait-elle, à présent ? Et cette fin, avait-elle été prévisible, inévitable ?

Elle se remémora leurs discussions passées, et se demanda comment elle avait pu faire preuve d'un tel aveuglement. C'était à ce moment-là, au tout début de leur histoire, qu'ils avaient débattu des mérites et des inconvénients du mariage. Elle revit Ben lui demander si l'amour était indispensable. Si la sécurité, les enfants et le sexe n'étaient pas suffisants. Allons, de toute évidence, pour lui ils l'étaient.

Et quelques jours plus tard, en évoquant sa relation avec Alexandra, n'avait-il pas rejeté avec véhémence toute perspective de remariage ? Mais alors, *pourquoi* l'avait-il épousée ? Peut-être seraient-ils plus heureux s'il s'en était tenu à sa position...

Et ce temps qui n'en finissait pas de s'étirer interminablement... Le téléphone restait silencieux et Abby sombrait de plus en plus dans le désespoir. Et quand les dernières lueurs du jour cédèrent la place à la nuit, la vérité l'aveugla. Elle avait obéi à son impulsion... et n'avait récolté que souffrance. Elle avait délibérément fermé les yeux... et en payait le prix. Enfermé dans son monde, Benjamin Wyeth n'était tout bonnement pas disponible... ni pour une relation solide, ni pour le mariage. Ni pour l'amour.

Soudain, que quelqu'un puisse la voir devint le cadet de ses soucis. Elle sauta dans son survêtement, se colla son éternel baladeur sur les oreilles et se précipita au-dehors. Elle courait comme tous les autres jours. Sans aucune différence. Du moins tenta-t-elle de s'en persuader. Malgré l'anneau d'or qui scintillait à son doigt. Malgré les larmes qui brûlaient ses yeux. Il n'y avait aucune différence. Pas de différence du tout. Elle avait toujours sa maison. Son travail. Ses amis. Il lui fallait juste s'habituer à l'idée qu'elle ne pouvait pas posséder Ben.

Puis elle ne voulut plus rien entendre. Elle resserra son casque et augmenta le son du baladeur. Elle enfila une rue, puis une autre, d'ordinaire elle parcourait un kilomètre en une minute trente, mais il n'en fut rien ce soir-là. Ses pieds chaussés de tennis martelaient lourdement le sol au rythme de son angoisse.

Sa vision se brouilla. Elle continua à courir. La lumière déclinait en cette heure crépusculaire, ni jour ni nuit. Heure sinistre entre toutes... mais elle était trop préoccupée pour y prêter attention. Lorsque son dos la rappela à l'ordre elle s'accorda une pause, d'une minute, puis reprit sa course. Elle ne cherchait plus que l'oubli. L'oubli total.

Lorsqu'une voiture fit une embardée, juste devant elle, elle y prêta à peine attention. Mais quand Ben se mit en travers de sa route, elle ne put l'ignorer. Pas plus qu'elle ne put ignorer la colère qui grouillait en lui... avant même qu'il n'arrache ses écouteurs.

– Allez, viens, Abby, grommela-t-il en l'empoignant par le bras et en la poussant vers la voiture. Monte.

Mais c'était compter sans la fureur qui soudain la submergea. C'était lui, Ben, qui avait proposé le mariage alors qu'il savait parfaitement qu'il ne pouvait pas lui donner ce dont elle avait besoin ! Tout était *sa* faute !

– Lâche-moi ! se débattit-elle. Tu vois bien que je suis occupée !

– Ça fait une heure que j'attends devant chez toi, j'étais mort d'inquiétude !

Même le crépuscule ne pouvait cacher l'éclat glacial de ses yeux.

– Maintenant monte dans la voiture !

Elle essaya de libérer son bras. Mais il la maintenait d'une poigne de fer.

– Je n'irai nulle part avec toi !

– Tu es ma femme, gronda-t-il avant d'enrouler son autre bras autour de sa taille et de la propulser vers la portière ouverte. Et tu vas me suivre.

Une voiture s'approcha, puis les dépassa sans faire mine de s'arrêter. Le conducteur ne désirait apparemment pas s'interposer dans une scène de ménage... Et c'en était une. Ben s'était montré on ne peut plus clair. Elle était sa femme. Elle lui devait – comme elle se le devait à elle-même – d'écouter ce qu'il avait à dire.

Cédant à sa poussée, elle grimpa derrière le volant et se glissa jusqu'au siège passager. Là, elle plaqua son poing serré contre sa bouche et détourna son visage vers la vitre. Ben démarra. Franchement vexée, et persuadée qu'il la ramenait chez elle, elle ne prêta pas attention à la direction qu'il prenait. Elle était fatiguée, en sueur et ses cheveux emmêlés tenaient plus de la tête de loup qu'autre chose. Mais lorsque la voiture quitta la route principale et enfila un chemin désormais familier, elle sursauta. Ce n'est qu'en apercevant l'auberge qu'elle posa un regard interrogateur sur Ben.

– Qu'est-ce qu'on vient faire ici ?

Il ne répondit pas. Et n'ouvrit la bouche qu'une fois la voiture garée.

– Il est temps pour nous de mettre quelques petites choses au point... et quel meilleur endroit que le lieu du crime, tu peux me le dire ?

– Ah, ah ! Très drôle, répliqua-t-elle.

Mais elle n'en fut pas moins soulagée en constatant que sa voix était plus douce.

– Ben, il est hors de question que j'entre à l'auberge ainsi attifée ! Il est à peine 7 heures du soir. Et, à voir le nombre de voitures, elle doit être pleine comme un œuf.

– Oh ! mais si, tu vas entrer.

Il était déjà hors de la voiture et en faisait le tour pour lui ouvrir la portière.

Mais Abby ne lui en laissa pas le temps. Elle ne voulait pas de son aide. Ce qui n'empêcha pas Ben de l'attraper par le bras.

– Je ne vais pas me sauver !

– On ne sait jamais. Tu l'as déjà fait une fois.

– Et toi ! Que crois-tu avoir fait ?

Parvenus au pied de l'escalier en façade, il baissa les yeux sur elle.

– C'est justement un des points dont nous devons discuter.

Ils passèrent le seuil, traversèrent le vestibule et s'arrêtèrent devant la réception. Là, Ben prit la clé que lui tendait l'employé et guida Abby vers l'escalier. Un étage. Deux étages. Le couloir. La chambre qui avait été la sienne pendant le procès. Cette chambre dans laquelle ils avaient vécu des nuits de bonheur et de passion.

Lorsque la porte se referma, ils se retrouvèrent seuls. Encore. Immobiles. Puis Abby se dirigea vers la fenêtre. Elle s'immobilisa devant la croisée. Tout dans son attitude trahissait sa défaite.

– Tu as tout prévu, hein ? Même chambre. Clé à disposition.

Il haussa les épaules.

– Il m'a suffi de passer un coup de fil. La chambre était libre.

En pleine lumière, pour la première fois depuis qu'il l'avait interceptée, elle constata qu'il avait l'air extrêmement fatigué. Il se tenait voûté et n'avait guère d'allant. Elle ressentit brusquement l'envie de se précipiter vers lui, de briser le mur qu'il avait érigé et de le réconforter.

– Comment... comment ça s'est passé, à New York ?

– Bien.

– Quand es-tu rentré ?

– Hier soir.

Pas d'appel, alors. Des réponses laconiques, à présent. Sa compassion n'irait pas plus loin. Elle en avait trop besoin elle-même. Il l'avait enlevée et conduite ici ? O.K. A lui de s'expliquer.

Pendant une éternité au moins, ils se dévisagèrent. En silence. Prudemment. Mais, et même s'il ne l'avait pas prévu, le temps se révéla l'allié de Ben. Car elle eut beau lutter, elle ne put empêcher sa colère de disparaître peu à peu. Elle se retrouvait une nouvelle fois en proie aux émotions qui gouvernaient son cœur. Eh oui, il lui fallait bien plus que quelques jours de séparation, que quelques crises de rage ou de frustration pour arriver à gommer le fait qu'elle aimait profondément cet homme.

– Tu m'as manqué, Abby.

Il s'exprimait d'une voix basse. Grave. La jeune femme dut combattre son envie de s'abandonner et redressa fièrement les épaules.

– Je n'ai pas cessé de penser à toi, tout le temps... et quand je suis rentré à la maison, j'ai découvert que tu étais partie...

Oh oui ! il y avait du chagrin dans ses yeux. Etait-ce

sa peine à lui – ou la sienne – qui lui déchirait le cœur ?
Et même, cela faisait-il une différence ?

Il enfonça ses mains dans les poches de son pantalon
et fit un pas en avant. Puis il soupira. Abby n'esquissa
pas un mouvement.

– Sais-tu quel est ton problème ? laissa-t-il tomber.

Ahurie, elle secoua la tête. Il reprit très vite :

– Tu es trop gentille, trop tendre. Tu n'as pas essayé
de me bousculer. Et j'en ai profité.

Cela commençait à ressembler à un discours d'adieu.
Abby se mit à trembler. Tout en reconnaissant qu'il avait
raison. Mais elle ne lui faciliterait pas les choses.

Ben reprit d'une voix sourde :

– Tout de suite, j'ai compris que tu allais me poser
un problème. Je ressentais trop de choses pour toi.
Même au tout début. Mais en même temps, je n'arrivais
pas à te tenir à distance. J'ai bien tenté de te considérer
comme toutes les femmes que j'ai fréquentées au fil
des années... mais tu n'es pas de l'étoffe des aventures
sans lendemain.

Il reprit en cherchant ses mots :

– Tu as raison... Abby. J'ai été blessé, profondément.
Après la mort de Lynn, je me suis juré de ne jamais
revivre pareille épreuve. Et le meilleur moyen de ne
pas repasser par là était de ne plus m'impliquer... Et
puis tu es arrivée. Et je suis tombé amoureux de toi.
J'avais si peur, que je n'ai pas pu l'accepter. Et je me
suis efforcé de garder mes distances.

Lentement, il se rapprocha. Ses yeux, à présent du
plus beau gris qu'elle ait jamais vu, capturèrent son
regard.

– Il y avait juste un léger problème. Un défaut dans
mes prévisions.

Sa voix baissa jusqu'à n'être plus que murmure. Un murmure caressant.

– J'étais tombé amoureux de toi. Et garder mes distances s'est révélé être l'enfer le plus absolu.

Le cœur d'Abby bondit dans sa poitrine.

– Je sais, chuchota-t-elle.

Soudain, il parut un peu moins fatigué. Un peu plus lui-même... avec une pointe de vivacité.

La jeune femme sentit que son sang se réchauffait brusquement.

– La nuit, lorsque nous étions ensemble, tu étais... aimant. Il n'existe pas d'autre mot pour qualifier ton attitude. Le jour... tout était si différent. J'ai suffisamment retourné le problème pour essayer de comprendre. Mais je ne pouvais plus le supporter. C'est la raison pour laquelle je suis partie, Ben. Je ne savais plus comment parvenir jusqu'à toi.

Il ébaucha un sourire.

– Tu as trouvé un moyen des plus efficaces.

– Mais je l'ai fait pour *moi* !

– Peut-être, mais ça a marché.

Il parcourut la distance qui les séparait et posa les mains sur ses épaules. Puis, plus confiant, les fit glisser sur son dos et l'attira à lui. Elle enroula ses bras autour de sa taille.

– J'ai soudain compris que j'étais responsable de ton départ. Lynn m'a été arrachée, mais si je devais te perdre, j'allais devoir en assumer la totale responsabilité.

– Tu ne m'as pas perdue !

– Pas encore. Mais à la maison, hier, quand j'ai trouvé ton message, j'ai réalisé que j'avais déjà fait la moitié du chemin.

Plus que sérieux, il contempla son visage.

– Et j'ai été terrifié. Tu n'imagines pas à quel point. C'était comme si le cauchemar recommençait.

– Mais tu n'as pas téléphoné ! J'attendais ton appel. Je l'espérais.

Il émit un léger ricanement.

– Pour la première fois de ma vie, j'étais incapable de réagir. Après... après la mort de Lynn, il m'a fallu prendre des dispositions, m'occuper de divers problèmes. Mais cette fois, je me suis retrouvé dans les limbes. Quelquefois, je me persuadais que ça passerait, que je pourrais t'oublier, que je pouvais parfaitement continuer à vivre comme je le faisais avant de te connaître. Mais, où que j'aille dans la maison, je sentais ta présence. Bon sang, j'en arrivais même à détecter ton parfum !

Il respira lourdement.

– J'ai besoin de toi, Abby. De plus d'une manière. Je ne veux plus vivre une existence qui se résume à la nuit. Je te veux le jour également !

– Je suis là, murmura-t-elle en resserrant l'étreinte de ses bras autour de lui.

A l'instar de ses yeux, son cœur débordait.

Lorsqu'il la serra contre lui, elle crut que son cœur allait éclater.

– Je t'aime, mon amour. Tu ne peux imaginer à quel point je t'aime !

– Et toi tu ne peux savoir à quel point j'ai désiré entendre ces mots !

Il l'étreignit si fortement que leurs corps tanguèrent doucement.

– Je t'aime, répéta-t-il.

Sa bouche était enfouie dans sa chevelure, mais rien au monde n'aurait pu étouffer les mots.

– Je t'aime.

Si Abby pleura, cette fois ce fut de bonheur. Lorsque Ben relâcha son étreinte, elle s'essuya les joues d'un revers de main.

– Je crois bien que j'ai versé plus de larmes ces dernières semaines que dans ma vie tout entière.

– Alors il va falloir remédier à cet état de choses, murmura-t-il.

Il se pencha vers elle et l'embrassa. D'un baiser empli de tout l'amour du monde. Elle s'y perdit.

Lorsqu'il redressa la tête, elle gémit d'une voix étranglée :

– J'oublie tout quand tu m'embrasses.

– Non. Oh non ! plus d'oubli. Désormais, nous allons bien faire les choses. Les yeux grands ouverts, répliqua-t-il en parsemant ses joues de baisers. Je t'aime, Abigail Barnes. Acceptes-tu d'être ma femme ?

– Nous sommes déjà mariés !

– Allons, Abby, tu as perdu ton imagination en cours de route ?... Veux-tu m'épouser ?

Enfin, il lui était revenu, ce sens de l'humour qu'elle adorait. Elle s'éclaircit la gorge.

– Eh bien, maintenant... je ne sais...

Un doigt s'enfonça dans son flanc.

– Mmm ?...

– Oui.

– Tout de suite ?

Elle fit une grimace.

– Regarde-moi, Ben ! Enfin, écoute... ce n'était déjà pas terrible la première fois. Mais... en survêtement trempé de sueur et tennis ?

– Tu as raison. Il va falloir remédier à cela.

Sa voix s'était faite rauque. Aucun doute à avoir sur ce qui lui trottait dans la tête. Il entreprit de baisser la fermeture Eclair de sa veste.

– Je vais donc baisser ce machin... comme ça... Ensuite... bouge un peu ton bras... l'autre aussi... te l'enlever.

La veste atterrit sur le sol.

– Puis je dégrafe... mais où donc est passée cette foutue pression ?

Il se pencha sur le côté.

– Ah, la voilà !

Il fit glisser le pantalon sur ses hanches et s'agenouilla pour le lui ôter.

– Qu'est-ce que... tu as décidé de rédiger un manuel ?

– Chhhuttt... Je me concentre.

Il dut batailler pour faire passer le pantalon par-dessus les tennis.

– Qu'est-ce que c'est que ce bazar ?

– Eh bien... à ta place j'aurais enlevé les chaussures en premier.

– En premier ?... Ah oui ! O.K. Assieds-toi.

Le pantalon autour des chevilles, elle se dirigea en trébuchant vers une chaise.

– Non, pas ici.

Il prit son bras et la guida en direction du lit.

– Là.

A peine quelques minutes plus tard, chaussures, chaussettes et pantalon rejoignirent la veste, quelque part sur la moquette.

– Maintenant...

Il se redressa en se frottant les mains.

– Le tee-shirt...

Il attrapa l'ourlet. Et s'arrêta net en jetant un regard dubitatif sur le vêtement. Puis il lut à voix haute l'inscription imprimée sur le devant.

– Les infirmières aiment *ça*, mais uniquement à fortes doses ?

– C'était pour rire.

Elle se débarrassa du tee-shirt en un tournemain. Il ne lui restait que ses sous-vêtements. Ben les contempla comme s'ils étaient le dernier point – crucial – d'un parcours du combattant. Il les étudia, se pencha sur son épaule, fit un pas en arrière, les examina encore.

– Je veux faire les choses dans les règles de l'art. Pas de déshabillage hâtif dans le noir, aujourd'hui. Tu t'en souviens ? J'ai dit, yeux grands ouverts.

– Mais tu les as déjà vus...

– Pas *comme ça*.

Il s'agenouilla devant elle et cérémonieusement dégrafa la fermeture frontale de son soutien-gorge, l'ouvrit et, lentement, en dévoila le contenu.

– Ben !... murmura-t-elle, troublée par la caresse de l'air frais sur ses seins.

– C'est presque fini, chuchota-t-il.

Il leva une main pour la caresser et soudain se ravisa.

– Lève-toi.

Elle lui obéit et il fit glisser sa petite culotte. Alors il se pencha impulsivement vers elle et l'embrassa. Elle eut la nette impression que ses terminaisons nerveuses se torsadaient en scoubidous. Et s'accrocha à lui.

– Ben ! Je n'en peux plus !

Il la regarda, l'air aussi innocent que l'enfant qui vient de naître.

– Veux-tu que j'arrête ?

– Non, mais finis-en ! Mes jambes ont traversé l'enfer aujourd'hui et elles ne me porteront plus très longtemps !

Elles tremblaient, en effet.

– O.K. A toi... maintenant.

– A moi... quoi ?

– Déshabille-moi.

Il fit passer son chandail par-dessus sa tête.

– Tu vois, je t'ai donné un sérieux coup de main. Enlève-moi ma liquette, à présent.

– C'est ridicule, grommela-t-elle.

Mais elle défit rapidement les boutons de la chemise, en extirpa les pans de la ceinture du pantalon et la fit glisser de sur ses épaules.

Elle n'avait pas la maîtrise dont il venait de faire preuve. Et n'essaya même pas de l'égaler. Ces deux nuits solitaires l'avaient littéralement affamée. Sans hésiter elle passa ses bras autour de sa taille et se colla contre lui, trop heureuse de savourer enfin sa peau. Lorsque ses seins entrèrent en contact avec la poitrine dure, ce fut comme si elle recevait une décharge électrique.

– Abby...

– Mmmmmmm ?

– Mon pantalon, Abby. Vite.

Elle caressa sa poitrine de ses lèvres.

– Qu'est-ce qui ne va pas, Ben ? Je croyais qu'il ne fallait pas brûler les étapes...

– C'est vrai. Mais tu oublies des marches.

– Faux. C'est même une étape cruciale.

Sentir son odeur, si particulière, l'excitait au-delà de toute expression. Elle ondula contre lui, puis parsema son cou de baisers brûlants.

– Abby...

Elle s'écarta en soupirant.

– Le pantalon ?

– Le pantalon.

Vite dégrafé, vite enlevé. Idem pour les chaussures

et les chaussettes. Quand il ne resta plus que son slip, elle se leva sur la pointe des pieds et enroula ses bras autour de ses épaules.

– Embrasse-moi, murmura-t-elle.

Leurs lèvres n'étaient qu'à quelques millimètres l'une de l'autre.

– Tu n'as pas terminé...

– Embrasse-moi. Je terminerai après.

Elle sentait la contraction de ses muscles. Elle entendait son souffle haché. Elle savait parfaitement qu'il ne pouvait plus attendre.

Il entrouvrit la bouche. Elle fit de même. Leurs lèvres s'effleurèrent. De sa langue, il suivit la ligne des dents. Puis plongea au plus profond de sa bouche tout en la serrant contre lui.

– Je t'aime, chuchota-t-il lorsqu'ils durent se séparer pour reprendre leur respiration.

Puis il se débarrassa de son slip, repoussa les couvertures et allongea la jeune femme sur le lit.

– Plus d'impulsions aveugles, Abby. Tu sais de quoi il s'agit, n'est-ce pas ?

Sa voix était implorante, alors Abby leva les yeux vers lui, ils étaient remplis d'amour pur. De ses doigts, elle effaça les rides de son front, puis effleura ses paupières. Son nez. Sa bouche.

– Je le sais, Ben. Nous allons faire l'amour.

– Non, mon cœur. Nous allons *nous aimer*. Comme nous l'avons toujours fait. Un jour, tu m'as supplié de t'aimer. Et j'ai refusé. Mais c'est terminé. Nous sommes deux êtres doués de raison. Il est temps d'admettre l'évidence.

– Et la loi Wyeth, dans tout ça ?

– La loi Wyeth est abrogée. La situation est différente, désormais. Plus logique. Plus rationnelle aussi.

– Ah bon ?

Avec un petit sourire faussement timide, elle s'étira contre lui. Ses mains glissèrent lentement sur le corps dur de son mari, dessinèrent ses hanches avant de revenir sur son ventre. Et de descendre plus bas. Lorsqu'elles atteignirent leur but, elles surent exactement ce qu'il fallait faire.

Ben gémit.

– Peut-être pas aussi lentement...

Il reprit son souffle puis l'attira à lui. Et, une fois encore, ils se laissèrent emporter sur les ailes de la passion. Ce ne fut qu'après avoir atteint l'extase qu'ils recommencèrent à philosopher.

– Je crois bien que je vais devoir revenir sur ce que j'ai dit, murmura-t-il d'une voix endormie. On doit certainement pouvoir arriver à un compromis.

Etendue contre lui, heureuse et comblée, Abby poussa un léger soupir.

– Nous l'avons trouvé.

– Mmmmmm...

Il attrapa la couette et la remonta sur eux. Puis il reprit sa femme dans ses bras.

– Que dirais-tu d'une lune de miel ?

– Que ça me paraît une excellente idée.

– Maintenant.

– Quand ?

– Cette nuit... Demain... Mardi...

– Tu n'as pas de cours ?

– C'est un cas d'urgence. Un collègue s'en chargera à ma place... et toi ?

Elle se lova contre lui et nicha sa tête au creux de son épaule.

– Les rhumes et les grippes vont nous laisser tranquilles encore un bon mois. Je suis persuadée que le cabinet arrivera à survivre sans moi quelques jours de plus... mais je n'ai rien à me mettre !

– Pour quoi faire ?

– Mmmm.

Ils s'endormirent. Lorsqu'ils ouvrirent les yeux, plus tard dans la soirée, ils appelèrent le service d'étage. Et, tout en s'attaquant à un plateau chargé de sandwiches à la viande, de piments marinés, de pommes de terre sautées, de fruits et de vin, ils abordèrent les sujets restés tabous jusque-là.

– Raconte-moi les délibérations, Ben. Tu n'as jamais voulu m'en parler, et je n'ai pas essayé de t'y forcer. Mais je me suis sentie vraiment tenue à l'écart. Est-ce qu'elles ont été aussi difficiles pour toi que tu l'as laissé entendre ? Ou bien était-ce parce que tu regrettais de m'avoir épousée ?

– J'étais furieux de constater à quel point je t'avais dans la peau. Je voulais me persuader que je n'étais pas impliqué. Et te cacher mes pensées me paraissait un excellent moyen pour y arriver. Dieu du ciel, je me suis conduit comme un vrai salopard !

Abby leva son verre.

– Je bois à ce que tu viens de dire.

Il fit de même avant de reprendre son sérieux.

– Les délibérations ont été épouvantables, ce fut un des moments les plus éprouvants de ma vie... d'avoir voté pour la culpabilité.

– Tu croyais à son innocence ?

– Je n'en étais pas certain. Et nous étions plusieurs dans le même cas. J'ai bien peur d'avoir été le plus difficile à convaincre.

– C'était ta fonction, Ben. Et c'est la règle de notre système. Mais pourquoi... qu'est-ce qui te retenait ?

– Ce type me faisait de la peine ! J'étais complètement désorienté *à cause de toi*. Par moments, j'avais même l'impression d'avoir perdu tout sens commun. Alors, de quel droit aurais-je pu, moi, affirmer que Bradley n'avait pas cédé à un accès de folie passagère ?

– Et qu'est-ce qui t'a finalement décidé ?

– L'amour.

– L'amour ?

– Je sais que cela peut paraître saugrenu, vu la gravité des accusations, mais pour moi, le problème se résumait à cela : Derek Bradley aimait-il Greta Robinson, ou non ? S'il l'aimait, il pouvait aisément être devenu fou de désir à force de la vouloir sans jamais pouvoir l'atteindre. Dieu seul sait que j'ai connu ça, et pourtant je refusais d'admettre que je t'aimais !

Il se pencha pour déposer un baiser très doux sur ses lèvres. Lorsqu'il reprit sa place, Abby leva le nez et le regarda d'un air suffisant.

– La défense a basé sa plaidoirie sur la théorie d'une impulsion irrésistible. Tu ne fais jamais qu'affirmer que...

– ... *L'amour* est une impulsion irrésistible. Durant tout le temps de ce procès, durant ces nuits que nous avons partagées, nous avons pu nous persuader que nous étions tout simplement insouciants... mais nous avions tort. Entre une impulsion *irresponsable* et une impulsion *irrésistible*, la différence est énorme. Ce que nous avons fait l'a été au nom de l'amour. Il n'y avait rien d'irresponsable dans tout cela.

Il sourit. D'une oreille à l'autre. Vainqueur.

– D'irrésistible, par contre, oui. De totalement irrésistible.

– Je dirai plutôt, rétorqua-t-elle en lui retournant son sourire, que toi *tu* es irrésistible. Tu le sais ?

A son tour elle se pencha sur lui pour l'embrasser.

277

Elle savoura la douceur de ses lèvres, la chaleur de sa bouche.

– On doit faire un beau tableau, tous les deux, remarqua-t-elle, comme si elle était spectatrice de la scène. Deux adultes, en principe doués de raison, assis sur un lit, avec pour tout vêtement quelques miettes... quelle indécence !

– C'est peut-être indécent, mais je te conseille de t'y habituer.

Sur ce, il attrapa le plateau, le déposa sur la table et la reprit dans ses bras.

– Il va falloir être patiente avec moi, dit-il douce-ment. Car maintenant que j'ai accepté de reconnaître que je t'aimais, il se pourrait bien que je devienne extrêmement possessif. S'il devait t'arriver quelque chose...

– Chhuuttt... Il ne m'arrivera rien.

– Je vais faire ce qu'il faut pour ça !

Il promena sa bouche sur son front.

– Tu sais quoi, madame Wyeth ?

– Non. Quoi donc ?

– Tu es sacrément irrésistible, toi aussi.

– Ah bon ?

– Eh oui.

Fin de la discussion. Mais, cette fois Abby n'y trouva rien à redire.

Pour une tempête d'avril, ce fut une tempête mémo-rable. La neige, alliée au vent, balayait la campagne de gros flocons blancs.

A l'intérieur, une superbe flambée réchauffait l'atmo-sphère. Etendu sur des coussins devant la cheminée, Ben. Sereinement allongée contre lui, Abby. Seuls les

hurlements du vent et le crépitement des bûches trou-
blaient leur intimité.

– On s'est bien amusés, cet après-midi, murmura-
t-elle d'une voix douce.

– Mmmm. Heureusement qu'il ne neigeait pas
encore.

– Et moi qui croyais en avoir fini avec la mauvaise
saison...

Ben gloussa.

– Moi aussi. Bien que les tempêtes ne m'aient pas
vraiment dérangé.

Ils avaient en effet traversé les bourrasques succes-
sives le mieux du monde. Dans les bras l'un de l'autre.

– Mais ce sera plus facile pour toi quand il fera plus
chaud.

– Ça va, maintenant. Les trois premiers mois sont
toujours les plus difficiles.

Il resserra son étreinte.

– Dieu merci.

Comme hypnotisés, ils contemplèrent les flammes.

– C'était *vraiment sympa*, aujourd'hui, reprit-il. Ils
avaient tous une mine splendide.

– Même George, avec cette... cette...

– Cravate moutarde ?

Elle rit.

– Pauvre mec. Il a un goût à vous couper l'appétit.

– A propos d'appétit, justement, Bernie nous avait
concocté un fameux repas. Son restaurant est très
agréable. Sais-tu qui a eu l'idée de cette réunion ?

– Je crois que c'est Richard. Il a ensuite appelé
Louise pour contacter les autres.

Elle s'interrompit et se remémora le rassemblement
plein de gaieté.

– La pauvre Patsy n'a pas de chance. Elle a toujours des nausées.

– Quand doit-elle accoucher ?

– En octobre. Un mois après moi.

– C'est une sacrément bonne idée qu'ils ont eue de se marier tout de suite après le procès. Ce vieux Bud n'a pas perdu de temps.

Abby lui enfonça malicieusement son coude dans les côtes.

– Toi non plus, mon amour.

– Non.

Ils restèrent un moment silencieux, la main de Ben posée sur le léger renflement du ventre de sa femme.

– Brian m'a demandé où en était ton bouquin, reprit doucement Abby. Il voulait savoir si tu avançais.

– Que lui as-tu répondu ?

– Que tu rassemblais toujours tes idées.

– *Nous* rassemblons toujours *nos* idées. Mais il est plus avancé que ça. Brady devrait avoir négocié le contrat d'ici à deux semaines.

– Je n'ai pas voulu en parler à Brian. Je crois qu'il est toujours un peu réticent, à ce sujet.

– Je crois comprendre pourquoi... c'est à cause de son image, et tout ça. Moi aussi, j'ai quelques doutes...

– Fais-le, Ben ! Ce sera un témoignage fantastique sur la dynamique d'un jury. Ce n'est pas tous les jours qu'un auteur, qui plus est un maître en la matière, peut vivre ça de l'intérieur.

Ben gloussa.

– Et c'est moi qui ai prétendu un jour que tu ne m'influençais pas ? Je retire ce que j'ai dit !

Elle ignora le sarcasme.

– C'est fascinant. J'y ai tellement pensé. Je me rappelle le premier jour... nous étions tous des étrangers les uns pour les autres, et si mal à l'aise. Aujourd'hui, on a l'impression qu'ils se connaissent depuis des années...

– Tu dis toujours « ils » ou « eux ». Pourquoi pas « nous » ?

– « Nous » n'avons jamais été des étrangers l'un pour l'autre. Dès la première minute quelque chose s'est passé...

Il déposa un baiser sur le bout de son nez.

– Immédiatement !

Il caressa légèrement son ventre.

– Tu es si belle.

– Ne dit-on pas « radieuse », d'ordinaire ?

– Si tu veux... c'est un pull pour femme enceinte ?

– Non. Un très grand pull.

– Tu n'es pas si grosse.

– Alors pourquoi mes vêtements deviennent-ils si étroits ? Tu connais un meilleur moyen que les immenses pulls pour cacher des boutons qui ne ferment plus, toi ?

– Voyons voir ça !

Il glissa une main sous la laine, localisa le bouton fautif, le contourna et entreprit de faire descendre la fermeture Eclair du pantalon. Il caressa tendrement le ventre nu de sa femme.

– C'est agréable, ronronna-t-elle.

– Oui... petit et rond.

– Tu vas me détester quand je serai...

– Je t'aimerai comme ça aussi.

– Oui ?

Pour toute réponse, il passa une autre main sous le pull. Abby poussa un soupir. Puis elle gémit en sentant ses doigts mesurer la plénitude de ses seins.

– Il y en aura simplement plus à aimer. C'est tout.

Elle baissa les yeux vers lui et enroula ses bras autour de son cou.

– Tu connais toujours les meilleurs arguments.

– J'essaie.

– Et tu y arrives. Tu as été si gentil, de partager tant de choses avec moi.

– Je t'aime. Tu es ma femme.

– Peut-être, mais ça n'a pas toujours été ainsi. Les deux premières semaines...

– Chhuutt...

Il posa un doigt sur ses lèvres.

– C'est du passé, tout ça.

– Tu n'as plus peur ?

Il y avait longtemps qu'elle ne lui avait pas posé cette question.

– Bien sûr que si. Parfois, je me réveille au milieu de la nuit, complètement paniqué, parce que je ne te sens plus contre moi.

Il hésita un instant.

– Tu comprends, n'est-ce pas, pourquoi je ne veux pas que tu accouches ici ?

C'était un point dont ils avaient souvent débattu. Abby aurait adoré ça. Mais elle le comprenait, et était infiniment reconnaissante à son mari de ne plus cacher ses sentiments.

– C'est très bien ainsi. L'important est que tu restes avec moi... que la naissance de notre bébé ait lieu ici ou à l'hôpital.

Il la serra plus fort contre lui.

– Si jamais il t'arrivait quelque chose...

– Ben, ne t'inquiète pas. Tout se passera bien et sera très, très beau.

– *Tu es* très, très belle, chantonna-t-il.

Puis il l'embrassa passionnément. Ses mains impa-

282

tientes vagabondaient sur ces formes aux courbes arrondies. Toujours si tendrement possessives qu'elles ne manquaient jamais d'émouvoir la jeune femme.

– Je t'aime, murmura-t-elle en arquant son corps contre le sien.

– Et je t'aime aussi.

Il reprit ses lèvres. Un baiser en suivit un autre, puis leurs bouches cherchèrent d'autres buts.

Et ils atteignirent le sommet de leur passion. Une passion sauvage et insouciante. Pur prodige de leur amour. Leur présent et leur futur... résolument irrésistible.

4547

Achevé d'imprimer en France (La Flèche)
par Brodard et Taupin
le 15 décembre 2007. 44804.
Dépôt légal décembre 2007. EAN 9782290313664

Éditions J'ai lu
87, quai Panhard-et-Levassor, 75013 Paris
Diffusion France et étranger : Flammarion